诗文卷

陈小奇 著

陈小奇文集

中山大学出版社
·广州·

版权所有　翻印必究

图书在版编目（CIP）数据

陈小奇文集．诗文卷/陈小奇编．—广州：中山大学出版社，2022.12
ISBN 978-7-306-07596-3

Ⅰ．①陈⋯　Ⅱ．①陈⋯　Ⅲ．①中国文学—当代文学—作品综合集
Ⅳ．① I217.2

中国版本图书馆 CIP 数据核字（2022）第 128568 号

出 版 人：王天琪
策划编辑：嵇春霞
责任编辑：陈　霞
封面设计：林绵华
责任校对：卢思敏
责任技编：靳晓虹
出版发行：中山大学出版社
电　　话：编辑部　020-84110283，84111996，84111997，84113349
　　　　　发行部　020-84111998，84111981，84111160
地　　址：广州市新港西路 135 号
邮　　编：510275　　　　　传　真：020-84036565
网　　址：http://www.zsup.com.cn　　E-mail：zdcbs@mail.sysu.edu.cn
印 刷 者：恒美印务（广州）有限公司
规　　格：787mm×1092mm　1/16　21.25 印张　410 千字
版次印次：2022 年 12 月第 1 版　2022 年 12 月第 1 次印刷
定　　价：88.00 元

如发现本书因印装质量影响阅读，请与出版社发行部联系调换

谨以此书献给中山大学一百周年华诞

（1924 — 2024）

陈小奇 简介

陈小奇，广东省人民政府文史研究馆馆员，著名词曲作家、著名音乐制作人、文学创作一级作家、音乐副编审。

1954年出生于广东普宁，1965年随父母移居广东梅县。1972年高中毕业于梅县东山中学，同年被分配至位于平远县的梅县地区第二汽车配件厂工作；1978年在恢复高考后考入中山大学中文系；1982年本科毕业，同年进入中国唱片公司广州分公司，历任戏曲编辑、音乐编辑、艺术团团长、企划部主任等职；1993年调任太平洋影音公司总编辑、副总经理；1997年调任广州电视台音乐总监、文艺部副主任，同年创建广州陈小奇音乐有限公司；2001年从广州电视台辞职，自行创业。

曾任中国音乐家协会流行音乐学会常务副主席、中国音乐文学学会副主席、中国音乐家协会理事、中国音乐著作权协会理事、广东省作家协会副主席、广东省音乐家协会副主席、广东省流行音乐协会主席、广东省音乐文学学会主席、广州市音乐家协会主席、广州市文学艺术界联合会副主席、广东省粤港澳合作促进会副会长、广东省棋类促进会副会长、广东省作家协会书画院副院长等。

1990年创办广东省通俗音乐研究会，被推选为会长；2002年广东省通俗音乐研究会正式注册为广东省流行音乐学会，2007年更名为"广东省流行音乐协会"，其长期担任协会主席职务，2022年被推选为终身荣誉主席。其作为广东音乐界的领军人物，为广东乃至全国流行音乐的发展做出了卓越贡献。

曾获中国十大词曲作家奖、中国最杰出音乐人奖、中国金唱片奖音乐人奖等数十项个人奖。

2007年经《羊城晚报》提名、大众投票，当选为"读者喜爱的当代岭南文化名人50家"。

2008年获由中共广东省委统一战线工作部评选的"广东省第二届优秀中国特色社会主义事业建设者"荣誉称号。

1983年开始，以诗人身份转为流行歌曲创作者，至今已有2000余首词曲作品问世，获"中国音乐金钟奖""中国金唱片奖""中国电视金鹰奖""中国十大金曲奖""中央电视台全国青年歌手电视大奖赛优秀作品""广东省鲁迅文学艺术奖（艺术类）"等各类作品奖项230多个；其作品多次入选中央电视台春节联欢晚会并分别有11首歌词及9首歌曲入选由国务院参事室、中央文史研究馆主办的《百年乐府——中国近现代歌词编年选》和《百年乐府——中国近现代歌曲编年选》。其作品以典雅、空灵、具有深厚文化底蕴的南派艺术风格独步内地乐坛，被誉为内地流行音乐的"一代宗师"。

代表作品有：《涛声依旧》（毛宁演唱）、《大哥你好吗》（甘苹演唱）、《我不想说》（杨钰莹演唱）、《高原红》（容中尔甲演唱）、《九九女儿红》（陈少华演唱）、《烟花三月》（吴涤清演唱）、《敦煌梦》（曾咏贤演唱）、《梦江南》（朱晓琳演唱）、《山沟沟》（那英演唱）、《为我们的今天喝彩》（林萍演唱）、《拥抱明天》（林萍演唱）、《大浪淘沙》（毛宁演唱）、《灞桥柳》（张咪演唱）、《三个和尚》（甘苹演唱）、《秋千》（程琳演唱）、《巴山夜雨》（"光头"李进演唱）、《白云深处》（廖百威演唱）、《又见彩虹》（刘欢、毛阿敏演唱）、《七月火把节》（山鹰组合演唱）、《马兰谣》（李思琳演唱）及太阳神企业形象歌曲《当太阳升起的时候》等。

其中，《涛声依旧》自问世以来迅速风靡海内外，久唱不衰，成为内地流行歌曲的经典作品,连续入选中央电视台举办的"中国二十世纪经典歌曲评选20首金曲"及"中国原创歌坛20年金曲评选30首金曲",获中国音乐家协会颁发的"改革开放30周年流行金曲"勋章,并入选《人民日报》发布的"改革开放40年40首金曲";《跨越巅峰》《又见彩虹》和《矫健大中华》则分别被评选为首届世界女子足球锦标赛会歌、中华人民共和国第九届运动会会歌和第八届全国少数民族运动会会歌;《高原红》(词曲)、《又见彩虹》(作词)获中国音乐界最高奖项"中国音乐金钟奖";作为制作人制作的容中尔甲专辑《阿咪罗罗》获"中国金唱片奖专辑奖";与梁军合作的大型民系风情歌舞《客家意象》音乐专辑获"中国金唱片奖创作特别奖"。

作为制作人及制作总监,先后推出甘苹、李春波、陈明、张萌萌、林萍、伊扬、"光头"李进、廖百威、陈少华、山鹰组合、火风、容中尔甲等著名歌手,其作品也成为毛宁、杨钰莹、那英、张咪等著名歌星的成名代表作。

1993年率旗下歌手赴北京举办歌手推介会,引起轰动,在全国掀起90年代签约歌手造星热潮。

1992年至今,先后在广州、深圳、汕头、东莞、梅州、贵州、北京和新西兰奥克兰、澳大利亚悉尼、美国硅谷等国内外城市或地区以及广东电视台、中央电视台中文国际频道等举办了15场个人作品演唱会。其中,中共广东省委宣传部立项的"陈小奇经典作品北京演唱会"被确定为庆祝改革开放40周年广东音乐界唯一上京献礼项目。

曾应邀担任哈萨克斯坦第六届亚洲之声国际流行音乐大奖赛评委;多次担任中央电视台全国青年歌手电视大奖赛总决赛评委、中国音乐金钟奖流行音乐大赛总决赛评委、中国金唱片奖总评委,还曾担任首届维也纳国际流行童声大赛国际评委、全球华人新秀歌唱大赛总决赛评委、上海亚洲音乐节总决赛评委、上海世博会征歌大赛总评委、香港国际声乐公开赛及香港创作歌唱大赛总决赛评委等多个海内外国家或地区歌唱大赛及创作大赛总评委。

曾出版《草地摇滚——陈小奇作词歌曲100首》、《涛声依旧——陈小奇歌词精选200首》、《中国流行音乐与公民文化——草堂对话》[与陈志红合著,获"广东省鲁迅文学艺术奖(艺术类)"]、《陈小奇自书歌词选》(书法集)、《广东作家书画院书画作品集——陈小奇书法作品》等著作,并出版发行《世纪经典——陈小奇词曲作品60首》《意韵》等个人作品唱片专辑多部。

《陈小奇文集》(含《歌词卷》《歌曲卷》《诗文卷》《述评卷》《书画卷》共五卷)由中山大学出版社于2022年出版。

人民日报、中央电视台、美国纽约华人广播网、美国侨报、日本朝日新闻社、凤凰卫视、南方日报、羊城晚报、广州日报等上百家海内外媒体对其进行了近千次专访及报道。2019年5月4日,中央电视台中文国际频道播出了《向经典致敬——陈小奇》专题节目。

曾策划组织由原国家旅游局主办的"首届全国旅游歌曲大赛"及"唱响家乡——城市系列旅游组歌""亚洲中文音乐大奖""潮语歌曲大赛""全球客家流行金曲榜""广东流行音乐10年、20年、30年、35年庆典"等大型赛事及活动,被誉为"中国旅游歌曲之父"和"潮汕方言流行歌曲"及"客家方言流行歌曲"的奠基者。

1999年,担任20集电视连续剧《姐妹》(《外来妹》姐妹篇)的制片人,作品获中国电视金鹰奖长篇电视连续剧优秀奖。

2009年,担任大型民系风情歌舞《客家意象》的总编剧、总导演并负责全剧歌曲创作,作品在"世界客都"梅州定点旅游演出,并在广东5市、我国台湾地区及马来西亚等地巡回演出。

2019年,担任音乐剧《一爱千年》(原名《法海》)的编剧、词作者,该作品由中国歌剧舞剧院排演,是中国首个在线上演出的音乐剧,该剧本于2017年入选国家艺术基金项目。

其诗歌作品分别在《人民日报》《南方日报》《羊城晚报》及《作品》《星星诗刊》《青年诗坛》《特区文学》等报刊发表,长诗《天职》在《人民日报》刊登并获中共广东省委宣传部抗"非典"文学创作二等奖;散文《岁月如歌》获"如歌岁月——纪念新中国成立60周年叙事体散文全国征文"二等奖。

曾于1997年在广东画院举办个人自书歌词书法展;专题纪录片《词坛墨客——陈小奇》由广东电视台拍摄播出。

2022年,在其故乡普宁,由市政府立项兴建陈小奇艺术馆。

目 录

一 诗 歌

第一辑

春天奏鸣曲	/ 2
钢琴上，鸥群在飞翔	/ 8
老 唱 片	/ 10
麦 克 风	/ 11
给贝多芬塑像	/ 12
合唱指挥	/ 14
录音室素描（二首）	/ 15
G弦上的咏叹调	
——给一位小提琴演奏者	/ 18
序 曲	/ 20
C大调变奏曲	/ 22
五线谱，我的土地	/ 27

第二辑

我来了 大山	/ 33
绿色的恋情	/ 36
密密的荔枝林	/ 38
飘满记忆的山谷	/ 40
老 家	/ 42
八月潮州	/ 43
潮汕老农	/ 45
老人的梦	/ 47
深夜·静静的大街	/ 49

第三辑

眼 睛	/ 51
一 线 天	/ 51
庆 幸	/ 52
天鹅之死	/ 52
渡 口	/ 53
小 鸟	/ 54
夏 夜	/ 54
故 宫	/ 55

梦	/ 55	**第四辑**	
回声	/ 56	黄河边上	/ 69
红蛛网	/ 56	在崇山峻岭和心灵中间	/ 73
逆光	/ 57	小路，通向英雄纪念碑	/ 77
无题	/ 58	我是巨龙	/ 81
追逐	/ 59	我站在深圳的海边	/ 90
旧照片	/ 60	天职（诗报告）	
面具	/ 61	——写在中国抗击"非典"胜利	
金鱼缸	/ 62	的日子里	/ 93
窗外	/ 63	生命的尊严（诗报告）	
孩子的海滩（组诗）	/ 64	——致汶川	/ 104

二 剧 本

一爱千年	/ 124	女娲	/ 171
客家意象	/ 149		

三 散文及随笔

岁月如歌	/ 184	四十而不惑	
回首母校	/ 192	——记青年作曲家兰斋	/ 200
生日	/ 194	这一张旧船票能否登上你的客船	
《问号·探索》	/ 195	——写在《风·雅·颂——"雅仕"	
我选择"白日做梦"	/ 196	陈小奇作品演唱会》之前	
关键在于填词队伍	/ 198		/ 202

南方的困惑　　　　　　　／204
音像侵权何时了　　　　　／206
大陆流行歌坛的必经之路
　　——从广东推行签约歌手制说起
　　　　　　　　　　　／208
转换的魅力
　　——《三百六十五里路》赏析
　　　　　　　　　　　／210
强者之泪　　　　　　　　／211
长歌当哭　　　　　　　　／213
　　——追忆李炜教授　　／213
我与歌词　　　　　　　　／216

一个不安分的灵魂
　　——广东流行歌曲创作印象／218
MV的误区　　　　　　　／220
又一次探险　　　　　　　／221
三点一线　　　　　　　　／223
音乐编辑与制作人　　　　／225
关于金钟奖流行音乐大赛的思考
　　　　　　　　　　　／226
关于当代歌词的几点思考　／228
"新粤乐"的探索　　　　／230
广东乐坛需要粤派批评　　／232
"微粤曲"会刊寄语　　　／233

四　札　记

《当太阳升起的时候》歌曲
　　札记　　　　　　　　／236
《跨越巅峰》歌词创作说明　／238
讴歌我们的民族魂　　　　／240
　　——《湘灵》创作断想／240
我的体育歌曲创作　　　　／242
　　——从第一届世界女足赛会歌
　　《跨越巅峰》谈起　　／242
《汕头之恋》创作札记　　／247

《月下故人来》歌曲创作札记／249
歌词《从此以后》创作札记／251
歌曲《渔歌子》创作札记　／252
歌曲《广州天天在等你》创作
　　札记　　　　　　　　／254
《陈小奇自书歌词选》后记／256
《意·象》
　　——歌词绘画札记　　／257

五　序　文

明星之路
　　——李明天《怎样才能成为明星》序　/ 262

执着的颂今
　　——颂今《爱情歌诗精选》序　/ 263

彝族之鹰
　　——《忠贞——山鹰组合十年纪念专辑》序　/ 265

一群活泼泼的鱼
　　——《中国网络歌词精华》序　/ 266

可爱的顺德人
　　——《音乐大厨——陈辉权音乐作品专辑》序　/ 268

南方的风
　　——《广东流行音乐史》序　/ 270

关于老朱
　　《我在路上——朱德荣作品精选特辑》序　/ 272

潮汕方言艺术的传承与发展
　　——《当代潮语歌曲集》（1990—2010年）序　/ 274

共同的语言共同的爱
　　——《新潮雅韵——共同的语言共同的爱》序　/ 276

翔
　　——《高思·乐翔——高翔舞蹈音乐专辑》序　/ 277

《流行音乐声乐考级歌曲集》序　/ 279

"潮语合唱音乐会"前言　/ 281

以创作为生命的诗词狂人
　　——张雷《问天酹月集》序　/ 282

与改革开放同步的广东流行音乐
　　——《广东流行音乐40年歌曲选》序　/ 284

《中国流行音乐史》序　/ 286

六　乐坛旧事

微博随笔　/ 290

陈小奇大事记　/ 300

后　记　/ 326

一

诗歌

第一辑

春天奏鸣曲

第一乐章　春天的召唤

露水打湿的清晨
我走出原始的山林
轻轻捧起
第一缕春天的阳光
洗刷着满身
古老的铜锈和苔藓
解冻的小河对我说
你去吧

于是，我把郁闷和忧伤
一齐喷向森林
喷向永恒的天空
互相格杀的回声碰撞着
像抖落黑暗的翅膀
冰凌崩溃了
发出空谷的轰响

我拾掇着霜花的音符
把它托给自由的风
托给跳动的阳光

融化的雪水从灰暗的树枝上
垂下千百个欢乐的竖琴
轻快的旋律追逐着笑声
掀动农妇古老的黑头巾
飘进牧童清新的短笛
……

第二乐章　沉重的黄昏

山那边，有片小草地
那曾是我唯一的天空
像蒲公英飞出鼓起的嘴唇
我扯起缠着噩梦的风筝
在狭窄的空间里漂泊
那是没有尽头的小路
是小木房里妹妹的红头绳

疲倦的梯田抽搐着
像爷爷额头上的皱纹
岁月在上面凶狠地犁过
只留下谎言和不幸
我用木头钻出的火
播种磨盘一样的星星
播种爱情
秋天喘着粗气
为我捧出一片汗水染黄的秃岭

那片古墓般的石场
迸发过希望的雷声和电闪
我用铁锤和凿子
在灰白的石壁上
挖掘僵硬的思想

砸碎的石子咀嚼着痛苦
独轮车载着摇晃的祈祷
垒起一座又一座
高耸的神庙和殿堂

沉重的心
在冷酷的天空下面翻滚
像破裂的船
找不到风暴后的港湾
一阵雷声滚过
敲响庄严的丧钟
驱赶着白色的畜群和黑色的人群
驱赶着诞生又死亡的落叶和树
驱赶着月光下的童话
我是三叶虫
在化石里挣扎
真想出去,哪怕是爬
星星神秘地告诉我
外面有一个明亮的世界
可是,路口的界碑上
蹲着司芬克斯
我猜不透它的谜

第三乐章　生命的骚动

我寻找遗失的梦
在我的王国里寻找
大雪压落冲浪板的三角帆
只留下赤裸的树干
那是我的桅樯
我像小路在星光下延伸
深陷的足迹在沼泽地

写下探索的诗行

为了大雁整齐的队形
为了生命溢出冰川纪的河床
我渴望着
大海一样广阔的天空
让我的呼喊
沿着流星的轨迹
自由叩打宇宙的门窗
然后,化一阵闪光的陨雨
给森林千百个大睁的网眼

既然每颗心都是一个世界
既然每个世界都有生机
那么,我不信
枯藤变成绞索
就能吊死初生的月亮
树枝连成栅栏
就能禁锢绿色的风
蘑菇撑起阳伞
就能放逐萤火虫的梦

知道么?乌鸦
不要用黑色的羽翎涂写一切
暖流已在冰层下喧哗
一直流进大山深处
化成奔突的地火
吐出嫩小的芽
像一面面绿色的旗帜
扑打着严冬
墓碑般神圣的脸颊
沉睡的大山烦躁了

愤怒隆起的背脊和臂膀
摇撼着每个洞穴和村落
像扭曲了的灵魂
在重压下寻求伸展
它听到地下水的声音

第四乐章　庄严的启示

当第一声鸽哨
像蜜蜂在我心头微微颤动
当第一片曙色
揭开我迷惘的眼帘
我便用理性的眼光
审视着自己
审视着机器人和古猿般的头颅
和身躯

残雪惊惶地遁逃
带走了所有的秘密
透明的天空
有我闪动的眼睛
充满光波的世界里
我看到了身后
历史和世纪的阴影

是告别的时候了
我走出山林
宇宙向我开放
春天把生命的颜色
注入血管
注入奔泻的江河
太阳把金色的种子

撒进平原
撒进我舒展的心田

呵，这个庄严的时刻
我真想
用头作铁犁
重新耕耘这片原始的大地
我真想
用大脑的火种
烧掉这古老的腐朽和神奇
飞速后退的地平线
不能终止

于是，我把灼热的诗
深深埋进大山的胸膛
我期待着天空的召唤
期待着一道闪电
期待着一串炸雷
我将以时代的名义按动电钮
进行一场使历史战栗的
惊天动地的定向爆破

那时，我将和春风一起
和新兴的太阳城一起
和所有的生命一起
高唱生活的颂歌

钢琴上，鸥群在飞翔

黑色的礁石
白色的波浪
指尖上跃动的鸥群
拍打着海洋

心灵总要陶醉
灵魂总要翱翔
岁月的脸庞如痴如醉
全交给这似睡似醒的梦乡

给我一支
浸透盐霜的桨吧
给我一片棕褐色的帆
为了沿着谱表
倾听另一个世界的歌唱

那世界并不遥远
就在鸥群鸣响的翅膀
就在穿透云层的眼光

而我便举起桅杆
抖落过去的痛苦和凄凉
星星在键盘上蹦蹦跳跳
收集了生活中
每一块晶莹的碎片

那是太阳遗失的足迹
那是鸥群在天空中的足迹
导引着降落又涨满的帆

即使有一天
海洋会滚动丧钟的轰响
我也要将弥留的眼光
交给鸥群远去的翅膀
在阳光和暴雨的缝隙中
嘲笑死亡

老唱片

那台老式的电唱机
已被扔掉好些日子了

剩下一张塑胶唱片
还挂在墙壁上
像老树的年轮
默默无语

曾经让我激动多年的音乐
带一些杂质的音乐
已成了淡去的风景

只有在夜深人静时
我才能真切地感受到
心中泛动的
那天籁一般的涟漪

麦 克 风

很多的故事
像风吹过你的身躯
你金属的容颜
也因此而拥有了
许多柔软的笑意

那一天
你被偷走了
据说是被当作
废品卖掉的

你不知道
那个爱你爱得发狂的录音师
至今仍独自为你
日夜哭泣

给贝多芬塑像

一座石制的金字塔
一个震撼世界的音符
崛起在历史的五线谱

命运残酷的足音
埋葬了你的胸脯
只给你留下一个头颅
一个失去听觉的坟墓

即使是坟墓
也有甘美的诗和酒
向宇宙无声地喷吐
即使没有双手
也要扼住命运的咽喉
在地平线上傲然高矗

让天空托起倔强的瀑布吧
让海洋沉淀无边的痛苦
只要赤道能燃起人类觉醒的旋律
只要贫穷而寂冷的死亡
能给人带来激情和幸福的满足

或许这就是英雄的性格
崇高、无畏而孤独
或许这就是英雄的声音

壮烈、磅礴而粗鲁

仅仅有这头颅就够了
有了它,所有的日子都不会麻木
心灵在这里领取通行证
生活在这里成为坦途
每个人都在这永恒而严峻的目光中
找到属于自己的路

我久久望着你
在心的谱表上
默默地
安上一个不朽的建筑

合唱指挥

静幽幽的白桦林啊……

没有声音的世界
一定过于寂寞

你缓缓扬起手臂
白桦林便应和着风
哼起柔软的歌

我知道
那风是你刮的
那歌也在你心上藏着

你是播种者
为世界播种欢乐
虽然
你并不想得到什么

录音室素描（二首）

（一）年老的录音师

他稳稳坐着
坐在控制台后面
坐在他的位置上

也许是老了
那么多被歪曲的音乐
歪曲了他的脊骨

而心却没有被歪曲
他仍然稳坐着
像一个庄重的低音谱号

是的，他是个低音谱号
过去的岁月
都像迷人的华彩乐段一般流逝了
他却永远是这样深沉而稳重
从不让生命的旋律
爬上另一个谱表

灾难和不幸总是纠缠着他
高频声总在诱惑着他
而他至今还是坚定地
坐在属于自己的位置上

当乐声像喷泉迸发的时候
他孩子般地笑了
他听到那充满力度的
主和弦的根音
……

（二）年轻的歌唱家

她戴上耳机
从心的深处
轻轻滑出一个音符

此刻，也许只有她
才真正理解这个音符的分量

那音符
是在树林里采摘的
像果子那么清甜
是在大海里捕捞的
像海水一样透明
是在岁月里淘洗的
像星星一样晶莹

而今，它滑进磁带
滑进那么多的心灵
她不怕嘲讽
只怕它太粗糙
会刺伤那些美好的心

就让它去吧
就让这颗艰辛的结晶去吧
就让这个追求的使者去吧

去奏响生活的琴键
去每一个家庭共鸣

在没有掌声的地方
她倾诉着真诚的歌声
那真诚
便是世界的默许和肯定

G弦上的咏叹调
——给一位小提琴演奏者

棕褐色的提琴上
你艰难地走来
在G弦上走来

只有风沙和戈壁滩
只有被千百次摔在地下的瘦弱的影子
在G弦上走来

为了寻找生命的基调
你选择了G弦
选择了没有绿洲的瀚海

你在G弦上走来
深陷的足迹盛满酒浆
盛满苦涩和死神诱惑的媚态
你执拗地举起杯盏
以挑战的目光
邀请着世界和未来

你在G弦上走来
或许沙漠没有回声
疲惫的笑容也不会倦怠
就在粗糙的日子里

你从紧咬的下唇
放牧着柔情
放牧着深沉的爱

人迹罕至的地方
你把巨大的倒影写满天空
写满仙人掌冰凉的腮
当目光与阳光互相连接
绿色的生命便随着肯定和默许
汹涌地流向天外

棕褐色的提琴上
你向世界走来
G弦上流动的足音
是你昨日许下的梦境
是你梦中悠远的期待……

序 曲

夜的帷幕被轻轻吹开
风是透明的
第一声
染满霞光的鸡鸣
顺着绿浪卷过
历史般高低不平的土地
融进了城市
雄浑而悲壮的汽笛

这是序曲

天空开始苏醒
阳光给它庄严的脸
抹上一层微微的笑意
无名的小虫和小草
演奏着无名的乐器
它们奏些什么
谁也不知道
冰川中幸存的生物
有权利表现自己

这是序曲

西洋铜管和江南丝竹
一齐嘈杂地响起

暴露着所有声音的秘密
立体交叉的七和弦
飞驰着特快列车的主旋律
神经衰弱的旅客
看着疯狂跳跃的音符
头晕目眩地叹息

这是序曲

世界没有昏迷
曙色在乌云的城堡里
挤出灿烂的交响诗
不死的大海
举起多情的火炬
点燃了每一根向阳的高枝
乐声掠过地平线
迎接肆虐的雨季

这是序曲

此起彼伏的乐队
各自表现优美的真理
电子猛烈地撞击
平炉迸出的钢流上
乐章的高潮正在涌起
奏鸣曲、变奏曲、回旋曲
中国在黄河的波澜中
自由地呼吸
于是，时代的报幕员
太阳般微笑着说
——这是序曲

C大调变奏曲

主　题

在历史的废墟
和长夜的帷幕中间
我艰难地站了起来
揭开天空
覆盖着大地的尸布
黎明拥抱了我
鸡鸣和狗吠
同时发出欢呼
黑暗遁去了
一丝温暖的霞光
从我跳动的心上升起

变奏1

我喜欢
现代艺术家的绘画
那像陶器一样质朴的线条
使我想起
我怎样第一次
羞答答地系上兽皮裙

我不再跪
也不再爬
我不是野兽

也不是奴才

变奏2

桀骜不驯的自然
是我温顺的坐骑
社会在我的运河里
缓缓流过

变奏3

驾着月亮的小船
我在疑云的海里
采摘朦胧的星星
银河是天桥
载着我的叹息
走过梦幻的迷津

变奏4

带着血腥的风
穿过殷墟
穿过十三陵
在我像荒野般枯槁的心上
掠过了一道又一道
沉重的阴影

血红的枫叶在哭泣
浪花不屈地撞击着岩石
石头痛苦的皱纹
像我破碎的梦

变奏5

我的哀伤
堆积成昆仑、太行
在眉峰蹙起
我的愤怒
汇集成黄河、长江
在眼里涌出
痛苦和思索
飘起漫天大雪
染白我早衰的头顶
愤懑和抗争
汇成呼啸的大风
吹皱了年青的平原

变奏6

我在哪里
地上只有我
变形的影子
那是黑夜的尾巴

变奏7

我走到湖边
看着水里颠倒的世界
虚浮而脆弱
微风吹来一片落叶
宇宙在颤抖
那是万花筒么
我是其中一片碎花
旋转、碰撞
摆布成一个又一个

抽象而绚丽的图案
图案上没有我

变奏8

我创造
创造了大山一样沉重的一切
把自己压在下面
化成一团乌黑的煤
然后
为山顶上的殿堂
点燃了光明的佛灯

变奏9

乌云像棺材盖
禁锢了自由的风
只有杜鹃
还在啼着血
把渴求甘雨的心灵
向冰块一样无情的天空
可怜地诉说

我在深渊中徘徊
吟着我无声的诗
像一株被扭曲的老树
在雕塑家手心里呻吟

变奏10

乌眼鸡在争斗
胜利者扬起嘶哑的喉咙
昂着秃顶的头

蜜蜂在忙碌
继续着恶毒的咒骂
宣布着它的真理

变奏11

为了对偶
为了丰富
为了贝多芬的《英雄交响曲》
为了灵魂能够飘扬
举起风中的旗帜吧
给大地增添
更多的色彩和线条

我把一颗真诚的心
捧给了你
大海是我的旋律
永恒的跳动
决不停息

五线谱,我的土地

一

五线谱啊
我隔绝太久而魂牵梦绕的土地……

黄昏和夜晚已被无情地放逐
这是黎明
蓝天正在启明星召唤下上升
我举起承受着时代和生活的
微微颤动的手
在这块布满高山和峡谷的土地上
庄严地播下一颗灿烂的音符
一个冷藏了漫长岁月的希望

土地终于苏醒
去而又来的季候风
用大雁的翅膀打开你天空般广阔的胸膛
荒芜和枯裂像无数个破碎的梦
在渐弱的泛音中悄悄离去
于是,你用进行曲般坚毅的笑容
接纳了我深沉的爱

不必诉说我们彼此的不幸
即使永恒的沉默也孕含着生机
当通红的果实像心
像连接天地的不倒的和弦

在土地上高高屹立
当绿色像风、像野草
在你身上狂放地奔跑
揭开岩石压迫下的每一个古老的秘密
我们便将沿着优美的音阶
走进属于我们的季节

因此,我播种
我用失而复得的理性
播种自己
我愿是一颗饱经磨损而倔强地
发出光泽的音符
一颗苦苦眷恋着土地的种子
不仅仅为了成熟和收获
不仅仅为了解释过去被否定被埋葬的一切
也不仅仅为了呈示春天的美丽
活着,并且把生命的旋律交给这片土地
这就是我的全部价值和意义

二

五线谱啊
我古老而永不下沉的土地

不记得是什么年代了
只知道
我在冻僵的长夜中走向篝火
走向篝火旁弯弓般围拢着的
燃烧着野性的呼喊
于是,月色变得柔和
首饰和镯子摇晃着
发出优美的声响

在骊山脚下
在阴湿的工棚和墓窟中
我捡起苦役中摔碎的劳动号子
于是，眼睛有了光芒
不该失落的歌声和火种
重新和暗淡的星星一起出现

甚至，我走向寺庙
走向黑压压的墓塔林
晨钟暮鼓敲打着空寂
给超脱的心灵带去茫然的满足……

我在历史灰暗的长廊中走着
石器和青铜已成为壁画上的陈迹
我用岁月的流水冲刷自己
我的笔是一支忠实的拐杖
支撑起我颤巍巍的身体
文明和野蛮伴随着我
吵吵闹闹地走着

土地仍在呻吟
甚至梦中也在哭泣
那被蛇一样的人工运河紧紧锁住的梦啊
在孟姜女持续了两千年的哭声中
长城正一片片地剥落
即使伯牙、即使飞天
也无法将泪痕抹去

而我没有消失
我在你轻轻托起的掌心继续出发
生存不是归宿不是目的

我的性格属于寻觅

在黄河雄浑的大合唱中
在弹壳里吹出的豪迈的笑声中
在紫禁城外英雄般矗起的军乐声中
我找到了我真实的土地
找到了我世纪般崭新的生命

从此，我们的命运和歌声
就这样紧紧连接在一起
那和阳光一起覆盖着你的无数面绿色的旗帜
是我们为了这个世界而共同发表的宣言
纵使粗野的风雪能将我们掩埋
而英勇的葬礼进行曲
仍将一次次宣布我们的再生

三

五线谱啊
我宽广无边而壮丽辉煌的土地……

就在这无边无际的土地上
我升起来了
像一个鲜亮亮的太阳
依依不舍地离开地平线
然后，曳着一道金红的光芒
一道沿着高山和峡谷自由延伸的正弦波
吹奏起早晨迷人的主旋律

我在五线谱上奔跑
和历史一起
奔跑在这复活的土地

奔跑在这连接着全世界的土地

小号吹响了
我从闪亮的号角中出发
沿着环形的跑道
举起无数个祝捷的花环
手风琴拉平了皱褶的岁月
让施特劳斯娴熟的舞步
在每个城市和乡村旋转
弦乐队竖起千百支桅杆
让追求和丰收扬起风帆
在每个不眠的窗户出航

我演奏华丽的电子琴
把亲切的祝福摆上每个音乐茶座的桌面
我播送宽广的立体声
给每个家庭送去贝多芬英雄的交响
我敲打热情的爵士鼓点
给日子打上数不清的逗号
我把德彪西紫色的月光
滴进每一个香甜的梦乡

我是音符，我是种子
我是灿烂的太阳
既然生活的鸽哨已经吹响
海滨浴场涌起那么多年轻的波光
既然封闭的土地已经开放
心灵再不必躲避高墙冷酷的目光
那么，我将放声高唱
让我的乐思像火山，像喷泉
从地心深处坦率地喷涌而出
给翠绿的大地

送去果实、幸福、富足和微笑的女中音
送去磅礴的交响乐和多情的小夜曲
让世界的每个角落
都发出金黄色的属于我的伟大民族的
辉煌的轰响

哦，五线谱，我的土地
为了旋律般优美的时代和祖国
我向你扑去
像一颗太阳般的音符
像一颗涨满希望和期待的种子
向你扑去
执着地扑去……

我来了 大山

我来了 大山
柔和的波涛层叠着
带着默契
带着静静的期待
向你甜蜜地伸展
我还记得
峰峦上涌来的岁月
像童年的梦幻一般苦苦流连

是的 我理解你
那多雪的冬天
一切连同天空都被冻结的冬天
我躲进古老的石洞
用壁上的象形文字
和你悄悄交谈
那时 你幽静地对着我
用凝固的泪水做成尸布
盖住眼帘后最后一丝星光
是的 我理解你
感情蕴蓄得太久了
久得像土地的龟纹
希望积欠得太多了

多得像砍伐的森林
你忧郁的心就这样锁进冰川
再也不曾开放

会有那个时候
当处女地升起雁群的呼喊
金字塔也会倒塌
我相信
于是我离开你
到铺满果实和幸福的地方
寻找生命
青春和爱情

我来了　大山
稀疏的小草在毛孔中耸起
迷茫的流云在洞穴中飘出
沉睡的岩石在悬崖边站起
它们在倾听
倾听黎明那震撼空谷的足音
为了风、酷日和野兽
不再穿透你赤裸的胸膛
为了马尾松托起月光花
在没有月色的夜晚
流出暗淡的芬芳
我从远处匆匆赶来
为你采集许多音符
挂在天空和你的身上

那就是一首歌
一首小溪般温柔的歌
我用小手摇晃着你
不让你进入梦乡

歌声便挂在陡壁
瀑布哗哗响
大山　你记住这时光

我来了　大山
久别的声音又在一起交响
也许我们不再相识
也许我们不必寒暄
杜鹃染成的小路
总会牵引星星的目光

只要有密密的森林
接受着日出和日落
只要有青青的秧田
连接着播种和收获
即使有一万次离别
心也会彼此呼唤
让生命填平沟壑
在我和你之间
轻轻流淌

绿色的恋情

我要给大山
披一张绿袍
让生命的颜色
在每个丘陵、每个谷壑
每块梯田和石壁上
尽情地欢跳

于是，灌木和乔木
像旗帜冉冉升起
每个枝条都鸣响快乐的铃铛
于是，麦苗和豆菽
像胚胎茁壮发育
每株幼苗都奏起蓬勃的乐章

于是，柔软的湖在枯井涌现
天空、日月、星辰和优美的遐想
在水库的清波里孕育
于是，窈窕的炊烟在废墟升腾
晨曦、霞光、笑声和绚丽的向往
在村庄的瓦房里溢出

牧童的笛孔里
流出牛群、羊群和黎明的喧响
老人噙着烟斗，用半眯的眼
和大山交换神奇的传说和歌谣

农妇脸上，菊花瓣恬意地
舒展
胆怯的月色，也悄悄爬进
少女甜蜜的梦乡

啊，有多少绿色
就有多少生命
有多少山峦
就有多少恋情

我把灼热的诗
托给风
托给行云和流水
托给每一道醉人的阳光
融进大山轻轻的微笑
我把我的笔
像手臂般的铧犁
深深埋入湿暖的土地
聆听大山心灵的跳动
传递我不竭的爱

拥抱我吧，大山
用绿色的浓荫把我覆盖
把我深深地葬埋
像埋下一粒种子
埋下一个宣言和预告
埋下一个永恒的标志
我愿意这样幸福地死去
在你强健的胸膛
和琴弦一样柔和的臂弯里
……

密密的荔枝林

我选择了夏天
打开那珍藏多年的梦境
哦，故乡的荔枝林……

慢慢走，脚步轻轻
风在枝头正睡得安宁
童年已经丢失
我只想寻找那神秘的地点
寻找那老人
荔枝林般宽厚的背影

那是个露水涂抹的清晨
为了一个鲜红的果子
一个甜蜜的诱惑
我把整个白昼锁进抽屉
钻入密密的荔枝林

而路却被突然遗失
只有跌落在地下的沉重的黄昏
只有挂满天空和枝杈的暗淡的光点
嘲弄着我红肿的眼睛

你从黑夜中悄悄走来
在潮湿的阴影中
拾起我喑哑的哭声

 一 诗歌

从此，我便有了一个真实的梦
一个密密的荔枝林
一个荔枝林般宽厚的背影……

而今，我又来到荔枝林
正是成熟的季节
我再不会迷路
虽然荔枝还是那样清甜
虽然小路还是那样泥泞

老人不在了
他只留下宽厚的背影
留下迷人的故事
但是，没有留下姓名

我默默地枕着大树的肩膀
叶子收集了世界上所有深沉而质朴的墨绿
呈示给明朗的天空
我伸出粗糙而结实的掌心
承接缝隙中冲突而出的光柱
向它喃喃诉说着
从这里获得的思想、力量和醉人的爱情

哦，故乡
我为你带回一颗心
一颗在梦境中浸泡了千百回的心
即使漫长的岁月会给我一百倍无情的灾难
即使肆虐的命运会给我一千倍残酷的不幸
我也将傲然屹立
用坚强的心和臂膀
紧紧挽住故乡密密的荔枝林

飘满记忆的山谷

为了解释一个荒唐的秘密
我们在弯弯的小路猝然相遇
当眼睛与心灵相互碰撞
山谷便飘满淡淡的记忆

牵牛花还在起劲地
吹奏昨天发黄的乐曲
郁金香已举起杯盏
讲述今天浓馨的醉意
没有诅咒，也没有歌吟
只有风还在迷惑地
四处寻找我们平静的呼吸
寻找那被遗失了的过去

让我们默默坐一会吧
让思绪滑进透明的小溪
让灌木丛不再隐藏笑声
让我们不再陌生地打量自己

也许我们还会回来
也许我们总会出去
也许山谷不再存在
也许秘密和记忆会永远消失
是的，也许……

于是，我们摘下稀疏的晨星
织成童话般叮叮当当的旋律
山谷就变成一首古老的歌
凝进拓荒者紧攥的铧犁

就让这歌声柔和地流淌吧
伴着泥土粗犷的号子和喘息
待鸽子扬起成熟的呼叫
我们再回头清点撒下的足迹
清点山谷中未曾消逝的记忆
……

老 家

一首古朴的山水诗
突然被换了韵脚

望着似曾相识的明月
我不知如何阅读

镀了金的文字间
谁能告诉我
哪一行
是我归乡的路

八月潮州

八月的潮州
是一支在恋人心上萦绕的歌谣
仿佛从未有过忧伤
也从未有过悲痛和烦恼
姑娘绣针上飘动的霞光
扬起一片片红色的纱巾
系在多情的凤凰树梢
为绿荫下的日子
赠送无数灿烂的微笑
我想大声为你祝福
又怕把呢喃的风声吓跑
于是　我默默写几行诗
留给热恋中的古城
也留给热恋中的月夕花朝

八月的潮州
是一支在梦境中摇曳的歌谣
仿佛从未有过纷争
也从未有过吵闹和喧嚣
少女指尖下低吟的古筝
滑出一个个金色的音符
挂上典雅的龙眼树梢
为月光下的旅人
牵动无数怀乡的情调
我想低声为你祈祷

又怕把酣醉的星星惊扰
于是　我默默写几行诗
留给梦中的平原
也留给梦中的山影江涛

八月的潮州
是一支在爱和梦中久久回旋的
永无终止的歌谣……

潮汕老农

是告别的时候了
我向你伸出手
你却憨厚地笑了笑
把手藏在背后

为了一块泥巴
你不愿伸出手

可是,伸出来吧
让我握住你的手
握住这块泥巴
握住这块手掌般厚实的土地
握住这张土地般宽阔的手

我相信
你的尖顶斗笠所支撑的
已不再是贫瘠、困苦和乞求
而是一片雨后蔚蓝的天空
是一个被阳光染成金色的丰收

我相信
你的红格子围布所抖开的
也不再是哭泣、愤怒和诅咒
而是一个织满希望的黎明
是一片被霞光紧紧拥抱着的

田畴

那么,伸出手来吧
伸出这每道皱纹中都流淌着骄傲和
自信的手
让你的手掌和我的手掌
像两块不再荒芜的平原互相厮守
让你的汗水和我的汗水
像两条永不枯竭的大江一起奔流

是告别的时候了
我紧紧握住你古铜色的手
握住土地、劳动、信念与丰收
从此,有一个粗犷的形象
便永远在我心的土地上昂然屹立
从此,有一股坚实的力量
便永远凝聚在我稚嫩的手掌和肩头

老人的梦

公园　石制的靠椅
坐着两位老人
清晨柔软的阳光
在他们的白发上轻轻滑过
仿佛滑过一个
凝固的世纪

此刻　他们注视着
用温存的眼睛
互相清点着每一道皱纹
每一道生活的刻痕

阳光在白发上轻轻滑过……

纵横交错的山丘与河流
在粗糙的手背和额头悄悄隐去
哦　童年　想起了
破旧的小船上
两只稚嫩的小手
怎样给死寂的池塘和日子
描绘着抖动的花边
而花边也终于消失了

阳光在白发上轻轻滑过……

他们注视着
在眼角闪过的小气球中
在面前晃过的花裙子中
他们注视着

阳光在白发上轻轻滑过……

终于　他们笑了
深深的皱纹也笑了
仿佛要把一条半个世纪的路
留在皱纹里
留在晚年的笑容里

他站起来
她也站起来
互相搀扶着走去
庄严地走去

只有微笑
还和阳光一起
留在石制的靠椅上
记载着老人
没有得到的和已经得到的梦

深夜·静静的大街

深夜,静静的大街
沉重的钟声敲完最后一下
猖狂的尘灰缄默了
像在咀嚼白天的喧闹

大街在回想

通往地平线的道路
像时间一样漫长
历史穿着军装
中山装和连衣裙
整齐而杂乱地走过
霓虹灯头晕目眩地旋转
像高跟鞋的舞步

没有人导演的喜剧
悲剧和闹剧
随着夕照消失了
清道夫仔细地清除
一切清晰和朦胧的痕迹
下面上演什么
多事的风挨家叩问着

大街在静夜里思索
高楼的灯光怀着不满

一个个闭上了眼睛
只有低矮而暗淡的路灯
把闪闪的星光撒进梦境
诚实地等待着
被摩天大厦挡住而迟来的
崭新的黎明

我正视一切
我的眼睛是广阔的天空
是上升的黎明

我正视一切
包括阻挡眼光的手掌
以及覆盖阴影的云

我正视一切
也正视自己的眼睛

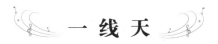

天空用一根歪歪斜斜的丝线
悬挂着无数个悲壮的故事

我不知道
最终从岩石的缝隙中挤出去的人
是否也会成为岩石

庆　幸

刻满皱纹的额角
未痊愈的心
那被诅咒的岁月
带来了那么多被诅咒的不幸

我又为之庆幸
为了我终于有一个坚强的额角
有一颗没有沉沦的心
也为了我有过那么多别人没有的不幸

天鹅之死

挺起的足尖
再也没能得到天空
我终于相信了死亡
相信了大提琴优美的哀泣

而我仍将为你欣喜
那下垂的手臂
已把数不清的灵魂
从沼泽地上托起

渡　　口

把目光交给对岸
留下焦灼和苦恼

桥已倒塌了
那座奶奶背脊一样的桥
那座蛋壳般洁白的桥

芦苇丛中飞起两片自由的帆
却不是引渡的舢板

将衣服顶在头上
我以笨拙的泳姿
告别了昨天

小　鸟

朝窗口挥挥手
没把小鸟的梦赶走
仿佛那阳光、那空气
那翠绿的清晨和安详的树
本应归它所有

我还记得那声闷闷的枪响
曾使它的母亲
告别了宇宙

夏　夜

优美的夏夜
小屋真闷

我依然准时地关门

而每个夜晚
我都在期待着萤火虫
那清脆的敲门声

故 宫

五千年的历史
把结论
写在这本敞开的书籍

成千上万阅读的人群中
我依稀听到一阵杂乱的足音
仍眷恋地悄悄飘向
古旧得发黄的龙椅

梦

我做过许许多多的梦

有红色的、绿色的和棕褐色的梦
也有真实的和荒诞的梦

有一天,我却梦见
我永远不再做梦

回　　声

在古筝上轻轻一挑
挑出一股爱的山泉

然后，侧着头
倾听神秘的空谷中
古老而新鲜的回响

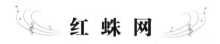

红蛛网

有一个红蛛网
曾紧紧捆住一颗心

那个漫长的夜晚
那个优美的黎明

终于，我在困倦中睁开眼睛
用黑夜留在眼中的红蛛网
捕捞新生的世界
捕捞失落的光阴

逆 光

岁月如水
只留下一个轮廓
所有的光线和温暖
本该都属于你的
这不公平

而霜叶依然灿烂
你伸出手
生命的骄傲便又一次
雍容地在逆光中飞扬
你采的
该不是禅吧

无　　题

变幻的白云
不知被谁吹落
掉进小河的怀抱
迟钝得仿佛要凝固的水面
鸭子欢闹着
像一大堆杂乱的问号

唱歌的小孩撑着船
竹篙撩起
一串串的噪闹
夕阳烦倦了
一阵迷蒙的雨
把一切的问号和声音
通通锁进夜的大庙

追　　逐

世界本无坦途
一层层缠绕着的扭曲
是追逐者的路

而光明
在不倦的翅膀上
让灵魂凝聚成一条直线
穿透迷津
寻找着命运的归宿

旧 照 片

发黄的岁月
用黑与白
固执地守护着
昔日的温馨

而那些逐渐清晰的色彩
却让我的目光
越来越模糊

洗印了很多次的心
该怎样
才能把那些纯真的爱
留住

面 具

台灯的光晕
斜照着一个
戏曲花脸的面具

褪了色的
残缺的面具

曾经拥有的神采
已被忙碌的光阴
悄悄遗弃了
它的生命也似乎
已走到了尽头

而我依然相信
它的故事还在继续

面具背后那些真诚的脸孔
仍一遍遍地牵动着
我的追忆

金 鱼 缸

鱼缸还是那个鱼缸
金鱼却已不是昨天的金鱼

主人喂食的时候
金鱼总是快乐地摇着尾巴
像一条忠诚的狗

你快乐所以我快乐
可是
你真的快乐吗

窗　外

窗外有一株玉兰树
青翠欲滴的叶子
收集了我
很多的视线

只有风起的时候
玉兰树才会回答我的叩问

此刻
风不动
树亦不动

而我的心在动

只因你的存在
即使是一厢情愿
也会有万千柔肠
盈溢在胸

孩子的海滩（组诗）

我来到海边
寻找我童年的沙滩
——一个城里人的手记

（一）温柔的海

天空一样透明的海
母亲温柔的眼睛

波浪重复着古老的爱
抚摸着孩子们蔚蓝的梦

安心睡吧
母亲正哼着摇篮曲呢

连暗淡的影子也是温暖的
海滩晾满迷人的安宁

风来了，孩子大声叫着妈妈
向大海扑去

（二）网和帆

爷爷用苍老的声音
修补着破旧的网

那是用回忆织成的
每个网结都晃动着一个动人的故事
孩子却茫然地眨着眼睛
他喜欢船上的帆

帆在嚷嚷声中升起了
兜满孩子天真的幻想

网停泊在爷爷的眼角
帆飞翔在孩子心上

（三）涨潮了

又涨潮了
还是没有风暴

迎着扑面的海潮
孩子以英雄的姿态
悲壮地吹起螺号

风暴没有接受召唤

孩子用残破的桨
拨弄着纸叠的小船
失望地嘟囔着

（四）灯塔遗址

布满青苔的地方
再也没有光芒
只有孩子们湿漉漉的歌谣

把一盆霞光迎头浇下
孩子与灯塔举行了光的洗礼

在最高点
孩子用有力的手势和呼叫
导引太阳的航向

太阳真的过来了
就在轮船的肩膀上

（五）彩贝

彩贝真美呀

孩子们列成阵势
展开一场空前的争夺战

终于，呐喊声悄悄潜入海底
留下发皱的衣衫和足迹

小心翼翼地打开贝壳
里边却没有珍珠

鼓起腮喘一口粗气
想不清这场淘气的意义

（六）海风

风不见了
风在和孩子们捉迷藏

只有呆板的潮声

看见了
风躲在小妹奔跑的黑发

孩子们跳跃着
用高高扬起的小褂
追逐着自由的风

（七）礁石

刻满欢乐痕迹的礁石
被可恶的大潮吞没了

孩子们降下上衣的旗帜
为它举行庄严的葬礼

低垂的眼帘跳动着一丝期待
或许大潮会把它送回来

大潮
你理解孩子的心吗

（八）珊瑚

把美丽的红珊瑚
栽在海滩上

然后，面向天空
做一个绯红色的梦

待红珊瑚长满空旷的沙滩

给城里的孩子每人一株

阳光把珊瑚的影子投在他身上
孩子仿佛也是一株红彤彤的树

（九）海滩

海滩是孩子的
海滩永远是属于孩子的

来而又去的潮水
在海的深处
珍藏了孩子延伸的足迹

那足迹
是渔村中婴儿的笑声
是船舷边海鸥热情的呼叫

沙滩连接了海洋与陆地
沙滩是过去和未来的交点

此刻，孩子们严肃地注视着大海
挺起的小胸脯是一片片红褐色的帆

就从这喧闹的海滩出发吧
走进颠簸的岁月

海滩是孩子的
大海也永远是孩子的

黄河边上

（一）古诗："黄河之水天上来"

拍天的怒涛上
我俯瞰着黄河

泥沙和山岭
汇聚成滚滚的巨澜
汇聚成民族沸腾的血液
带着愤懑、骄傲和信念
带着大海的向往
带着日月星辰和霞光
汹涌而下
从遥远的天际
传递着雷电的召唤

在峭壁的挤压下
黄色的历史
缓慢、沉重地
流过我
广阔而崎岖不平的胸膛

（二）民俗："圣人出，黄河清"

"圣人出，黄河清"——
一个几千年的梦境
已经和迷人的神话一起
摇落在风云壮阔的黎明
川流不息的思想
卷着漩涡飞掠而过
浑浊而丰富
这是颜色的交响
生命永恒的宣言

有谁会相信
清澈和单纯
不属于冰冷的池塘
不属于寂静的死亡

回答我吧
地平线
有什么大堤
能把这流动的真理
禁锢和阻挡

（三）民谚："跳进黄河洗不清"

我渴望着
暴风雨的时刻
跳进黄河
洗洗我被污染的
大脑沟回和身躯
在沉甸甸的水中
抒发每一个闭塞的毛孔

使自己变得充实
不再虚无，也不再轻信

我打捞起思想的沉船
收起堕落的锈锚
然后，把心灵高高升起
像饱经风霜而
永不满足的篷帆
在湍流中溯源而上
寻找遗失的过去
寻找民族的气节、智慧和刚强

（四）民俗："大河后浪推前浪"

假如黄河
是纤夫宽阔的肩膀上
永远拉不直的纤绳
假如年迈的纤夫
背负着过多的痛苦和不幸
早已举步艰辛
那么，把纤绳交给我吧
——新一代的纤夫

我将挺胸前行
不再匍匐
也不再呻吟
让曙色从肩头
笔直地升上时代的头顶
照耀着古国的文明
我将拉着大地和历史
拉着蓝色的地球
向东方转动

绷直的纤绳上
缀满了千万颗金色的星
我用追求的心灵
刻下二十世纪八十年代
光荣的墓志铭

在崇山峻岭和心灵中间

（一）

我
和太阳一起
和千千万万的人一起
登上这陡峭的山岭
沿着长城的轨迹
缓缓运行

发黑的砖块
默默地支撑着历史
宣泄生命的小草
顽强地探着头
向每位行人
晃动着古老的回忆

我从数不清的朝代中走出
触摸着滚热的墙垣
这就是你么
古长城……

（二）

我相信
每一块青灰色的砖头
都藏着一个

悲壮得足以令人敬仰的故事
每一个颤巍巍的箭垛
都透着一股
英武得足以使世界战栗的威严

我也相信
一个古老的民族
就用这根山峦般起伏的臂膀
筑起了和平安宁的港湾
一个文明的帝国
就用这根奇异的珠串
显示出灿烂、富足的宝藏

然而，不必怀古
过去的已经过去
青铜和陶器也已走向遥远的地方
不再叩打八达岭
叩打尘封的门窗

我在这里徜徉
只为了寻找最初的信念

（三）

把心紧贴在雉堞上
听任天空一样沉重的长城
从我胸上碾过
我和你一起思索……

长城，你不觉得
堆积的冠冕已经太多
多得像游人善良的心愿

多得像蔓生的青苔一样
斑斑驳驳

古松缄默了
峭壁也在哆嗦
大雁已经和你疏远
它把绿色向远方撒播

反抗吧,长城
让所有满足的目光
所有遥远的吟咏
所有高傲的思想
都向世界展开
都在大漠降落

只有敢于
向古代文明挑战的勇士
只有能够
在废墟上重建长城的强者
才有资格以祖先的名义
登上你的额角
享受创造的快乐

(四)

我走在牧人中间
走在老人和少女中间
满山坡的生命
像解冻的雪水
漫过长城
漫过公路和铁路
在春风中流淌……

在这个时刻
我消除了惶惑
重新获得自豪和骄傲
我在旷久的回声中
辨别自己微弱的足音
从牧人粗糙的手掌和脚印
感受理想和希望

涨满野性的风
把笑声和活力一路抛甩
陈旧的砖墙层层剥落
远去的鞭响中
长城柔美地起伏

我突然看见
在崇山峻岭和心灵之间
一座新的长城正向我走来……

小路,通向英雄纪念碑

(一)

威严的纪念碑
默默地
蹲在高山之巅
像一支降下风帆的桅杆

此刻,他抱着双膝
点燃星星的烟卷
凝望着那条小路
那条通向他
通向一切自由和幸福的小路
那条弯弯曲曲盘旋而上的小路
凝望着深沉的夜

过去的岁月在路上徘徊
和他一起沉思

(二)

他在小路上走着

没有尽头的小路
运行着弯弯曲曲的历史
每个沉重的脚掌
都是一个锋利的箭镞

深陷在弧形的泥沼中
向山顶不屈地延伸

只有向天空高高挺起的脊梁
只有挽住土地臂膀的深沉的影子
是笔直的

他在路上走着

峰巅上矗立的
也许是凝固的歌声
也许是
不朽的死亡
而他吃力地笑着
吹着诙谐的口哨
他渴望着
像风，像山顶的乔木
尽情地抒发愿望和激情
抒发照亮夜晚和白昼的理想
和一个用无数生命构思的
平凡而普通的梦

（三）

小路和天空中间
雁阵连成死结
以英雄的姿态高喊着
扑向苍茫的夕照

燃烧的声音
一阵阵涌来
至今还在轰鸣

残阳,你喝了多少血?
来吧!我们一起干杯
命运注定你
不会有最后的笑声

(四)

英雄倒下的地方
修起了纪念碑

弯弯的小路
年年送来真诚的花圈
送来一个个圆满的祝愿
像句号
也像休止符

而英雄却没有安息
他知道这不是路的尽头
前面还有路呢
也是那么窄
那么曲曲弯弯

所有的路都需要英雄
需要记载里程的纪念碑
需要很多很多的
石头和躯体

(五)

就这样走吧
陪着大山走吧

背负着赞美和谩骂走吧
弯弯的小路
会笔直而宽广的
会成为大路的

他扔掉烟头
站起来
风便鼓满升起的树叶
粗大的手托起朝日
照耀着前边和后边的路

英雄出发了
身后留下一座塑像
一座里程碑

我是巨龙

（一）

森林、原野、海洋……
仿佛是一个古老得凝固了的梦境
仿佛是一次奇迹般偶然的苏醒
当人类用两根坚实的腿
支撑起伟岸的躯干和紧揪着天空的双臂
我诞生了

土地、山峦、河流和阳光
在灿烂的金黄色中缓缓流动
我睁开孩子的眼睛
用高山湖泊般纯净的眸子
吮吸着一切
在火山般搏动着的心灵深处
构筑起自己新奇而质朴的世界

呼应着天空的感召和大地的期待
我开始爬行
向着东方
向着蓝色的海洋
古铜色的皮肤闪烁着
在河床中翻滚
在山岭间蜿蜒

当燃烧着野性的血和火

驱赶着大象、犀牛、虎豹和赤裸的人群
像狂怒的风暴呼啸而来
我便沿着粗糙的木杆
升上庄严而破碎的图腾的旗帜
在中国西部、北部和南部的猩红的莽原上
飘扬
接受着狂热的崇拜
信仰、仇恨、爱
和着浊黄的尘土
和着木棍、锄头、青铜的刀剑及盾牌
震落了太阳、月亮
和数不清的孤独而惊恐的星球

就在这白骨和头颅垒成的城堡和山峰
就在这血水和泪水汇成的歌谣与河流
在这五色土砌成的弥漫着香火的祭坛中
在这粗犷的鼓声、虔诚的祈祷和祝福中
在这穿着兽皮裙的赤足人们野兽般的舞蹈中
我慢慢地
脱去暗绿色的地衣
驾着饱含硝烟、尘埃的祥云
登上了九重的天穹

也许就在这个时候
我惊奇地发现
在我蛇形的身躯上
生长出鹿角、马鬃、豹嘴、鬣尾
以及星星般闪亮的鱼鳞

我骄傲地笑着
用胜利者、征服者和融合者的姿态开怀大笑
于是，世界上便有了风

有了阴晴、昼夜和季节
瘦骨嶙峋的流域上有了播种和收获
有了金子般的麦粒、音乐和诗歌
有了果实、贝壳和星星的项链
有了云霞的服饰
有了千千万万只紧连在一起的臂膀和手掌
有了在无数次灾难中倒下又站起的伟大的民族

我　诞生了
我　是龙

（二）

在这片金黄的萌动着生命的土地上
我威武而自信地长吟
每个角落都布满粗犷的声音

我是追求者
我奔跑着，为了呈示
为了坚毅的信念
我从昆仑山出发
高原的积雪、大漠的风烟
河西走廊的沙碛、无穷无尽的沼泽地
铸成我丰富而执着的性格
绸缎般柔和的大地和云朵
在我脚下艰涩地滑过

我追逐太阳和希望
用我的生命追逐
群山的波涛汹涌而来
在身后留下永恒的印记
干渴的折磨、不屈的企求和梦想

像火焰吞没了宽广的河床
我用头颅撞击着大地紫褐色的胸膛
让枯干的手杖和斑斑点点的血迹
托起茂密的桃林
托起满天歌声般悲壮的彩霞

我是战斗者
无数次的失败和抗争
在每块疤痕似的鳞甲上
刻下了光艳夺目的光荣的碑文
砍去头颅的脖腔里
呐喊的血如喷泉奔涌而出
斧和盾牌不屈地挥舞
划出了壮丽的圆形
划出了永不休止的决斗的宣言
不周山激烈地颤抖
神圣的天柱带着惊恐的尖叫轰然倒下
地平线倾斜了
一切皇宫、城阙以及暴虐的冠冕
都永远失去了平衡
在我绵延千里的坟墓上
一道浓浓的黑烟柱升腾而起
化成织满反抗的召唤
织满使统治者不安的愤怒的蚩尤旗
和迸溅着血花的枫叶一起
冷峻而傲然地俯瞰着雄伟的关山
俯瞰着昨天和今天

我是劳动者
我用跋涉的足迹
连接着每一个夜晚和黎明
五色石炼补的天空

辉映着千万个紫红色的脸膛
曾经窒息了人类的息壤
在我的指缝间驯服地流出
雕塑成美丽的河山
放逐了无穷无尽的洪水和灾难
太行和王屋
在我粗壮的肩头惊悸地摇晃
挡住河流的华岳和龙门
在我的小腿下肃然回避
我从疏通的河道中欢快地走去
奏着女娲的笙簧和素女的琴瑟
鼓动着生命的篝火
捧出红色、黄色和蓝色的乐章
太阳投射在密林中的光圈
像无数充满幻想的星星
像神农氏审视百草的眼睛
像飞溅的汗粒
迎春、霜菊……
千百种顽强的花朵
像烧不死的野草
在老人和少女脸上英勇地绽开
在旸谷与崦嵫之间
在扶桑与若木之间
我运载着金银、丝绸与麦子的光芒
运载着中华民族坚韧、勇敢、勤劳的心灵
自由地翱翔

（三）

当夕阳带着恍惚的身影
把紫色的血衣
晾在故宫僵直的城墙

我忽然被凝固
像喘着粗气的绳索
在华表上无力地盘旋

我矫健的姿态被剥夺了
我英武的神采被剥夺了
我失去了天空和土壤
失去了青春和幻想
只能在惨淡的月夜
从大殿的檐角上探着苍老的头
默默地思索

那是我的黄河么
那么多的纤夫紧绷着弧形的脊梁
像后羿遗弃的断弓
拉不动这锈蚀的铜箭
岁月无情的铧犁
使民族贫瘠的胸膛
裂开苦难的巨创
只是没有殷红的血哗哗流淌
只有咬紧的牙关
紧锁着逝去的春天

我在帝王的黄袍上颤抖
我在皇宫的御板上挣扎
阵阵迷茫的云雾
扫拂着我呆滞的眼帘
我是天空的囚徒
年年月月，像冻僵的篝火
守护着青铜的刑鼎
守护着黄金垒成的冰湖

田园荒芜了
绿色从裂开的泥土中仓皇失踪
成千上万的人群像我一样蜷曲着、蠕动着
用低垂的头祈祷着雨水和收成
我们不再相互理解
神圣的光芒隔绝了甜蜜的记忆
一切都已失去
连同那二百零六块连接着血肉的骨骼

我痛苦地看着陌生的人们
看着那流淌着乞求、恐惧和憎恨的神情
枯干的梧桐叶撕咬着秋风
呈递着一张又一张死亡判决书
我在黄昏和命运中战栗
在遥远的回忆和土地中战栗

真想回到那温馨而飘动着泥土气息的梦境
真想像猪、像牛、像羊和狗
享受爱抚的手掌和亲切的注视
真想在人们原野般展开的额角
追寻感情与心灵的升华
真想在人们池塘般清澈的眸子中
自由地嬉戏，溅起一阵阵古老而
年轻的浪花

几千年了，我被禁锢着
剩下一张化石般的骨架
只有沉重的钟声陪伴着我
任意地敲打着夜晚
敲打着醒来又死去的灵魂
……

那是个幽静而又充满骚动的黎明
我艰难地抬起落满尘垢的头
紧贴着天坛那弧形、平滑的回音壁
像期待婴儿诞生似的战栗着
我倾听、倾听那遥远地方传来的足音

那使整个国土和民族复活的足音啊
那被阳光和希望染成金黄色的足音啊
顺着半圆形的历史无限地伸延
拥抱着今天和明天
拥抱着所有令人心酸和令人陶醉的日子

我从九龙壁的琉璃砖中走出
回到像民族的胸膛一样广阔的大地
我在颓败的长城上徘徊
寻找那被漫不经心地遗失了的身影
我在咆哮的黄河中翻滚
收集那被厄运和岁月掩埋了的活力

我在振兴的民族中间
在曾经荒芜多年又重新开始生长的心田中间
像农舍中一缕柔美的炊烟
像笔管中一腔湿润的温情
像炉膛迸出的一股热流
像枪口喷吐的一道闪电
像每一双灿烂的眼睛里投射的
力量、自信和希望的炽热的光束
那么多粗糙而温暖的掌心托举着我
在元宵夜的灯海中打滚
那么多朴野而亲切的呼喊震撼着我
在端午节的船流中飞驰

就让我饱经沧桑的声音
在海峡两岸尽情倾泻吧
就让我雄姿英发的气概
在地球东方尽情显示吧
假如命运注定我将再次诞生
假如诞生赋予我崇高的使命
假如使命要求我不再死去
那么,我将用我不朽的身躯
在九百六十万平方公里的国土上
在十四亿森林一般矗立的国民中
铸起永恒的里程碑
那是一道壮阔的长虹
牵引着整个民族蔚蓝的愿望和信心
跨越过神话和现实
跨越过连接大陆和岛屿的海洋
让我的传人那全部熟悉而陌生的语言
在一起壮丽地共鸣
共同呼唤即将到来的世纪
呼唤成熟的季节

我是巨龙
我在金黄色的国土上

我站在深圳的海边

我坚实地
站在深圳温暖的海滩
站在大海与陆地的边缘
站在过去与未来的交接点上
让高高举起而接近天空的摄影机
在二十世纪八十年代的胶卷上
留下一个普通劳动者的形象
留下一个普通而真挚的愿望

我是平原与山丘的儿子
也是海的儿子
所有人都是海的儿子
我站在这里
像圆明园废墟上的一根柱子
一根饱尝耻辱而永不屈服的柱子
在母亲的面前拍照

我不是为了纪念
不是为了悼念历史
才选择这个地方

深沉的海湾
是一个刻满象征符号的酒杯
盛满了一个多世纪的苦汁和泪水
阵阵涌来的波涛

仿佛还摇晃着当年铁链的阴影
那锁住整个国家和民族的阴影啊
和我沉默的倒影交缠在一起
严峻地
反射着刺眼的光芒

是的，仅仅是阴影
历史遗留在阳光下的阴影
这是夏天
我歌唱解冻了的春天
也歌唱热气灼人的夏天
那到处有阴影游动的夏天
以及夏天的大海
我知道
没有阴影的大海
没有奋飞的手臂和桨橹的大海
是死海

因此，我站在这里
站在矫健地鼓动着生命力的海边
那些从鼻孔中哼出的轻松的曲调
那些在工地上一路洒来的纵情的笑声
那些五颜六色的游泳衣和太阳伞
还有暴虐的台风以及
永不沉没的木船、机帆船和巨轮
构成我的背景
构成一个睁开眼睛而崛起的
民族灿烂辉煌的背景

我就站在这里
以阳光般明亮的眼睛
审视脚下的大海

我凝望着渺小的鱼虫

那些人类胚胎的祖宗

也凝望着弄潮儿那胜利者的姿态

以及土地上矗起的大厦群

我开始懂得

我是未来

一切都有未来

而开放的大海

便是一切美好未来的发祥地

我站在这里

像圆明园废墟上的一根柱子

然而，我的肩膀

已不再支撑那沉重的岁月

我是建设工地的一部分

我属于新生的脚手架

属于涨潮的建筑群

属于大海和未来

于是

我和千百万挣脱了锁链而

巍然站立的普通劳动者一起

站在深圳夏日的海滩

站在母亲的面前

为我挺拔的身躯和自信的微笑

为我连接世界的大海和透明的天空

拍了一张照

天职（诗报告）

——写在中国抗击"非典"胜利的日子里

很长时间了
这两个字
曾经无数次
在眼睛的余光中轻轻滑过
像两滴水滑过晶莹的玻璃
几乎没留下什么痕迹

而今天
我把这两个字
轻轻地写在纸上
却忽然觉得
笔端是如此沉重
重得让我无法喘息

（一）

这是一个春天
2003年的春天
一个本该心旷神怡
豪情天纵的春天
却因为一种病毒的出现
污染了春的气息
生命的绿叶悄悄地改变着颜色
没有白云的天空

笼罩着一层阴影
死神的脚步
正从一个至今也没人知道的地方
步步临近

充满花香的空气里
弥漫着酸醋的味道
板蓝根和消毒剂
成为每个家庭的主题
人们的嗅觉
失去了品味春色的功能
宽阔的大街
失去了往日的拥挤
许许多多的白口罩
隔绝了真切的脸孔
让一切都变得如此陌生
只有紧缩的瞳孔
还在惶恐地交流着
生存的渴望和期冀

人类历史上
一场无形的暴风雨
就这样降临
我们的灵魂
注定要经历一场洗礼
民族的命运
注定要接受一场挑战
国家的未来
注定要面对一次
凶险的搏击

而春天

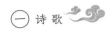

也注定要继续
我们的医护人员
共和国春天的守护者
如中流砥柱
挺身而起
用自己的汗水和生命
捍卫着人类的尊严
捍卫着春天的名誉
也捍卫着天职
圣洁的含义

(二)

当吞噬生命的大门
轰然开启
我看见一辆救护车
和一个叫范信德的司机
满载着临危不惧和浩然正气
绝尘而去
他倒下了
而他握过的方向盘
却至今依然对准着
春天的目的地

当ICU的门
紧紧关闭
我看见一袭白衣
和一个叫叶欣的女护士长
用全身心的温柔和体贴
传递着春天的氧气
她倒下了
而她桌上的鲜花

却依然绽放着
一种忠诚的美丽

当危重病人的毒液
喷满墙壁
我看见一双热忱的手
和一个叫邓练贤的医生
身先士卒虎口夺人
舍身取义
他倒下了
而他用过的听诊器
却依然叩问着
每个人心中春的消息

当越来越多的感染者
摇撼着医院的地基
我看见一张坚毅的脸
和一个叫钟南山的院士
敞开了无畏的胸襟
化解了无数的恐惧
他站立着
用他坚定的语气
告诉世界
我们一定能胜利

一双双肿胀得大了两码的脚掌
一封封火线入党的申请书和请战书
一次次零距离的接触
一遍遍的前赴后继……

那个被家人关爱反锁
要爬窗而去

奔赴岗位的护士啊
你挣脱的
是世俗的目光
你拥有的
是天使的道义
而那位因疲累
被强制休息的护士啊
你不该有"逃兵"的愧疚
你手机上发出的短消息
已使多少人肃然起敬
你的情操
已把天使的形象
塑造得顶天立地

（三）

春天是爱的季节
而这个春天的爱却流着泪

一个母亲
在医院工作的母亲
只因职责所系
家庭的温馨
已成为遥远的记忆
她只能隔着玻璃窗
远远地看一眼
阳台下因思念而来的孩子
她的心在流泪
而她的母性和她的爱
此刻只能奉献给病人
奉献给这片回响着
希波克拉底誓言的土地

一个丈夫
传染病的专家
连续三个月
每天只能休息四个小时
我们几乎听得见
他手表上每一秒的滴答声
那是一颗赤诚跳动的心的轨迹啊
而他的妻子
蘸着泪给医院写了一封信
希望强制丈夫回家
让自己尽一个妻子的爱
护理好丈夫
护理好一个战士重返前线的精力

一个孩子
只有八岁的医护人员的孩子
为了让父母睡得好一些
用自己稚嫩的肩膀
扛起了家庭的重担
每天上学前
把煮好的牛奶点心
和一颗温暖的童心
留给了父母
而那一个独自度过的生日
他给自己煮了两个鸡蛋
这个生日
他是为父母度过的
那段日子
他只流了一次泪
那是在母亲因劳累而晕倒的那一次

一 诗 歌

一个新郎
回家度蜜月的年轻医生
一纸紧急动员令
让他在第二天就回到岗位
半年前定好的婚期
几百张送出的请柬
流着泪的恋人
年迈的母亲
而他像接到命令的战士
义无反顾地走了
远远挥着手的
是他的父亲
一个和他一样的医生

翻阅着那一本
记载着抗"非典"岁月的《护士日记》
凝视着那一堆
热得烫手的爱心卡
和孩子们送给护士阿姨的
红红的苹果
甜甜的雪梨
我流泪了
为了这至亲至纯的爱
为了这默默流淌的情和意

只有这样的非常时期
才会有这样的凝聚力
才会让这些平凡的生命
变得如此地可歌可泣
才会让这些
在平时几乎无法察觉的爱
喷涌而出

把这个行业里
所有的伟大和高尚
展示给整个社会
汇成一曲春天
动人的旋律

（四）

这是一个春天
一个难以忘怀的春天
一个让"天职"这两个字
庄严地写在中国大地上的春天

总书记来了
总理来了
党的最高领导人
用坚定的脚步走进疫区
走进人民中间
在如雷的掌声之中
我感受到一种平静
一种因信心的获得
而带来的平静
心系人民安危
关注每一个普通的生命
这就是领袖的天职啊
如此真切而鲜明

政府机构
在危机中高速运转
一次次的新闻发布会
给了我们一个透明的中国
流言消失了

恐惧消失了
漠视民生的要员消失了
在人们的眼神里
我读到了一种信赖
一种因权益保障的获得而
带来的信赖
人民的公仆
一切都为了人民
这就是政府的天职啊
如此庄严而神圣

那么多的共产党人
义无反顾地站了出来
在最危险的地方
在最艰苦的时刻
他们站了出来
排成一行阳光的队列
扑向最前沿的阵地
在慷慨的豪情中
我感受到一种力量
一种在党旗上飘扬的
力量
工人阶级的先锋队
伟大时代的排头兵
这就是共产党人的天职啊
如此崇高而真实

而我们的人民
也开始重新审视自己
重新审视生活的意义
公共卫生
不再是墙上贴着的标语

强身健体
不再是孱弱者的专利
食肆里的野生动物
重新回到自由的天地
而老死不相往来的邻居
也在这场浩劫中
把手握在一起
生命高于一切
建立文明生活新秩序
这也是我们的天职啊
如此简单而实际

此刻
我站在这里
在迟来的春天里
做着深呼吸

"非典"的岁月
正渐渐离我们远去
鲜花和烈士们的塑像
放在一起
记载着这段惊心动魄的历史
和英雄们的事迹

时代继续前行
社会的血液里
又增加了一种抗体
所有关于健康的意识和观念
都潜移默化地
穿上了厚厚的防护衣

而我仍在思索

假如一切都没有发生
我们是否还能够
发现这些人性的光芒
我们是否还能够
领略这些生命的真谛
我们波平如镜的生活里
是否还能够
把"天职"这两个大字
深深地
深深地刻在
每个人的心底

生命的尊严（诗报告）
——致汶川

（一）

五月的汶川
山明水秀
日朗风清

汶水在山间穿行
带着大禹故里的问候
带着汉藏羌回各民族的风情
牵引着游人的目光

川西交出了锁钥
西羌打开了门户
云朵上的城镇和乡村
一如既往的古朴、安详和静谧

没有人会相信
你竟会招来苍天的妒忌
让一场突如其来的灾难
颠覆了你千百年的美丽

2008年5月12日
下午14时28分
一个让历史定格的时刻

伴随着一场8.0级大地震
降临在你惊愕的土地

此刻，中国西部
十几万平方公里的版图上
山崩
地裂
天空变色
河水断流
房屋倒塌
城镇消失
交通瘫痪
通讯断绝……

水库边钓鱼的老人
被湖水卷进了深渊
公路上观光的汽车
被泥石流深深地埋葬
住房里闲适的妇女
被屋梁压住了躯体
矿井下忙碌的工人
被巷道锁住了生机
而那些孩子啊
正在学校里读书的孩子
成千上万个孩子
竟在这一刹那
成了废墟下的冤魂……

这一刻
汶川在流血
四川在流血
甘肃、陕西、重庆在流血

而中国和世界
在流泪……

（二）

泪眼中
我看到——
那么多的老师
为了救出学生
多次往返于危楼之中
即使在生命的最后一刻
也伸出双手
用自己血肉的脊背
支撑着塌下的横梁和塌下的天空
守护着身体下面那些幼小的生命
……
他们死了
像一尊尊青铜的塑像
告诉我们什么叫为人师表
什么叫师道的尊严

泪眼中
我看到——
那么多的母亲
为了襁褓中的孩子
用柔弱的肩膀
抗击着冰冷的钢筋水泥
在绝望之中
一位母亲让婴儿吮吸着自己的乳头
传递着生命中最后的能量
一位母亲则在手机上
留下了最后的语言：

"亲爱的宝贝
如果你能活着
一定要记住我爱你"
……
她们死了
像一座座矗立的丰碑
告诉我们什么是至爱
什么是母性的光芒

泪眼中
我看到——
那么多的孩子
为了生命
选择了坚强
他们在废墟下互相鼓励
一起唱着喜爱的歌曲
饥渴时
他们喝自己的尿液
甚至咬破腮帮喝自己的血
恐惧时
他们打开手电筒
在课本上阅读着希望
……
他们等待着
像一棵棵匍匐的绿草
告诉我们什么叫永不放弃
什么叫生存的力量

（三）

此刻
抢救生命成了最大的主题

震后仅仅10多分钟
我军第一支救援队
就踏上了征程
震后不到两个小时
温总理带着总书记的嘱托
带着中央"一切为了灾区"的号召
立即飞往成都
亲临震区
指挥着这场艰苦卓绝的
抗震救灾大会战

部队在行动
医疗队在行动
志愿者在行动
共和国在行动
70多位将军
18万官兵
几万名医护人员
数十万辆自发赶来的私家车
300多万志愿者
从祖国的四面八方
跋山涉水
不期而至
没有时间伤心
也没有时间流泪
只为了心灵深处的震撼
只为了灾区那些生命
那些无助的眼睛

灾区已成孤岛
满目疮痍

到处都是塌方

而路，在哪里

蜀道难

难于上青天

可是此刻

它不是文人和怀才不遇者的蜀道

它是救援之路

是灾区的生命线啊

短短的几天

在一双双破裂的手掌中

在一双双涨满血丝的眼睛里

在一个个疲惫而坚强的身躯下

终于

天堑变成了通途

这条大动脉的每寸土地

是用人民子弟兵的血汗铺成的

是用惊天动地的意志铺成的

是用无坚不摧的信念铺成的

与此同时

各支医疗救援小分队

已经徒步急行军

翻山越岭

进入各个目的地

没人说得清楚

他们是怎么进去的

只知道他们几天几夜没有合眼

随身只带着急用的药品和食品

而那些食品

他们都给了伤员和灾民

自己却去挖野菜充饥

人们都这样说
在大灾大难面前
最早见到也是最常见到的
一定有两种人
一种是橄榄绿
一种是白大衣
是啊，抢救生命
救死扶伤
他们正是中国政府和人民
爱心的两翼

（四）

生命
在废墟下奄奄一息
余震
仍在继续
面对惨绝人寰的场景
一场惊天大救援
就在这里
留下了
气壮山河的记忆

一位救援的战士
因房屋有可能再次坍塌
被战友们死死拉住
他跪在地下哭喊着
　"求求你们让我再去救一个
我还能再救一个"
这揪心裂肺的哭喊
让整个世界为之动容

这就是我们的子弟兵啊
危险面前
心里只有老百姓

一位当地的干警
一身伤病仍不离不弃
四次被送进医院抢救
醒来后又跑回现场救人
他救出了100多名学生
而他的亲生儿子
就在他身边的废墟中哭喊
"爸爸，我好痛，救救我"
为了更多的生命
他分身乏术
只能强忍泪水
看着自己的孩子停止了呼吸
这就是我们的公安干警啊
手心手背
一样的骨肉深情

一位广东的老板
当地震的噩耗传来
就在第一时间
率领着自己的长臂破墙机车队
放下所有的工程
日月兼程
义务奔赴救援最前线
短短几天之内
用这批震区最紧缺的机械设备
协助拆除了难度极大的
二十几栋危楼
在虎口中救出了一批生命

这就是我们的老板啊

朴朴实实

又如此可亲可敬

还有

还有很多很多写下了遗书的英雄

很多很多站在最前列的共产党人

很多很多撼人心魂的画面

很多很多可歌可泣的故事

在死寂的废墟中

在哭泣的土地上

在令人窒息的空气里

默默地出现

默默地随风前行

我们无法全部说出他们的名字

但是

天知道

地也知道

人们心中都知道

那是一种至真至善的人间正气

那是一股至刚至烈的天地豪情

（五）

这段时间

我们的话题

总是离不开那些孩子

那些祖国的花朵

未来的精灵

他们那么弱小

那么稚嫩

他们那么无辜

又那么无助

当劫难突然降临
他们会如何接受
这残酷的命运
在生与死的关口
他们又会如何经历
这童贞的洗礼

那是一个12岁的藏族姑娘
当教学大楼坍塌时
她是队伍里面最后的一个
死的时候还搀扶着一位同学
她是班长
是少先队的大队长
可她还是一位短跑比赛的获奖者啊
她本来可以跑在最前面的

那是一个小学生
一个浑身淌着血
被压在砖石下的小男孩
当生还的惊喜出现时
他对救援者说
"叔叔，我不慌张
你先救他们吧"
几个小时之后
身边的十几位同学全部脱险
他才最后一个被救
而他本来是可以第一个出来的

那是一个小学女生
双腿被压在横梁下

为了生存
她无奈地接受了现场截肢手术
当她被抬出废墟时
她含着眼泪问医生
"叔叔
我是不是最勇敢的"
她关心的
只是她的表现
是否影响了人们的救援

而另一个幼儿园的小朋友
双脚都被卡住
浑身淌着血
可她仍在用奶声奶气的声音
唱着"两只老虎跑得快"的童谣
为救援人员打气
她说
"叔叔,我不怕
你们不要担心"
……

在这些孩子面前
我泪如泉涌
因为他们的勇敢
也因为他们的善良
这些九零后和新世纪后出生的
可爱的孩子们
这些在劫难之后纷纷表示
长大后要当医生和警察的
孩子们
让我们在褪色的天地间
看到了一抹暖暖的亮色

烫热了我们的胸腔

而那位获救后在担架上敬礼

的三岁男孩

那高高举起的右手

更让我们感受到

一种民族血脉中传承着的

崇高与庄严

（六）

"一切为了灾区"

"要钱给钱

要物给物

要人给人

要血给血"

一场全民族的爱心大行动

满载着所有急需的物资

由公路、铁路、民航

绝尘而来

此时的灾区

已成为全国人民

所有话语的唯一主题

灾区的一举一动

都成为中国乃至海外

所有媒体的头版头条

一顶顶帐篷

一排排板房

一车车食物和衣被

一箱箱药品和血浆

伴随着几百万的志愿者和

几百个亿的捐款

涌到了灾区

那些天
全国几乎布满了捐款箱
从上亿的支票
到几分钱的硬币
人们用不同的数额
不同的方式
表达着同样的关切

一个5岁的小孩
把储蓄罐里一角一角的硬币
都倒出来
他说要用这些钱
给灾区买一台挖土机救小朋友
他不知道挖土机要多少钱
他只知道
这37.8元
是他的全部积蓄

同样是三十几块钱
那是一个身有残疾的10岁孩子捐的
他是个乞儿
钱是他乞讨来的
是他当天全部的"收入"
他以手代脚
艰难地来到捐款箱前
神圣地捐款
这一刻
他没有想到
他也是个需要救助的人

还有一个拾荒者
从一身破洞的衣服口袋里
掏出了8个硬币
这8块钱
是他那天捡了80个矿泉水瓶
换来的
他低着头，有些自卑
因为他觉得身上很脏
可是兄弟
你不脏
你的心
像银子一样纯净

城里的血库早已爆满
义务献血的队伍
仍排得很长很长
有的人一天排了几次队
他们说
"我们拿不出多少钱
可我们还有血
就让我们尽点力吧"
一袋袋的血浆
就这样远赴千里
把不同的生命
通过血管紧紧地融汇在一起

志愿者还在募集
联系电话早已爆机
即便是医疗专家志愿服务队
也只能以抓阄的方式
抽签决定谁留谁去
大医至诚

大爱无疆

他们只希望

用自己的双手

延续更多的生命

帮助更多的姐妹兄弟

一位网民在网络上写道

"再小的爱心

乘以13亿

也能感天动地

再大的天灾

除以13亿

也就变得微不足道"

五月的中国

五月的中国人民

在手腕上系上了红飘带、绿飘带、黄飘带的人民

在2008年经历了

众多考验的人民

就这样

在炽热的爱心中

站在一起

以生命的名义

站在一起

（七）

震后第七天

公元2008年5月19日

下午14时28分

防空警报拉响

一 诗歌

交通静止
汽车、火车、轮船、汽
笛长鸣
大街上,行人停下脚步
所有国旗缓缓降到旗杆
的半端

中南海一片肃穆
党和国家最高领导人
臂戴黑纱
胸佩白花
和全国人民一起
为遇难的六万多个亡灵
为逝世的六万多个公民
排队肃立
默默致哀三分钟

这是中华人民共和国
首次为普通百姓
设立的全国哀悼日
这是中华人民共和国
首次为自己的公民
举行的全国性葬礼

整整三天
共和国屏住了呼吸
到处一片寂静
报纸失去了颜色
就连互联网
也只有黑白的页面
这个时候
也只有至纯的黑与白

· 119

才能寄托人们的哀思
才能使人们模糊的泪眼
变得清晰而明净

教室里
一串串千纸鹤
是孩子们用心折叠的
折叠得像祈祷一样整齐
它一定会飞
飞到灾区小朋友那里
告诉他们
城里孩子的思念

广场上
一支支点亮的蜡烛
围拢成大大的"心"字
温暖着夜空里
那些逝去的生命
成千上万的人
步履轻轻
只怕那些声响
打扰了
天堂的宁静……

此刻的汶川和所有的灾区
重建的家园正在规划
几百个亿的援建项目正在落地
板房里的学校
又开始传出了
琅琅的读书声
乡村里的人们
也开始了新的耕耘

生命的炊烟又在这里袅袅升起
梦没有丢失
他们的梦
是和这片土地联系在一起的
有梦的日子
就有希望

他们是劫后的幸存者
他们有尊严地活着
虽然他们无法抵御暴虐的大自然
但是他们可以选择坚持
在生与死之间坚持
在失去一切之后坚持
在自尊、自爱、自强之中坚持

一位在灾难中失去七位亲人的护士长
对每一个病人的安慰都是一句话
"一定要挺住
因为你还活着"

活着
就是对死者最大的安慰
活着
就是对生命最大的尊重
活着
就是对相助者最大的回报
活着
就是对命运最大的抗争

"汶川，挺住"
"四川，雄起"
九百六十万平方千米的土地上

回荡不息的呼喊
正催生着一次
壮丽的涅槃
这是汶川的涅槃
也是四川的涅槃
更是共和国的涅槃

多难兴邦
在这次历史性的涅槃中
中国人民收获了
一种国民意识的觉醒
人民政府获得了
一种崭新的国家公共文明
一条家庭般的精神纽带
把中华民族凝聚在一起
而这条纽带
是由无数个普通而平凡的
生者和死者的尊严结成的

就这样
2008年5月12日的汶川
为我们留下了
一段关于生与死的对话
一段关于过去和未来的对话
当然,还有很多
关于生命尊严的思考
在那些持续出现的余震中
隆隆轰响
……

二

剧本

一爱千年[①]

(音乐剧剧本)

作者按：音乐剧《一爱千年》根据神话传说白蛇传重新编剧。

剧本保留了原有的主要人物及基本故事脉络，但对人物性格和命运做了重新设计，故事情节也做了删减及修改，使之更为紧凑。

法海作为镇江金山寺的得道高僧与开山祖师，却由于白蛇传故事所塑造的恶僧形象而声名狼藉，致使佛教界与金山寺长期处于尴尬境地。几年前一首《法海你不懂爱》的神曲更是引发了关于恢复法海名誉的大争论。

重塑法海形象，只能从改编白蛇故事入手，毕竟白蛇故事已深入人心。

本剧试图在白蛇故事中将法海塑造成一个大慈大悲、心地善良，最终舍弃修为以弘扬佛法的佛家高僧。作为佛法的传播者与神界的执法者，本剧重点揭示了法海的良知和慈悲心在神殿与人间两种不同秩序之间的矛盾冲突，使这个广为人知的爱情故事具有了新的内核与更为深刻的现实意义。

剧情介绍

第一幕

在峨眉山修行了千年的白蛇和青蛇，因不甘寂寞私自下凡到杭州一带游玩。神界派法海前去缉捕。许仙借伞并赢得白蛇芳心。法海旁

[①] 《一爱千年》音乐剧（2020年修改版）由陈小奇编剧、作词，李小兵作曲，中国歌剧舞剧院歌剧团表演。

敲侧击，力劝白蛇和青蛇二人回山以免修行功业尽毁，但最终仍不欢而散。

第二幕

白蛇为避法海躲在许仙家，为百姓治病开药并使药房生意日隆，终与许仙成婚。结婚之日，法海向许仙点明白蛇身份，劝许仙莫误白蛇修行。许仙不信，法海只得以雄黄酒使白蛇现形。许仙惊晕，被法海带回金山寺。

第三幕

许仙在法海的规劝下，知人妖殊途，亦不想误白蛇修行，故皈依佛门以断情愫。白蛇与青蛇遂大闹金山寺。法海无奈之下，只得服从神殿禁令，祭出金钵，将白蛇擒住。

第四幕

雷峰塔前，许仙痛哭悔悟。众街坊亦赶来求法海放人。法海本为具大慈悲心之高僧，面对民心民意，虽明知上命不可违，仍在小青舍生救姐的感召下激发了内心的佛性，与众人合力摧毁了雷峰塔，放出白蛇。其本人也因耗尽功力和修为，最终漂泊四海做了传道的行僧。

人物表

法海：佛家高僧，金山寺方丈。作为神界秩序的执行者，他只能活在原则之中，虽不愿伤害任何人，但还是造成了悲剧。最终在现实的触动及民意的感召下，以大慈悲心舍身取义，亲手摧毁了雷峰塔。

白蛇（白素贞）：修炼千年的蛇妖，爱情至上主义者。因对人间的好奇偷偷下凡，最终为情所困而不惜抛弃一切，成为仙界的叛逆者和自身理想的殉道者。最后因法海的大慈悲心，终与许仙破镜重圆。

许仙：一介书生，药房经营者。因一次邂逅堕入情网。婚后当得知妻子原是蛇妖，在法海的规劝下，知人妖殊途，故皈依佛门，以断情愫。但最终还是因情丝难断而幡然悔悟。

青蛇（小青）：鼓动白蛇下凡并以姐妹身份相伴出游的蛇妖，无法无天，玩性与侠气十足，为了姐姐和许仙的情缘而不惜舍去生命，是一个不断冲击旧有秩序的叛逆者。

第一幕

〔西湖断桥边〕
〔众和尚上〕

和尚齐唱： 天地之间有一座、有一座峨眉山，
山里那条、那条白蛇已修炼千年。
相伴的小青蛇无法无天，
怂恿她偷偷下凡到人间、
怂恿她偷偷下凡到了人间、到了人间。

（该怎么办？该怎么办？该怎么办？）

神殿震怒，天规森严，
千年的纲纪岂容挑战？
神殿震怒，天规森严，
千年的纲纪岂容挑战？
一道谕旨，将白蛇捉拿归案，
法海受命，一路追踪下云端。

（该怎么办？该怎么办？该怎么办？）

〔白蛇及青蛇上〕

白蛇唱： 百里楼台，十里湖山，
谁将柳色，染绿江南？
千年苦修寂寞清冷，
大梦初醒才知道，
此心已醉在人间！
曾记当年，在此遇难，
一位恩人，救我脱险。
桃花依旧人已不见，
岁岁年年长相忆，
那容颜常记心间。

青蛇唱： 和姐姐无拘无束纵情游玩，
水如天，天也如水，常看不厌。

　　　　　　　平日里受够了仙规戒律，
　　　　　　　这一次解开心锁，
　　　　　　　不管他春暖、春暖冬寒！
　　法海唱：　离了金山寺，睁开天眼，
　　　　　　　已知那蛇妖到了西湖边。
　　　　　　　此一行驱云破雾不可懈怠、此行不可懈怠，
　　　　　　　身为这护道者重任在肩、重任在肩！
　　　　　　　那蛇妖千年道行、千年修来不易，
　　　　　　　怎可为一念之差不登仙班？
　　　　　　　老衲我急急前来将她规劝，
　　　　　　　尽可能大事化小送她回山。
　　众和尚唱：（该怎么办？该怎么办？该怎么办？）
〔法海及众和尚下〕
〔许仙上〕
　　许仙唱：　小生我书生一个名叫许仙，
　　　　　　　平日里纵情山水懒数铜钱。
　　　　　　　父母早亡只留下一间药店，
　　　　　　　清风明月粗茶淡饭年复一年。
　　　　　　　这一天离了家门，
　　　　　　　花开季节踏春到了断桥边。
　　　　　　　烟云里两位娘子款款而来，
　　　　　　　莫不是梦中天仙下了凡？
　　白蛇唱：　一抬头看见一位少年郎，
　　　　　　　眉清目秀、玉树临风好模样。
　　　　　　　神态真像、真像当年、当年的那位救命恩人，
　　　　　　　一时间脸红、一时间心跳竟有些慌张！
　　众人唱：　（该怎么办？该怎么办？该怎么办？）
　　青蛇唱：　一位俊书生，一位美娇娘，
　　　　　　　初见面就眼神迷茫！
　　　　　　　难道是我姐姐已暗生情愫、暗生情愫？
　　　　　　　妙妙妙！
　　　　　　　小青我成人之美，且唤来雨骤风狂！

众人唱：　　（该怎么办？该怎么办？该怎么办？）
　　　　　　下雨了！下雨了！下雨了！下雨了！
许仙唱：　　叫一声两位娘子切莫心慌，
　　　　　　小生我这里有把小伞可把雨挡。
　　　　　　这把小伞有诗意万千，
　　　　　　你二人撑起它岂不更有别样风光！
众人唱：　　（该怎么办？该怎么办？该怎么办？）
　　　　　　下雨了！下雨了！下雨了！下雨了！
白蛇唱：　　谢谢这位相公古道热肠，
　　　　　　雨中借伞情谊长、情谊深长。
　　　　　　有道是千年修来一伞度，
　　　　　　一把伞三人行本也无妨。
青蛇唱：　　只为贪玩唤来、唤来一天风雨，
　　　　　　两人有来有往还真有文章。
　　　　　　既然如此就陪、就陪他们走上一走，
　　　　　　看一看这伞下有什么名堂！
众人唱：　　（该怎么办？该怎么办？该怎么办？）
白蛇唱：　　问一声兄台尊姓大名？
　　　　　　能否告知家在何方？
许仙唱：　　小生我名字叫许仙，
　　　　　　家就在清波门外小药房。
青蛇唱：　　我姐姐叫白素贞，
　　　　　　想问就问不必装！
白蛇唱：　　小青说话莫太刻薄，
　　　　　　需懂礼节莫把人伤。
青蛇唱：　　姐姐看来已堕入了情网，
　　　　　　谁知道这书生究竟是什么心肠！
许仙唱：　　一把伞，伞里日月长，
　　　　　　娘子竟邀我同赏春光。
　　　　　　虽有一片倾慕意，
　　　　　　切勿造次莫轻狂！
青蛇唱：　　癞蛤蟆想吃天鹅肉，

　　　　　　　这天鹅偏又不设防！
　　　　　　　小青我一旁偷偷笑，
　　　　　　　推波助澜，好戏开场！
〔三人游湖〕
　　三人唱：　山青青，水茫茫，
　　　　　　　雨中西湖好风光。
　　　　　　　连天荷叶无穷碧，
　　　　　　　觅食的鱼儿急忙忙。
　　　　　　　断桥短，相思长，
　　　　　　　各将心事伞下藏。
　　　　　　　只盼雨儿不停下，
　　　　　　　天长地久，地老天荒。
〔法海及众和尚上〕
　　法海唱：　（哎呀不好了！）
　　　　　　　万里奔波寻蛇妖，
　　　　　　　却见三人乐逍遥。
　　　　　　　情根一动难斩断，
　　　　　　　如何点破费推敲！
　　　　　　　如何点破、如何点破，费推敲！
　　　　　　　（阿弥陀佛！）
　　许仙唱：　湖边小路弯弯绕，
　　　　　　　大师可否让个道？
　　法海唱：　人太多，路太小，
　　　　　　　指条大路你要不要？
　　青蛇唱：　大路朝天你自己走，
　　　　　　　挡住去路你为哪遭！
　　许仙唱：　我一把小伞挤三人，
　　　　　　　你莫毁了这传家宝！
　　法海唱：　雨也停了，天也晴了，
　　　　　　　施主这把伞莫非要撑到老？
　　白蛇唱：　这和尚说话太蹊跷，
　　　　　　　只怕我行藏已露事不妙！

　　　　　　　小心应对须谨慎，
　　　　　　　方能走得路来过得桥！
　　法海唱：　这位娘子莫心焦，
　　　　　　　收起小伞自有阳光照！
　　　　　　　有道是家中自有千般好，
　　　　　　　一回头便会是海阔天高！
　　白蛇唱：　多谢大师指点相告，
　　　　　　　一把小伞撑不起风雨飘摇。
　　　　　　　我三人结伴只为了走条新路，
　　　　　　　还望大师慈悲为怀不再阻挠。
　　法海唱：　人间有情，天亦有道，
　　　　　　　大路小路也只是一步之遥。
　　　　　　　老衲我就算让开、就算让开这条道，
　　　　　　　你的伞也穿不破这云遮雾绕！云遮雾绕！
　　白蛇唱：　白素贞出门在外无依无靠，
　　　　　　　只想开心一回快乐一遭。
　　　　　　　大师你慈眉善目心地好，
　　　　　　　应知放人一马有好报！有好报！
　　许仙唱：　许仙我不算读书少，
　　　　　　　这些话却听得我莫名其妙！
　　　　　　　老和尚无缘无故纠缠不休，
　　　　　　　该不是年事已高？神智不好？
　　青蛇唱：　老和尚你闲来无事休再唠叨，
　　　　　　　小青我没工夫陪你、陪你瞎聊！
　　　　　　　气冲冲带上两人夺路一条，
　　　　　　　再拦我，让你袈裟蒙尘鸡飞狗跳！
〔小青拉二人急下〕
〔众和尚欲追，法海制止〕
　　法海唱：　大事不好大事不好！
　　　　　　　一片好心打水漂！
　　　　　　　大事不好大事不好！
　　　　　　　一片好心打水漂！如何是好！

这种丑事，实在不可太过招摇，
且仔细思量，再作计较、
再作计较、再作计较！
（阿弥陀佛！）

第二幕

〔许仙药房大厅〕

众人合唱： 自从那白娘子来到了药房，
数月间便已经名震余杭。
悬壶在杏林，治病开岐黄，
体贴善良活神仙，造福四方！
今日里娘子许仙喜结良缘，
众人来送贺礼也闹个洞房。
只盼着两个人早生贵子，
白头偕老保邻里吉祥安康。

〔众人下〕

白蛇唱： 大厅里一片喜气烛影摇红，
人世间结姻缘如此隆重。
众街坊川流不息真心可感，
贺的是我夫妻济世情浓。
那一日雨中借伞嬉游湖中，
不料想恋上人间改变了行踪。
躲法海避居在许仙药店，
几个月相濡以沫竟动了情衷。
爱上一个人或许天注定，
珍惜这段情更应该夫敬妇从。
自此后告别过往安居度日，
对铜镜贴花黄再整妆容、妆容。

许仙唱： 平日里无忧无虑懵懵懂懂，
蒙娘子重为我点亮那盏心灯。
爱来得快，一场风雨结鸳盟，

	那一把伞，撑开了乌云中满天霓虹！
	看娘子带娇羞，
	风情万种又心事重重。
	莫非觉得我少不更事？
	从此后随娘子破壁腾空！

二人唱： 爱上一个人或许天注定，
该珍惜这段情、呵护这段情，夫敬妇从。
爱上一个人，共度春与冬，
这平静的日子、安居的日子，两相拥。

众人唱： 两个新人，一个新梦，
脱了牢笼，海阔天空。
比翼双飞，情根深种，
一个爱字，写在心中！

青蛇唱： 这两个人恩恩爱爱如胶似漆，
看得我又是羡慕又有些妒忌。
虽说是一见钟情人间常态，
几个月便成婚似乎有些儿戏。
罢罢罢！
下凡来本就为找一些乐趣，
成就了一段姻缘，图个欢喜。
帮姐姐打扮打扮梳梳洗洗，
帮姐姐打扮打扮梳梳洗洗，
只是那个老和尚、老和尚不在，
没办法气他一气！

〔众人上〕

众人唱： 一拜天地、一拜天地——
青蛇唱： 天地不嫌弃！
众人唱： 二拜高堂、二拜高堂——
青蛇唱： 高堂在哪里？
众人唱： 夫妻对拜、夫妻对拜——
青蛇唱： 切莫闪了腰！
众人唱： 四拜媒人、四拜媒人——

青蛇唱：　　　小青我受得起！
〔法海上〕
　　法海唱：　　西湖边劝不了白蛇心中懊恼，
　　　　　　　　几日来苦思良策甚是煎熬。
　　　　　　　　只想着大事化小，小事化了，
　　　　　　　　无奈这蛇妖执迷、执迷不悟却如何解套？
　　　　　　　　两条蛇玩性太重越发胡闹，
　　　　　　　　竟在我眼皮下结百年之好！
　　　　　　　　急忙忙施妙计以化缘为名，
　　　　　　　　先点化许仙把孽缘解消。
　　　　　　　　（施主！）
　　许仙唱：　　大喜日和尚化缘自当施舍，
　　　　　　　　送几颗喜糖也积些善德。
　　　　　　　　虽说那日老和尚煞了风景，
　　　　　　　　可做人总须厚道不可吝啬。
　　　　　　　　（哎咋！）
　　　　　　　　怕谁来谁就来，实在太折磨，
　　　　　　　　法海一缠身，如何能摆脱？
　　　　　　　　是福不是祸，是祸躲不过，
　　　　　　　　只是这老冤家真的太啰嗦！
　　法海唱：　　问一声施主你别来可无恙？
　　许仙唱：　　托你洪福小生拜谢了！
　　法海唱：　　听闻你大喜成婚特来祝贺，
　　许仙唱：　　只怕是黄鼠狼拜年居心叵测！
　　法海唱：　　老衲我此来只为点化一段缘，
　　许仙唱：　　大喜日说这些话似乎欠妥！
　　法海唱：　　有道是良药苦口忠言莫嫌多，
　　许仙唱：　　我说和尚你怎样才能放过我？
　　法海唱：　　老衲我并非闲得无聊，
　　　　　　　　出家人怎么会与你没完没了。
　　　　　　　　请施主静静心稍安勿躁，
　　　　　　　　听我把实情细细相告。

　　　　　　　白娘子她本是峨眉蛇妖，
　　　　　　　私自下凡已经把神殿惹恼。
　　　　　　　老衲我不忍她修行尽毁，
　　　　　　　望施主莫贪欢，留她活路一条。
　　许仙唱：　和尚你切莫要，胡编乱造！
　　　　　　　我的好娘子竟被你说成了蛇妖！
　　　　　　　和尚你切莫要，蛮缠胡搅！
　　　　　　　这荒唐诅咒实在太可笑！
　　　　　　　和尚你太胡闹！
　　　　　　　这把岁数还打诳语也不害臊！
　　法海唱：　小施主既以为老衲造谣，
　　　　　　　这一壶雄黄酒便是解谜良药。
　　　　　　　只要你与她喝上几口，
　　　　　　　是与非黑与白自可明了。
　　许仙唱：　老和尚不放手不依不饶，
　　　　　　　既如此便随你赌上一遭。
　　　　　　　不管你这壶酒有何奥妙，
　　　　　　　只怕你此一行心机白抛！
　　　　　　　老和尚请便不送！
〔法海下〕
　　许仙唱：　赶走了老和尚重入厅堂，
　　　　　　　再邀上两姐妹共诉衷肠。
　　　　　　　新婚夜总该有美酒佳酿，
　　　　　　　喝上几口交杯酒莫负了好时光！
　　白蛇唱：　看相公好兴致举酒承欢，
　　　　　　　突发现这壶酒竟是雄黄！
　　　　　　　如推辞又担心情郎不快，
　　　　　　　恃有这千年修为应该无妨。
　　青蛇唱：　红盖头红罗帐喜气洋洋，
　　　　　　　一壶酒三个杯把心安放。
　　　　　　　良宵夜岂能够冷了洞房？
　　　　　　　陪个酒助个兴闹他一场！

三人唱：　　　　喝一杯，雄黄酒，
　　　　　　　　天荒地老到白头。
　　　　　　　　你敬我，我敬你，
　　　　　　　　今夜不醉不罢休！
　　　　　　　　喝一杯，雄黄酒，
　　　　　　　　天荒地老到白头。
　　　　　　　　你敬我，我敬你，
　　　　　　　　今夜不醉不罢休！

白蛇：　　　　　（哎呀！）
　　　　　　　　喝下了几杯酒恍恍惚惚，
　　　　　　　　天也旋地也转把持不住。
　　　　　　　　再逞强只怕会现了原形，
　　　　　　　　唤小青辞相公赶紧入屋。

〔白蛇与小青急下〕
〔法海上〕
法海唱：　　　　本不该以此酒唤醒施主，
　　　　　　　　恕法海无他法解你迷途。
　　　　　　　　此时刻谅蛇妖真相已露，
　　　　　　　　望施主速观看莫一误再误！

许仙唱：　　　　看就看，许仙我不糊涂，
　　　　　　　　既敢赌小生我便愿赌服输！
　　　　　　　　如果今夜后娘子依然美如故，
　　　　　　　　就请你回山念佛，莫再光顾！

〔两人定格〕
小青唱：　　　　曾经相依为命，历尽千难，
　　　　　　　　而今看着姐姐，喜结良缘。
　　　　　　　　喝下几杯薄酒，情思难遣，
　　　　　　　　邀了窗外明月，照我孤单。
　　　　　　　　好姐姐，祝福你，
　　　　　　　　从此后，心放宽。
　　　　　　　　好姐姐，你安睡吧，
　　　　　　　　从此恩爱到永远！

深深相爱的人，我会站在你们身边，
无论多少风险，我都为你分担。
深深相爱的人，我会伴在你们身边，
愿天下有情人，平平安安！
深深相爱的人，我会伴在你们身边，
愿这一对新人，平平安安！

〔小青晕眩睡下〕

许仙唱：　　（哎呀呀！）
蛇蛇蛇蛇！蛇！
一条白蛇沉沉酣睡，
一条青蛇正打呼噜！
断子绝孙的老和尚你使了何妖法、妖法？
蛇！
我头冒冷汗手脚发软，我我我我，我一命呜呼！
蛇！

〔许仙晕倒〕

第三幕

〔金山寺〕

众和尚唱：　南无阿弥陀佛，
南无阿弥陀佛。
南无阿弥陀佛，
南无阿弥陀佛。
……

法海唱：　　金山寺里香火缭绕法相尊严，
解业障消心魔就在大雄宝殿。
连日来劝许仙苦口婆心，
只愿他迷途知返皈依佛前。
神殿上已连发三道谕旨，
责老衲办事迟疑怒了龙颜。
此世间欲度众生任重道远，

(二) 剧本

　　　　　　　两全其美做好人实在艰难！
　　许仙唱：　那天的一壶酒破了迷幻，
　　　　　　　几日里心如止水，
　　　　　　　不知道今夕何年？
　　　　　　　爱已不在，只有落叶在阶前。
　　　　　　　梦已枯萎，漫天红尘已经化了虚烟！
　　　　　　　一遍遍，一遍遍，木鱼声里往事谁能听见？
　　　　　　　一天天，一天天，晨钟暮鼓敲碎青灯黄卷。
　　　　　　　爱已不在，只有落叶在阶前。
　　　　　　　梦已枯萎，漫天红尘已经化了虚烟！
　　众和尚唱：南无阿弥陀佛，
　　　　　　　南无阿弥陀佛。
　　　　　　　南无阿弥陀佛，
　　　　　　　南无阿弥陀佛。
　　　　　　　……

〔白蛇青蛇上〕
　　白蛇唱：　不小心现了形吓走许仙，
　　　　　　　果然是贼法海毁我姻缘。
　　　　　　　长江上驾扁舟惊涛裂岸，
　　　　　　　此一去力挽狂澜破镜重圆！
　　青蛇唱：　气冲冲与姐姐怒闯金山，
　　　　　　　老秃驴施诡计阴险刁奸！
　　　　　　　小两口情相悦碍他何事？
　　　　　　　找法海讨说法大闹佛前！
　　众和尚唱：南无阿弥陀佛，
　　　　　　　南无阿弥陀佛。
　　　　　　　南无阿弥陀佛，
　　　　　　　南无阿弥陀佛。
　　　　　　　……
　　白蛇唱：　（大师，白素贞这厢有礼了！）
　　　　　　　白素贞与许仙已夫妻相拜，
　　　　　　　只想着悬壶济世解民忧灾。

　　　　　　　不惹天不惹地平安度日，
　　　　　　　得闲时坐看那花谢花开。
　　　　　　　这一个愿想应无伤大碍，
　　　　　　　望大师能理解贵手高抬。
　　　　　　　寺内外各行善事各求因果，
　　　　　　　大师是出家人还请慈悲为怀！
法海唱：　　老衲我几次三番为你着想，
　　　　　　　却为何到如今还不明白、还不明白？
　　　　　　　听我劝速回头早思悔改，
　　　　　　　再迟疑大祸临头谁能消灾！
白蛇唱：　　白素贞一人做事一人当，
法海唱：　　这不是你一人、你一人的孽债！
白蛇唱：　　欲加之罪只冲我一人来！
法海唱：　　这孽缘又怎能、怎能不拆开！
青蛇唱：　　神殿只管神殿的事，
法海唱：　　劝尔等回山是我职责所在！
青蛇唱：　　插手人间不应该！
法海唱：　　乱了纲常，说什么应该和不应该！
白蛇唱：　　不登仙班是自愿，
　　　　　　　毁了修行我愿挨！
法海唱：　　规矩如山不可犯，
　　　　　　　岂可容得你胡来！
青蛇唱：　　你的规矩你去守，
　　　　　　　我的命运我安排！
法海唱：　　命运只由天数定，
　　　　　　　不是破布可任剪裁！
　　　　　　　今日里鸳鸯梦已不再，
　　　　　　　如不信，就请许仙把金口开！
许仙唱：　　耳听得双方争执剑拔弩张，
　　　　　　　我这里忐忑不安如何开腔？
　　　　　　　老和尚承天命殚精竭虑，
　　　　　　　白娘子虽为蛇情深意长。

	她在仙班，我在人间，
	纵有缘亦无分痛断肝肠。
	我岂可为一己误她前程锦绣？
	别娘子弃红尘，从此世上再无许郎！
白蛇唱：	听此言不由得天旋地转！
	这一缕相思竟化了冰霜！
	问相公可记得那把小伞？
	问相公可想起恩爱时光？
	多少次相濡以沫尝尽甘苦，
	多少次相依相伴走过炎凉。
	多少个花朝月夕你不牵挂？
	多少次山盟海誓你能遗忘？
	白素贞为你放弃仙班，
	你竟然做了个无情无义薄幸郎！
	白素贞为你逆天抗命，
	你竟然做了个无情无义薄幸郎！
许仙唱：	请施主切莫重提、重提以往，
	世间事皆虚幻，庙里日月长。
	小僧我已剃度法门不二，
	从此后、从此随师父普渡慈航！
青蛇唱：	这书生竟然要做了和尚！
	全不念我姐姐情深意长！
	小青我一跺脚利剑出鞘，
	先杀了老秃驴再做主张！
法海唱：	小娃儿你休得如此猖狂！
	一出剑便已经祸起萧墙！
	莫逼得老衲我忍无可忍，
	莫误我数月来语重心长。
白蛇唱：	老和尚你决意棒打鸳鸯，
	白素贞便与你不共戴天。
	说什么天命难违不可抗？
	说什么人蛇不该有良缘、良缘！

〔白青合〕　　　我姐妹既来了金山寺，
　　　　　　　　不夺回许郎（许仙）我誓不还！
　　　　　　　　纵然是此身殉了情，
　　　　　　　　我粉身碎骨心也甘！

　　法海唱：　　（罢罢罢！）
　　　　　　　　两蛇妖冥顽不化不可理喻，
　　　　　　　　老衲我言尽于此不再迟疑。
　　　　　　　　众小僧且带许仙后殿暂避，
　　　　　　　　此一劫非武力无法平息。
　　　　　　　　执法杖抖袈裟摆开阵势，
　　　　　　　　承天道擒蛇妖在此一举。
　　　　　　　　有道是天网恢恢谁可抗拒？
　　　　　　　　任性妄为从来是其辱自取！

　　白蛇唱：　　唤小青命水族协力抗争，
　　　　　　　　举令旗施法力鱼跃龙腾。
　　　　　　　　借长江百丈水抢出许仙，
　　　　　　　　淹了金山寺，莫犯镇江城！

　　众和尚唱：　乌云遮天，浊水漫地。
　　　　　　　　金山寺外，杀机顿起。
　　　　　　　　踏平风波，守护庙宇。
　　　　　　　　除妖灭魔，前赴后继！
　　　　　　　　佛门净地，法不可欺，
　　　　　　　　不让洪水，漫过河堤，
　　　　　　　　以身护法，守护道义，
　　　　　　　　不让百姓，颠沛流离！

〔三重唱〕
　　白蛇：　　斗法海力尽筋疲，
　　法海：　　此一战你毫无胜机。
　　姐妹：　　拼将一死散魂魄，
　　法海：　　你何苦血染征衣！
　　合：　　　不离不舍，不舍不弃！
　　白蛇：　　只为一份爱冲破天网，

　　　　　　　纵死无悔意！
　　　　　　　这姻缘来之不易，
　　　　　　　岂能够拆散连理，
　　　　　　　不能夺回心上人
　　　　　　　愧对天和地！
　　小青：　　不离不舍，不舍不弃，
　　　　　　　只为爱情冲破天网，
　　　　　　　啊！啊！
　　　　　　　我要血战到底！我要血战到底！
　　　　　　　夺回许仙，让有情人再相聚！
　　法海：　　不离、不舍、不弃，
　　　　　　　一段痴情、竟使人疯狂如许！
　　　　　　　今日迫不得已，
　　　　　　　只能、只能、只能祭出这金钵神器……
　　三合：　　拼死一战、决不放弃！拼死一战、决不放弃！
　　　　　　　拼死一战、决不放弃！拼死一战、决不放弃！
　　　　　　　这一段恩怨，如何平息！
　　　　　　　如何平息！
〔白蛇被一束光柱罩住，小青无奈逃下〕
　　众和尚唱：南无阿弥陀佛，
　　　　　　　南无阿弥陀佛。
　　　　　　　南无阿弥陀佛，
　　　　　　　南无阿弥陀佛。
　　　　　　　……

第四幕

〔雷峰塔内〕
　　白蛇唱：　凄风愁雨独伤悲，
　　　　　　　修行尽毁梦已碎。
　　　　　　　做个平凡的人本无所谓，
　　　　　　　可心被锁在塔内。

　　　　　　　窗外似见蝴蝶双飞，

　　　　　　　过去的记忆渐渐变成灰。

　　　　　　　怎样的选择如此疲累？

　　　　　　　求一份爱情究竟有什么罪！

　　　　　　　爱上一个人就应该无悔，

　　　　　　　却为何要伤心、伤心地把泪垂、把泪垂？

　　　　　　　爱上一个人就不论错对，

　　　　　　　却为何不清楚爱的是谁、是谁？

〔青蛇上〕

　　青蛇唱：　望着姐姐满脸是泪，

　　　　　　　我无力回天又不知如何安慰。

　　　　　　　咫尺天涯，遥相面对，

　　　　　　　伞已破、桥已断、只见落花随流水！

　　　　　　　爱上一个人，你爱得无悔，

　　　　　　　其实你爱的是自由自在地飞！

　　　　　　　爱上一个人，你爱得很累，

　　　　　　　其实你爱的是冲破牢笼的美！

　　二人唱：　爱上一个人，我（你）爱得无悔，

　　　　　　　其实我（你）爱的是自由自在地飞！

　　　　　　　爱上一个人，我（你）爱得很累，

　　　　　　　其实我（你）爱的是冲破牢笼的美！

〔法海与许仙及众和尚上，小青躲一旁〕

　　众和尚唱：南无阿弥陀佛，

　　　　　　　南无阿弥陀佛。

　　　　　　　南无阿弥陀佛，

　　　　　　　南无阿弥陀佛。

　　法海唱：　那一日金山寺擒了蛇妖，

　　　　　　　总算是不辱使命可把差交。

　　　　　　　本应该高高兴兴班师回朝，

　　　　　　　却为何闷闷不乐内心烦躁？

　　　　　　　那白蛇修炼千年本可得道，

　　　　　　　只因为太过执着身陷囚牢。

　　　　　　这许仙心地良善本有福报，
　　　　　　却因为不辨真相空余寂寥。
　　　　　　天地间道不同无法混淆，
　　　　　　这悲剧早注定绝路一条！
　　　　　　老衲我只能够默念佛号，
　　　　　　或许会有一日雪化冰消。
　　许仙唱：　虽说是入了空门披了道袍，
　　　　　　见娘子依然是心如、心如刀绞。
　　　　　　我本应该四大皆空六根清净，
　　　　　　却为何还在此间痛哭号啕、痛哭号啕？
　　　　　　许仙我，布衣年少，
　　　　　　蒙娘子不嫌弃结秦晋之好。
　　　　　　许仙我太懦弱，新婚之夜仓皇出逃，
　　　　　　害娘子以下犯上受此煎熬！
　　　　　　娘子啊！
　　　　　　我在塔前三叩首，
　　　　　　愧我劣行罪滔滔！
　　　　　　天若有情天亦老，
　　　　　　我负娘子难恕饶、难以恕饶！
　　白蛇唱：　看许仙悔恨交加泪湿衣袍、悔恨交加泪湿衣袍，
　　　　　　却原来天良未灭痴情未抛。
　　　　　　白素贞错怪了他心已宽慰，
　　　　　　也不枉这一次以命相交、以命相交！
　　　　　　（相公啊！）
　　　　　　闯佛殿闹金山我太急躁，
　　　　　　只可惜劳燕分飞做不了、做不了同林鸟。
　　　　　　望相公多保重勤做善事，
　　　　　　把过去都放下地阔天高！
〔众人上〕
　　众人唱：　听闻得白娘子大闹金山，
　　　　　　被法海囚禁在峰塔里面。
　　　　　　众街坊齐相约赶来此地，

求大师放娘子逃离生天!
求求你!大师啊!
求求你!放过她!
白娘子为街邻治病疗伤,
医术高情真切嘘寒问暖。
似这样好女子世间少见,
跪求你放过她广结善缘!
跪求你放人一马广结善缘!
跪求你放人一马广结善缘!

〔众人下跪〕

法海唱： （哎呀!诸位请起!）
见众人齐下跪情真意切,
却教我左右为难心潮难歇。
我此行只为了护天界纲纪,
却不料世人不解再生枝节。
擒白蛇镇宝塔非我本意,
只因为上命难违无法推卸。
小两口诉相思感天动地,
这悲剧已酿成,如何、如何开解?
如何开解、如何开解?
如若是放白蛇我身败名裂,
多少年好修为灰飞烟灭。
这人间重情重义真诚质朴,
却实在教老衲好生纠结。

青蛇唱： 看法海似已动了恻隐之心,
莫非是为情所感良知未泯?
小青我救姐姐力有不逮,
要解铃还需求这、还需求这系铃人。
（大师啊!）
小青我从不低头膝下是金,
今日里为姐姐去尽骄矜。
请原谅几月来多有冒犯,

二 剧本

望大师不计前嫌放我姐亲。
法海唱： 小娃儿你不必太多礼，
老衲我并非无情无义。
放你姐姐触犯禁忌，
神殿怪罪谁受得起？
青蛇唱： 此事只因小青顽皮，
法海唱： 你也是同犯难脱离！
青蛇唱： 滔天大罪我来顶替！
法海唱： 我又如何能放过你！
许仙唱： 只要放了我娘子，
法海唱： 你本人间一俗子，
许仙唱： 我愿、我愿此身堕地狱！
法海唱： 去了地狱也白去！
众人唱： 求大师莫执意莫执意，求你求你！
苍生的意愿你应听取，求你求你！
白蛇她既已经弃天籁，求你求你！
何不给人世间留良医？求你求你！
求求你！求求你！
法海唱： 众人之情我体恤，
只是谁能够懂我心意？
人间纵有千般愿，
法海也只能认天理。
青蛇唱： 你说什么天理，你说什么天理，
无情人怎能明事理！
你说什么心意、你说什么心意，
慈悲心在哪里？
我看你、我看你，
百般推脱只为你自己！
法海唱： （哎咋！）
小娃儿她一语道破天机，
话虽糙却说得我大汗淋漓。
法海我在世间传经释义，

　　　　　　　本就为普度众生广种菩提。
　　　　　　　（娃儿哦！）
　　　　　　　这一座雷峰塔神殿所立，
　　　　　　　根基稳塔身固更有金刚护体。
　　　　　　　要救人须有个千年之躯、千年之躯，
　　　　　　　以命换命、以命换命，
　　　　　　　方能够毁此塔基！
　　小青唱：　听法海这一番真心话语，
　　　　　　　却原来错怪了高僧情义！
　　　　　　　姐姐她遭劫难由我而起，
　　　　　　　为赎罪又何惧肝脑涂地！
　　　　　　　（姐姐啊！）
　　　　　　　多年来一起修行不离不弃，
　　　　　　　蒙姐姐常照顾加我功力。
　　　　　　　恩与义深如海无以回报，
　　　　　　　今日里拼一命破此难局！
　　　　　　　深深相爱的人，我会站在你们身边，
　　　　　　　无论多少风险，我都为你分担。
　　　　　　　深深相爱的人，我会伴在你们身边，
　　　　　　　愿天下有情人，平平安安！

〔小青舍命头撞塔基！〕

　　白蛇唱：　（小青不可！小青……）
　　众人唱：　该怎么办？该怎么办？该怎么办？该怎么办？
　　　　　　　啊！
　　　　　　　小青她为白蛇以命血祭，
　　　　　　　小青她为白蛇以命血祭，
　　　　　　　小青她为白蛇以命血祭，
　　　　　　　小青她为白蛇以命血祭！
　　法海唱：　（哎咋！）
　　　　　　　小青她为白蛇以命血祭，
　　　　　　　此义举泣鬼神惊天动地！
　　　　　　　老衲我即便有再多顾虑，

二、剧本

也不禁慈悲心激荡而起！
纵然是赴汤蹈火修行尽弃，
又怎能漠视疾苦苟全自己？
今日里且将大罪一肩担起，
以此身弘佛法不再迟疑、不再迟疑！
（众人听令！）
举禅杖召唤三界天地正气，
借雷电，聚霹雳，
众生！助我！一臂之力！一臂之力！

众人唱：　齐心协力！齐心协力！齐心协力！齐心协力！
雷峰塔救娘子，雷峰塔救娘子，
摧毁这黑牢狱，摧毁这黑牢狱！
给人间留希望，让大爱存天地！
一爱千年！大爱永续！

众和尚唱：　南无阿弥陀佛，
南无阿弥陀佛。
南无阿弥陀佛，
南无阿弥陀佛。

〔一声轰响，雷峰塔倒下〕

白蛇唱：　好妹妹，你不该太任性，
轻易把你生命付黄泉！
你说过姐妹俩到永远，
却让我独自尝苦甘！
相守多少年，
相依多少天！
如今阴阳两相隔，
不见你笑颜！
你的情似海，
你的义如山，
如今鸳鸯梦成真，
你却已不见！

〔小青〕　　　　　深深相爱的人，我会伴在你们身边，
　　　　　　　　愿这一对新人，平平安安！
　　众唱：　　　负了神殿，回了凡间；
　　　　　　　　法海大师，苍生路远，你怎么办？
　　　　　　　　怎么办？怎么办？怎么办？你怎么办？
　　法海唱：　　这一刻，心轻松，
　　　　　　　　解心结，更从容。
　　　　　　　　放下了一身执着，
　　　　　　　　成了一个寻常老翁。
　　　　　　　　任岁月给我多少报应，
　　　　　　　　哪怕白骨埋荒冢，
　　　　　　　　我一衣一钵走四海，
　　　　　　　　天地间去飘蓬！
　　　　　　　　愿世上有情人，不再有悲和痛，
　　　　　　　　愿人间乐融融，生生世世把爱相拥！

〔法海与众人含笑挥别〕
　　大合唱：　　十里长风，十里相送，
　　　　　　　　远方的背影朦朦胧胧。
　　　　　　　　世上的有情人多少好梦，
　　　　　　　　天上人间总会心相通，
　　　　　　　　总会心相通。
　　　　　　　　十里长风，十里相送，
　　　　　　　　千年的故事穿越时空。
　　　　　　　　人世间还会有悲欢离合，
　　　　　　　　有缘人是否还能再相逢？
　　　　　　　　能否再相逢？
　　　　　　　　十里长风，十里相送，
　　　　　　　　远方的背影朦朦胧胧。
　　　　　　　　世上的有情人多少好梦，
　　　　　　　　千年一爱，心心相通！相通！

〔谢幕〕

客家意象[①]
（舞台文学台本）

剧　　目

序幕：南迁

　　1. 引子

　　2. 场景舞蹈《漂泊》

　　3. 歌舞《梅花颂》

第一板块：家园

　　1. 情景舞蹈《大山之子》

　　2. 女子舞蹈《天足舞》

　　3. 情景表演《酿》

　　4. 情景舞蹈《书生摇篮曲》

第二板块：情爱

　　1. 客家恋曲

　　（1）双人舞《你系敢过妹敢连》

　　（2）小组对唱《郎就榄上妹榄下》

　　（3）舞蹈《乌乌赤赤还较甜》

　　2. 场景舞蹈《送郎过番》

　　3. 情景表演《等郎妹》

　　4. 舞蹈《围屋女人》

---

① 《客家意象》为大型民系风情歌舞舞台文学剧本，由梅州市《客家意象》艺术团表演。

第三板块：祈福
  1. 场景舞蹈《香火千年》
  2. 场景表演《逛花灯》
  3. 舞蹈《群鲤嬉春》
  4. 舞蹈《龙抬头》

第四板块：歌会
  1. 竹板歌《唱出东方红太阳》
  2. 女子杯花舞《请茶歌》
  3. 赛歌
    （1）猜调《乜个下田咭呷声》
    （2）拆字歌《问你世上几多人》
    （3）逞歌《五湖四海都是歌》
    （4）原生态即兴对唱
  4. 混声合唱《天下客家歌最多》

尾声：天籁

序幕：南迁

一、引子

舞台上一幅大型画幕，上书"客家意象"四个行书。

钟声响起。

（投影字幕）：〔客家人，拥有一亿多人口的中国汉族最大民系之一，遍布于粤、闽、赣等多个省份及世界各地。客家先民原为中原人氏，经千年迁徙、繁衍生息，在漫长的历史进程中形成了自己独特的人生观、价值观及民系文化。本剧以现代文化视角对客家原生态民俗进行了全新的解读与重构，借助现代先进的舞台表现手段诠释了客家先民丰富多彩的世俗生活及精神世界。〕

剧场暗场，整个空间里布满了闪烁的星辉，台口垂挂着一幅巨大纱幕。

在寂静的期待中，剧场里飘起了原生态奶声奶气的童声清唱：

"噢嘿,有好山歌啊,你就溜啊溜等来哦喂……"

歌曲土风气息浓郁,稚嫩的童声清纯、甜美,如穿越了千年的梦幻,向我们述说着一个民系成长的故事。

和着歌曲的韵律,在造型光中,剧场上空飘浮着多彩的泡泡。

山歌号子临结束时,台口纱幕打出一个以古书为背景的"㞢"字。

歌声渐弱。台口纱幕上川流不息的黄河水,浩浩荡荡,奔涌而来。

画面深处云水间飞出了一行矫健的鸿雁,在黄河连天的波涛中向观众迎面飞来。

在敲击键盘的声效中,纱幕画面上打出"序幕 南迁"字样,然后是一方印石重重地砸下,揭开印名显示的是红色的篆书:客家意象。

(投影字幕):[迁徙,漂泊,从河洛的莽莽苍苍到江汉的千里沃野,从巍巍大别山到萧萧武夷山,从闽赣高地到岭南的梅江两岸……千年迁徙,背井离乡,翻山越岭,漂流四方。客家——一个充满传奇色彩、独特的汉族民系,以黄河子孙的毅力和坚强写下了亘古的漂泊史、坚忍史和生命史。]

台口纱幕上打出"南迁图"。

剧场内骤起霹雳雷电,似山崩地裂,闻者色变。妖魔化的音乐在耳边环绕,台口纱幕后出现熊熊燃烧的火焰,伴着马嘶人喊,是刀光剑影和人变了形的剪影。

渐暗,黑场。

二、场面舞蹈《漂泊》

(东晋末年以降,战乱和杀戮不息,民不聊生。当时的几大中原望族为避战乱,在悲痛中一批批地离开了黄河岸边的中原故土……)

歌曲《漂泊》:

山高水深路茫茫

北雁南飞霜雪寒

千年漂泊身是客

只留中原在梦乡

伴着沉重的旋律,舞台出现由高矮山石组成的连绵无尽的山。演区局部起光。我们看到的是连绵起伏的群山,云海深处泛起了鱼肚白。透过晨曦,是一群群手撑着竹杖疲惫而缓慢地移动着的人,他们步履蹒跚,衣衫褴褛,目光呆滞。人流中不断有人跌倒、爬起来、跌倒、爬起来……随着倒下的人越来越多,冻馁的人们开始绝望了,他们高举双手,祈问上苍:天地茫茫,路途漫漫,何处才是我的家?

　　太阳升起来了,生命的阳光又一次把希望撒向了人间。这时,仿佛是上天的召唤,空中飘荡着女声无词的哼唱。美妙动人的旋律让人们忘却了饥寒,忘却了伤痛。人们缓缓把目光转向光明之源——山脊上站着的一排石雕般造型的客家女人,在阳光的沐浴下,挺拔、秀丽,像虔诚的圣徒向众人传播光明的希望。

　　在光明与希望的召唤下,人们又重新站了起来,他们相互搀扶,继续前行。虽然寒冷依旧,饥饿难耐,但是他们的眼中充满希望,步伐坚定而执着。

　　在充满光明的行进旋律中,人流缓慢而坚定地朝着太阳的方向前行、前行……

　　突然,风雪扑面而来,犹如狰狞的怪兽,想要吞噬尚存一息的生命。

　　(整个舞台到剧场的前半部分,雪花漫天飘舞,动效和妖魔化的音乐把每一个在场的观众带入剧中人物的命运里。)

　　风雪中,人们挣扎着前行,队伍时聚时散,眼看着大伙就要被肆虐的风雪击倒。这时,有人用力敲打起手中的竹杖,有力的敲击声感染了整个队伍,一声、两声、五声……声声敲击,传递着鼓励;声声敲击,昭示着信念。这敲击声震天动地,是一次生命的祭祀,表现了一个民系面对命运的不屈和抗争。

　　终于,力竭的人们在风雪中逐个倒下,在大雪覆盖下,天地之间,只有人们粗重的喘息声和"怦怦"的心跳声。

三、歌舞《梅花颂》

　　(千年间,先后五次大迁徙,客家先民由北到南历经艰难险阻,完成了汉族历史上第一次伟大的长征。在这悲壮的移民过程中,一个新的民系在闽、粤、赣地区诞生了……)

　　雪停了,阳光又一次透过云雾,把生命的温暖撒向大地。人们睁开双眼,仿佛来到了人间的仙境。裸露的山石旁傲雪的梅花绽放着,远处的梅花漫山遍野,无边无际,秀丽、壮观,它是自然界中生命的奇观,它象征着一个民系在经历苦难和涅槃后绽放出的生命华彩。

　　先民们抚摸着满山遍野的梅花,兴奋无比,相互拥抱,他们在历经磨难后终于走出死亡之谷,来到了日夜期盼的乐土。

歌曲《梅花颂》：

> 千树万树梅花开，
> 梅花香自苦寒来。
> 迎霜傲雪送冬去，
> 万紫千红春如海。

在由女声领唱与合唱的《梅花颂》歌曲中，先民们抬上祭祀祖先用的香炉，安放在梅花盛开的圣土上。从怀里拿出随身携带的家乡的泥土撒在香炉里，插上三炷香，拜祀祖先。他们展开双臂拥抱大地，拥抱这片属于自己的土地——梅州。

舞台转暗，黑场，台口纱幕下。

第一板块：家园

（换幕）

衬底音乐起，情绪愉悦、明快。随着键盘打字的音效，纱幕画面上逐字打出"第一板块 家园"，然后是一方印石砸下。揭开印石，显示的是红色的篆书：客家意象。

（投影字幕）：［客家先民所居住的地方，都是荒凉、贫瘠的山区。在这种恶劣的自然环境之中，他们以中原儿女的血性，含辛茹苦、繁衍生息，创造出自己独有的耕读文化、建筑文化和饮食文化，构造出一个稻香遍野、茶果满山、充满欢声笑语的美丽家园……］

标题字幕渐暗，黑场。

一、情景舞蹈《大山之子》

（客家民居有圆寨、围龙屋、走马楼、四角楼等。但其中最具代表性的是围龙屋。围龙屋是一种富有中原特色的典型客家民居建筑，被中外建筑学界称为中国民居建筑的五大特色之一。它与北京的四合院、陕西的窑洞、广西的"杆栏式"和云南的"一颗印"，合称为我国最具乡土风情的五大传统住宅建筑形式。由城市到山区，客家先民成为大山的子民。他们在这里打石、筑屋，构建着新的家园。艰苦的岁月，铸就了一个民系坚强的性格与胆魄……）

演区起光。演区中间烈日下裸露上身的汉子们用绳索扛起沉重的石条，在劳动号子的节奏声中迈着稳健的步伐，与前台脚手架上挥舞铁锤、雕刻石柱的工匠相互衬托，组成了一个热火朝天的建屋场面。

客家歌曲《打石歌》：

> 五华阿哥硬打硬，
> 石头伴偓走四方，
> 石龙石狮石柱墩，
> 穿州过府大名扬。

人们在浑厚激昂的劳动号子声中变换着步伐，一步一声号子，一步一串汗水，美好的生活是靠勤劳的双手来实现的。

喜庆鞭炮声响起，人们上梁立屋，兴高采烈，追逐戏耍。

在喜庆的氛围中，众人载歌载舞，唱起了《上梁歌》：

> 秀木生成万丈长，
> 今日取来做栋梁，
> 五色祥云来护拥，
> 子孙富贵买田庄。
> 一匹红罗万丈长，
> 鲁班子弟来缠梁，
> 左缠三转生贵子，
> 右缠二转状元郎。

二、女子舞蹈《天足舞》

（客家女子是汉族中唯一不缠足的。历史上，为了逃亡的便利，客家女人在迁徙途中要和男人一样跋山涉水。迁徙后，客家女子也需要下田耕种，所以一直保持着天足传统。）

随着溪水的动效声，舞台中后场暗。台口起光，瀑布高悬，山清水秀。

伴随着银铃般的笑声，姑娘冒雨跑到溪水边。

溪流清清，散发出沁人的凉意。姑娘们像雀鸟似的来到溪水前，戏水嬉闹，宛若雨中的诗画。

通俗女声齐唱《山妹子》：

> 山妹子啊山妹子啊，

一双赤脚走过风吹雨打。

　　山妹子啊山妹子啊，

　　青山绿水伴着豆蔻年华。

　　山妹子啊山妹子啊，

　　你是山花开得无牵无挂。

　　山妹子啊山妹子啊，

　　你是山歌唱遍春秋冬夏。

　　雨过天晴，姑娘们梳洗打扮，撩起裙裤用玉腿天足拨动着万种风情，她们身姿的起伏好似波涟，掀起心中对美好生活的向往和憧憬。当姑娘一字排开坐下，灯光切割空间、光束直照姑娘的腿部，呈现富于韵律的舞动，美轮美奂。

　　舞台转暗，黑场。（纱幕下，场景转换。）

三、情景表演《酿》

　　（客家的酿酒色纯味甘，去湿化瘀，是客家妇女产后坐月子时必备的滋补调养食品。

　　勤劳的客家女人，她们酿出飘香的美酒，酿出诱人的豆腐，酿出腹中的生命，酿出了客家人的美好生活……）

　　舞台是写意的、装饰性的作坊天井，舞台左侧上空挂满了客家菜牌，演区呈蓝色调，局部暖色。

　　舞台后台高点随着一声高亢的吆喝，传来了"呼呼梆梆"的敲击声，定点光下，一个粗壮、黝黑的汉子手持粗大的捶肉圆的木棒有节奏地击打。在他的带动下，移动平台上出现一排健壮的汉子，只见他们手臂翻飞，有序地敲击着，再配上浑厚的吆喝声，打得撼天动地，让人看得血脉喷张，形成了具有原始风情的打击乐表演。

　　舞台切光，场内飘起了客家山歌：

　　　　　　酿一桌豆腐嫩又香，

　　　　　　酿一瓮娘酒浓又甜，

　　　　　　酿一首山歌传千里，

　　　　　　酿一段岁月万年长。

　　前区出现了一群手捧酒瓮的客家妇女和一个孕妇，伴着歌曲舞蹈版的旋律，她们以各种神态、形态的律动闻酒香、看豆腐、听胎动，脸上洋溢着生活的甜蜜。

　　舞台转暗，黑场。（纱幕下，场景转换。）

四、情景舞蹈《书生摇篮曲》

　　（在闽、粤客家地区有一种特殊的人文奇观——石笔。这是客家人世代相传的习俗。在过去的年代里，凡是中了举的学子，都可以在自己家族的祠堂前立上一对石笔。而石笔的大小则依本人的功名而定，功名越大，石笔就越高。

　　客家是一个尊师重教的民系，即便是很贫困的家庭，生活难以为继，做父母的依然会咬紧牙关，义无反顾地供子女读书。一些地方志记载着客家人重视读书的话语："士喜读书，多舌耕""恃以为生者读书一事耳"等等。

　　客家民系还有女人下田劳动，男人在家带孩子的独特习俗。）

　　舞台起光，璀璨的星空、一弯月牙下是围龙屋的远景，隐约可见三五灯火。台口是莲花朵朵的荷塘，不时传来蛙鸣。

　　月光下，台口有一对男童女童坐在旋转台上，相对着拍着巴掌，口中唱着《月光光》的童谣：

　　　　　　月光光，秀才郎，
　　　　　　骑白马，过莲塘，
　　　　　　莲塘背，种韭菜，
　　　　　　韭菜花，结亲家，
　　　　　　亲家门口一口塘，
　　　　　　放个鲤嫲八尺长，
　　　　　　鲤嫲背上承灯盏，
　　　　　　鲤嫲肚里做学堂，
　　　　　　做个学堂四四方，
　　　　　　兜张凳子写文章，
　　　　　　写得文章马又走，
　　　　　　赶得马来大天光。

　　（切光）全场暗，童谣延续。

舞台再次起光,前景不变,后景数根高高耸立的石笔直指蓝天,时间已近晌午。

碧空晴朗,天地间悬挂众多摇篮。不时有知了的叫声和婴儿的啼哭声。后场高台一群客家妇女扶犁耕作的场景以半剪影的形态穿场而过。

众书生抱孩子出,将孩子放进摇篮。

摇篮边,书生们又要读书,又要哄孩子,手忙脚乱。孩子哭声不止,书生急得抓耳挠腮,手足无措。

突然,随着中气十足的朗读声,孩子的哭声停了,知了的叫声停了。抑扬顿挫间,摇篮荡起来了,吟诵唱起来了,父亲们摇着摇篮唱起了《书生摇篮曲》:

    日头对顶(紧)哑呀哑,

    正午时呀呀爱睡哟,

    脚踏人影(紧)莫过叫啊咧,

    肚会饥(哟),汝母归来呀咧,

    肚饥肠喝(紧)哑呀呀奈食(哪)

    哑哑爱睡哟,

    唔得做息(紧)莫过叫啊咧,

    好归哩哟,汝母归来呀咧。

童谣牵出梦的遐想,和着激昂的韵律,书生们持书握笔,舞动乾坤,书写着人生的憧憬。

舞台转暗,黑场(纱幕下)。

第二板块:情爱

(客家情歌集中了客家山歌的全部艺术成就,代表了客家山歌中最强烈的人文精神。其出类拔萃之处,当在其"浓",火一样的爱情以及烈火一般为爱情而抗争的倾诉。大胆、泼辣、百无禁忌、敢作敢为。)

衬底音乐起。伴着打字的音效,在纱幕画面上逐字打出"第二板块　情爱"。然后,一方印石砸下,揭开的是红色篆书:客家意象。

(投影字幕):[客家人的情与爱,如水、如火。他们爱得真诚、坦率,爱得浓烈、执着,他们在千年的岁月中,用自己独特的语言、

独特的表达方式，唱着自己的情歌，唱着客家人的梦想和生活……]

标题字幕渐暗，黑场。

一、客家恋曲

《山歌号子》：

噢　嘿

老妹（阿哥）哎

有好山歌啊

你就溜过来哦喂

1. 双人歌舞《你系敢过妹敢连》

（男）　讲也闲来笑也闲，
　　　　脚下无云上天难，
　　　　妹子好比月中桂，
　　　　看就容易倒就难！

（女）　妹是嫦娥哥是仙，
　　　　阿哥住在月光边，
　　　　妹子种条桂花树，
　　　　阿哥爱倒也唔难！

（哥）　大路荡荡好跑马，
　　　　路边井水好泡茶，
　　　　唔想细茶冲滚水，
　　　　只想同妹共一家！

（女）　哥在那边妹这边，
　　　　隔河两岸样得前？
　　　　丝绒架桥浮水面，
　　　　你系敢过妹敢连！

男女二人越唱越投入，神情和形态表露出爱的涌动。唱到高潮处，两人四目相对，两情相悦。

突然，一阵笑声打破了恬静，二人牵手下。

舞台转暗，黑场。（纱幕上，场景转换。）

2. 小组对唱《郎就榄上妹榄下》

舞台起光，圆月升起，蕉林黛绿，笑声朗朗。青年男女各为一组，开始了山歌的对唱。

（男齐）　　正月过了二月来，
　　　　　　处处花园有花开，
　　　　　　别树有花佢唔采，
　　　　　　此树无花等到开。

（女齐）　　榄树打花花揽花，
　　　　　　郎就榄上妹榄下，
　　　　　　掀起衫尾等郎揽，
　　　　　　等郎一揽就归家。

（女齐）　　阿哥有心妹有心，
　　　　　　铁棒磨成绣花针，
　　　　　　郎系针来妹系线，
　　　　　　针行三步线来寻。

（男齐）　　阿哥有心妹有心，
　　　　　　唔怕山高水又深，
　　　　　　山高自有人开路，
　　　　　　水深自有撑渡人。

（混声齐唱）阿哥有心妹有心，
　　　　　　唔怕山高水又深，
　　　　　　山高自有人开路，
　　　　　　水深自有撑渡人。

男女两组带有情景性的舞蹈调度，先是对峙，而后融合，最后是郎情妹意、成双成对。唱到情意缠绵，唱到明月挂枝头。

3. 舞蹈《乌乌赤赤还较甜》

歌曲结束后突转激情的舞蹈音乐。

小伙、姑娘相互追逐，满天彩蝶飞舞。最后，一对对男女以不同的姿态缠绵相拥，在皎洁的月光下组成了一个个爱的雕塑。

场内飘荡起柔美的男女二重唱及混声合唱的歌谣：

　　　　白白嫩嫩𠊎唔贪，

　　　　乌乌赤赤𠊎唔嫌。

　　　　阿哥（阿妹）好比当梨样，

　　　　乌乌赤赤还较甜。

　　衬着浓情的歌谣，一对男女手牵手慢慢地步入圆月。这是情的缠绵，是爱的升华，他们紧紧相抱。渐渐抬头仰胸，在月亮中构成了爱的天体图画。

　　舞台转暗，黑场。（纱幕下，场景转换。）

二、场景舞蹈《送郎过番》

　　（浪迹天涯，这是客家人永远挣脱不了的宿命。近代史上蔚为奇观的出海过番移民大潮中，近百万客家男儿又一次为了生存，凄苦地告别家园，远走他方……）

　　伴着舒缓低沉的旋律，演区亮。

　　一对男女在舞蹈。

　　　　（男独）　　一心种竹望上天，

　　　　　　　　　　谁知紧大尾紧弯，

　　　　　　　　　　一心同妹望偕老，

　　　　　　　　　　无奈家贫去过番。

　　　　（女独）　　恩爱夫妻共一床，

　　　　　　　　　　夜半辞别去南洋，

　　　　　　　　　　五更分手情难舍，

　　　　　　　　　　目汁双双泪两行。

　　五更天，天色昏暗，厚厚的云层隔断了点点星光，秋风瑟瑟，芳草萋萋。母亲送儿，妻子送郎，一组组、一对对来到了渡口边，愁苦难以述说。

　　送行的和离家的人难舍难分，组成了一组组凄美的场景，浓浓的亲情仿佛把时间凝固住了，人们耳边又回荡着女声合唱的《送郎过番》：

　　　　（女齐）　　送郎送到五里亭，

　　　　　　　　　　亭中都系送行人，

　　　　　　　　　　阉鸡遇到结猪客，

　　　　　　　　　　痛肠遇到割肠人。

（混声）　　送郎送到渡船头，
　　　　　　　一条江水向东流，
　　　　　　　哪有利刀能割水，
　　　　　　　哪有利刀能割愁？

　　在凄苦的歌曲中，男人们跪别后逐一离去，女人们眺望着远去的亲人，追逐而下。

　　歌声继续，舞台切光，前区暗，后区天幕化入半剪影的12个男女，他们不断地走着，呈现凄凉之美。

　　纱幕转暗，黑场。（场景转换）

三、情景表演《等郎妹》

　　（等郎妹是客家地区过去的一种婚配习俗，是指女孩在很小的时候就被父母卖给或送给尚未生育的人家，这家人如果日后产下男婴，他就是她未来的丈夫，女方就要像带小弟弟一样照料他，直到他十六岁，就可以行大礼圆房。而如果新郎在外，则需以公鸡代替新郎举行婚礼。）

　　舞台暗场，夜色仿佛吞噬了整个空间，场内传来隐约的歌声：
　　　　　　　七岁出嫁来等郎，
　　　　　　　捉只公鸡来拜堂，
　　　　　　　老公唔知在何处？
　　　　　　　终身大事渺渺茫。

　　在断续不完整的歌声中（一束定点光），头披红盖头、身穿嫁衣的阿妹，手牵着红绸正与一只公鸡在拜堂，虽然我们看不到阿妹的表情，但可以从她呆滞、失态的动作中感受到她内心的苦痛。（切光）

　　舞台出现另一束光的空间，再次回响起《等郎妹》的歌声：
　　　　　　　十八娇娘三岁郎，
　　　　　　　半夜想起痛心肠，
　　　　　　　等到郎大妹已老，
　　　　　　　等到花开叶又黄。

　　伴着歌声，出现已是满鬓白发的阿妹的背影。她凝视着红盖头，颤抖的双手将它紧紧贴在胸口上，无泪的双眼直视上天，仿佛是在叩问……良久，白发阿妹转回身,小心铺展开红盖头,将碗中的黄豆倒出,又开始细心地一粒粒数着豆子。年复一年的重复,年复一年的守望。

舞台切光,黑场。(纱幕下,场景转换)

四、舞蹈《围屋女人》

(由于客家男人大多出外发展,家里只有老人、孩子和女人。作为一个家庭的主妇,她们既要服侍老人,照料孩子,忙于家务,又要下地耕田,上山砍柴。是她们用消瘦的肩头支撑起一个家庭,但又有谁能了解她们在勤劳刻苦之下难以掩藏的相思之苦?)

舞台起光,演区出现围龙屋的造型,8个窗格通过光影映出屋内形态各异的客家女人的剪影。

半空飘起女声独唱的《围屋女人》:

> 新绣荷包针线多,
>
> 屋外竹子尾拖拖,
>
> 竹子低头食露水,
>
> 妹子低头想情哥。

形单影只,长夜难眠。围屋中的女人纯真、秀美,与青春的胴体相映衬的是无边的夜色,是对情郎漫长的等待和绵绵的思念。

(切光)

前台定点光下,一个新婚装扮的客家媳妇,对着相框,手拿着荷包,痴痴地想着心上人。

音乐转为华美、抒情的旋律,朦胧中,女子猛然发现渴盼的爱人就在眼前。喜极若狂的她扑向了心上人,极度的喜悦,极度的缠绵,随着流动的乐曲,她感觉着自己就像是飞了起来……

忽然,梦境消失了,女子仍沉醉在幸福之中,嘴角挂着甜甜的微笑。

音乐情绪转强,这时围屋起光,所有的女人随着这女子的情绪,用身体的姿态体现出对未来的希望。

舞台转暗,黑场。(纱幕下,场景转换。)

第三板块：祈福

（换幕）

衬底音乐起，舒缓而庄重。伴着打字的音效，在纱幕画面上逐字打出"第三板块　祈福"。然后，一方印石砸下，揭开的是红色篆书：客家意象。

（投影字幕）：〔祭祀祖先，祈求幸福、平安、快乐与富足，是客家民系所有节庆活动的共同主题，正是这些丰富多彩的喜庆仪式，传承着客家的千年香火，延续着悠久的中原文化，使客家人的生存状态和精神生活变得如此鲜活而又如此触手可及。

客家民间各族姓的宗祠逢年过节时悬挂的灯笼和张贴的对联等，均透露出浓郁的对家族祖先的崇敬与依恋。他们通过这种仪式彰显着自己的中原血统，时刻提醒自己是黄河的子孙。尽管已在他乡居住了千百年，他们仍然固执地把自己称为"客家人"……〕

标题字幕渐暗，黑场。

一、场景舞蹈《香火千年》

（客家民间各族姓的宗祠，祀奉族姓的共同祖先。围龙屋集居室、宗祠、神庙于一体，正堂神圣空间供奉列祖列宗。每年春节，就是客家人祭祖的时间，全家老幼都要到宗祠叩拜，期望得到祖德庇荫。）

舞台起光，一个大大的香炉，上插三炷香，青烟袅袅。两侧是六根顶天立地的雕龙盘柱。衬着带有宗教元素、富有力度的男子哼鸣声，场面肃穆庄重。

在烟雾缭绕中，人们（有男有女）虔诚祭拜。

漂洋过海的华侨也回来了。

响起歌曲《香火千年客家人》：

月是故乡明
人是故乡亲
过番拼搏成大业哦
常怀报国心
浓浓故乡音
悠悠故乡情

今日回乡祭先祖

我是客家人

浓浓故乡音

悠悠故乡情

今日回乡祭先祖

我是客家人

客家人

香火千年

客家人

三炷香，拜天、拜地、拜众神。祈福光明普照，为骨肉至爱祈福。祈福风调雨顺，祈福家安民旺。

祭拜结束，在欢快的八音声中，人们开始了节庆的狂欢。

二、场景表演《逛花灯》

（客家的元宵节是民间传统的灯节。以灯舞为主的各种舞蹈活动最为普遍和活跃，龙灯、鲤灯、狮灯、竹马灯、春牛灯、船灯、罗汉灯、茶篮灯、桥灯、花钵灯……可谓五光十色，异彩纷呈，应有尽有。）

舞台弱光，场内响起了喜庆的童谣《花灯歌》：

（童声齐唱） 穿了大街过小巷，

百个花灯百个样，

大小花灯样样有，

满城花灯满城光。

衬着歌曲，从两侧观众席的通道涌出了两组喜气洋洋、手舞各式各样花灯的队伍。

这些舞动花灯的人前面都挂着一袭黑色的面纱，他们举着花灯，前后变幻着队形，不时与周围的观众交流。在观众不注意的时候，表演者突然凑近观众，撩起脸上的黑纱，露出带有广东汉剧元素的脸谱，让观众在一惊一乍中充分感受着快乐。

最后，在音乐节点场（灯亮），所有演员亮出脸上的脸谱。

场灯暗，众人撤。

三、舞蹈《群鲤嬉春》

（客家地区逢年过节有耍鲤灯舞的习俗，取鲤跃龙门化为龙之意，象征着向上和祥瑞。梅州大埔的鲤灯舞是最典型的代表。）

黑暗中，激光灯、干冰、荧光泡泡机营造了一个奇幻的水景。

伴着喜庆的旋律，一群演员身穿用荧光构成鲤鱼团纹的道具服装在台上翩翩起舞。在激光灯的映照下，一条条摇头摆尾的"鲤鱼"在场上鲜活地游动，时而往来穿梭，时而跳跃龙门，乐句中不时闪出跳跃的音符，好似一朵朵溅起的浪花。

四、舞蹈《龙抬头》

（梅州丰顺的寨烧龙以其做工和表演闻名，它身高丈余、长达30多米，龙身捆扎烟花、火箭、爆竹。表演时，从龙头燃起，一节节烧至龙尾，光芒四射、霹雳连声，舞龙者身上灼起的泡越多，就意味着其明年的收入会越多。

梅州大埔是著名的广东汉剧之乡，具有数百年历史的广东汉剧素有南国牡丹之称……

这段舞蹈根据客家火龙舞的意象并结合了广东汉剧的元素而创作，展示了客家人对传统的崇敬和对未来的炽热信念……）

舞台起光，灯光造型。

锣鼓响，五条席狮冲出舞台，伴随着众人的呼喝，飞舞弹跳，如灵蛇一现，腾挪翻滚，似猛虎出闸，充分展示了客家席狮的艺术魅力。

结束造型，撤场。

紧接着，光效变，一群身穿龙鳞金甲的汉子在急促鼓声中穿梭出场，起伏、翻腾、跳跃，气势磅礴、勇不可挡。服装上的龙鳞片在激光线束的照射下反射出奇光异彩，好似炎黄魂魄，光芒四射。

在众汉子气贯丹田的一声"嘿"中、四条盘绕石雕柱上的龙抬头喷火，舞台暗场，激光灯束射在龙柱上，打出盘旋的龙形。与此同时，龙鳞金甲的汉子手舞着全身喷火的火龙上下穿梭，犹如骄龙出海，一飞冲天。

最后，焰火即将烧尽之时，激光束快速闪动，在观众的惊叹中，以雷霆万钧之势在环绕立体声的音效中，带着一阵狂风而去。

舞台起光，演员亮相，撒场。

舞台转暗，黑场。（纱幕下，场景转换。）

第四板块：歌会

（换幕）

衬底音乐起，欢快、流畅。伴着在键盘上打字的音效，纱幕上逐字打出"第四板块　歌会"，然后一方印石砸下，揭开的是红色篆书：客家意象。

（投影字幕）：［作为国家级非物质文化遗产的客家山歌已有千年历史，是客家人在劳动中、在长期生活中抒发内心的喜悦、悲苦，以及交流彼此之间的感情的重要方式，而歌会又是客家人精神生活中的一项重要活动。每逢歌会，三乡五里、万头攒集，漫山遍野、歌声如潮，堪称民间盛典。］

标题字幕渐暗，黑场。

一、竹板歌《唱出东方红太阳》

（"竹板歌"是流传于客家地区的一种最有代表性的说唱曲艺。说唱者一般一至两人，道具往往只用四块竹板，场所不拘，随时随地都可以说唱。）

在欢快的山歌音乐中，舞台起光。映衬着满天红云彩霞的是那漫山遍野的梅花。

身着节日盛装的客家男女兴高采烈地走在赶赴歌会的路上，山风扑面、花香四溢，欢乐的歌声震天响。

舞台后区的高台上，有一排拨动秦琴的剽悍男子，前台有两队手舞竹板的男女，和着琴韵，载歌载舞，用五句板《唱出东方红太阳》尽情抒发心中的喜悦：

（齐唱）　竹板一打闹洋洋，

　　　　　蹚过河水上山岗。

　　　　　今日客家开歌会，

　　　　　阿哥阿妹聚一堂，

　　　　　日头再辣心也凉。

　　　　　竹板一打闹洋洋，

五句歌子就开场,
挨就唱来你就驳,
唱出东方红太阳,
唱得人间变天堂!
曲罢,众人下。

二、女子杯花舞《请茶歌》

（杯花舞是兴宁民间舞蹈艺术的一朵奇葩。"杯花"原是道教中的一个舞蹈节目。100多年前,道士朱官祥以兴宁产的"伯公杯"代替竹板,使之成为兴宁道教中特有的舞蹈伴奏道具。）

山谷空幽,清凉世界。清脆的歌声在群山间回荡,秀丽挺拔的客家妹子双手捏打着小茶盅,以客家人特有的《请茶歌》欢迎来自远方的宾朋:

（女齐） 茶山青青茶叶香,
　　　　新摘茶叶请郎尝,
　　　　山歌好比清泉水,
　　　　老茶不够嫩茶香。

姑娘们似穿花蝴蝶,穿梭舞动,展示着女性柔美的身姿。与此同时,另一组姑娘随着舞台后侧缓缓推出的风雨桥鱼贯而出,造型变化,和舞台上的流动构成了动与静的美态的对比。

舞台转暗,黑场。（纱幕下,场景转换。）

三、赛歌

（客家山歌内容广泛、品类繁多,常见的有逗歌、猜调、尾驳尾等。）

画外传来了阵阵喝彩声,舞台起光,呈现在眼前的是群山环绕的歌会现场。但见群情振奋,歌声扑面而来。

1. 猜调《乜个下田咭呷声》

（男齐） 乜个下田"咭呷"声?
　　　　乜个下田无草生?
　　　　乜个东西下田圆圆浮水面?
　　　　乜个下田有脚趾来无脚踭?

（女齐）　　犁耙下田"咭呷"声，
　　　　　　辘轴下田无草生，
　　　　　　插秧盆子下田圆圆浮水面，
　　　　　　铁扎下田有脚趾来无脚踭！

2. 猜调《问你世上几多人》

　　　　　　阿哥你自称山歌精，
　　　　　　问你天上几多星？
　　　　　　问你河里几多水？
　　　　　　问你世上几多人？
　　　　　　问你世上几多人？
　　　　　　阿哥就称山歌精，
　　　　　　除了月亮就是星，
　　　　　　除了泥沙就是水，
　　　　　　除了畜生就是人。
　　　　　　除了畜生就是人。

3. 逞歌《五湖四海都是歌》

（齐唱）　　会唱山歌歌驳歌，
　　　　　　会织绫罗梭驳梭，
　　　　　　会裁会剪绸驳缎，
　　　　　　会弹会唱出来和。

（女独）　　你话唱歌就唱歌，
　　　　　　你话打鱼就下河，
　　　　　　郎使竹篙妹使桨，
　　　　　　随你撑到哪条河！

（男独）　　讲唱山歌㑳过多，
　　　　　　祖公留下几十箩，
　　　　　　担出两箩同你对，
　　　　　　对到明年割番禾。

（女独）　　你歌哪有我歌多，

　　　　　　　　　　偓个山歌千万箩，
　　　　　　　　　　谷箩低下有个洞，
　　　　　　　　　　漏个比你唱个多。
　　　　（男独）　　偓个山歌比你多，
　　　　　　　　　　堆满梅江到三河，
　　　　　　　　　　因为那年发大水，
　　　　　　　　　　五湖四海都是歌！
　　　　（齐唱）　　偓个山歌比你多，
　　　　　　　　　　堆满梅江到三河，
　　　　　　　　　　因为那年发大水，
　　　　　　　　　　五湖四海都是歌！

　　山歌越唱越开心，歌会里人叠人、歌叠歌，歌声像放飞的风筝，在云天中飘荡。

　　唱到高潮处，台上台下齐声应和，场面壮观，气氛热烈，令人目不暇接。

　　在热烈的气氛中，两位梅州的男女客家山歌王出现在舞台上。

　　4. 原生态山歌即兴对唱《尾驳尾山歌》

　　（客家山歌继承了《诗经》以来即兴演唱的民歌传统，梅州物华风宝、人杰地灵，善歌者层出不穷，代代有才人，他们代表了客家山歌即兴演唱的最高水平。）

　　在众演员的簇拥下，两位歌王用原生态的方式现场即兴创作、演唱，他们机敏诙谐、妙语连珠，你来我往、不分伯仲。让观众在享受到快乐的同时，更进一步了解到客家山歌的精髓。

四、混声合唱《天下客家歌最多》

　　歌王唱罢，众人散布在舞台和观众席，摆成错落有致的造型，他们带着热情，带着憧憬，唱出客家人生命中最华彩的乐章。

　　　　（领唱、合唱）　　高高山顶搭歌台，
　　　　　　　　　　　　　唱到大家心花开，
　　　　　　　　　　　　　唱到鸡毛沉落水，
　　　　　　　　　　　　　唱到石头浮起来！

高高山顶唱山歌，

一人唱来万人和，

自古山歌从口出，

天下客家歌最多！

激昂辉煌的全景式领唱与合唱，将晚会推向高点，演员点位构成铺展到观众席。

尾声：天籁

歌曲终时，全场梅花花瓣纷飞，飘落而下。台口屏幕出主创人员名单，各幕人物分批在《天下客家歌最多》的歌声中逐一谢幕。

全剧终。

二、剧本

女　娲

（大型室内 3D 舞剧）

女娲，中国古代神话中的创世之神、造人之神、化生万物之神、婚姻之神及华夏民族的人文始祖。

女娲的传说，体现着中华民族开天辟地、战天斗地，面对灾难不屈不挠以及追求和再造世界和谐美满的精神和勇气。

女娲补天的神话，正是我们今天实现中国梦，完成中华民族自我救赎和伟大复兴的强大的精神动力。

人 物 表

女娲：女，创世之神。
伏羲：男，春天之神。
共工：男，洪水之神。
龟精：女，共工下属。
人类：（男女若干）。
动物：（卡通形象）。

剧 目

序幕：开天辟地
第一幕：创世造人
第二幕：爱的世界
第三幕：魔由心生
第四幕：抗洪灭魔
第五幕：炼石补天

主 色 调

序幕：蓝色。

第一幕：黄色。

第二幕：绿色。

第三幕：肉色。

第四幕：黑色。

第五幕：红色。

序幕：开天辟地

宇宙之初，一片混沌。

女娲在沉睡中醒来，她慢慢坐直了身子。

面对这僵死的一切，女娲厌烦了。

女娲用手不断地撑开天和地。

女娲的身体不断变大，撑满了整个天幕。

随着一声轰响和一阵闪光，苍茫的天地被慢慢分开。

女娲兴奋了，她不停地奔跑着。

女娲手一指，一块柱形的巨石慢慢撑起，把天和地彻底分开。

巨石上写着"不周山"。

（壮丽的人声大合唱。）

朝日在地平面慢慢升起，云霞璀璨，壮丽辉煌。

女娲热烈的舞姿。

舞蹈猝然中止。

女娲坐在一只凤凰上，从远处飞向观众席。

第一幕：创世造人

（奇幻的海底世界。）

各种鱼群在嬉戏遨游。

海平面渐渐下降。

陆地上升。

山川虽然荒凉，却已有了生机。

几只小鹿从台侧稀疏的银杏树中跃出。在这个安宁的世界，它们没有任何顾忌。

白兔加入了舞蹈。

诙谐的猴子也加入了舞蹈。

两只胆怯的松鼠在银杏树下探头探脑地张望。

所有的动物都尽情显示自己的舞姿，赞美着这个初生的世界。

舞蹈忽然终止，动物们都竖起耳朵，它们在倾听，倾听一个奇妙的声音。

在兴奋与慌乱之中，它们预感到世界之神将要降临。然而，它们没有恐惧，这个世界暂时还不需要恐惧。于是，它们列成队形，等候神的出现。

女娲出现了，她身穿兽皮裙，肩披轻纱，显得透明、纯净而又充满活力。

女娲走到动物之间，满意地微笑。

女娲觉得应该有更多的动物，于是，她开始创造了。

第一天，她创造了鸡。

第二天，她创造了猪。

第三天，她创造了狗。

第四天，她创造了羊。

第五天，她创造了牛。

第六天，她创造了马。

六种牲畜依次跑向两侧投影墙并定格。

动物们又跳起欢乐的舞蹈。

女娲静静地看着，享受着她开创的一切。

忽然，女娲感到一种深深的孤独。她把手一伸，停止了动物的舞蹈。她觉得这个世界仿佛缺少了什么。

起伏的旋律，像在传递着某种召唤。

女娲在乐声中起舞，舞姿由慢渐快，她苦苦思索着：

她是谁？她来这里干什么？她到底需要的是一个什么世界？

她知道将要有一种新的生命诞生，这种生命将要成为世界的主宰，她拼命苦思着这种生命的形状。

（一阵气势磅礴的铜管乐，推出了"人"的主题。）

女娲猛然转身，捧起一把黄土，向远方甩去。

（大合唱骤然响起。）

女娲又抓起一根绳子挥舞着，不停地甩着黄土。

动物被慑服了，它们躲在一角。

天幕上，千千万万的"人"出现了。

舞台上，"人"冲了上来。

先是女人，后是男人，他们用短短的树叶裙遮掩着半裸的身躯。

尽管一无所有，他们却先天地显示出主人公的英雄气概。

急促的鼓声中，男人和女人一起跳起了生命之舞。

动物也加入人们的行列。它们与人类和谐地相融在一起。

整个世界都在狂欢！都在赞美！赞美这辉煌的创造！赞美这世界的美好！

第二幕：爱的世界

高高的瀑布下，长发的女人们在欢乐地沐浴，晶莹的水珠洒满天幕。

草原上，剽悍的男人们用弓箭狩猎，简陋的箭镞黑压压地扑面而来。

突然，天上传来了一声威武、挺拔的长号声，这是伏羲的主调，他从天上冉冉而来。

伏羲出现了，他身着绿色的紧身衣，肩披绿色斗篷——这是春天之神的特征。

随着伏羲的出现，绿色染遍了大地，灌木和乔木冉冉升起，百鸟齐鸣。

（伏羲充满激情地独舞。）

旋转、大跳……

他用热烈的舞姿表达着他深沉的爱。

（女娲与伏羲一起起舞。）

共同的改造世界的愿望、共同的创造欲使他们结合了。

刚健的英雄气概被恋情所代替，女娲此刻面临的是另一种创造——爱的创造。

她用优美的舞姿体现了爱情的完美性。

伏羲情不自禁地走过来，把女娲高高托起。

爱情的双人舞跨越了春夏秋冬。

（两侧投影墙配合，舞台天幕依次出现四季景色）。

漫天花瓣中，龙与凤在天幕及观众区飞舞。

人们围了上来。
女娲向人们宣告了她与伏羲的结合,然后,二人携手而去——世界已基本完满,她需要休息了。
送走了女娲和伏羲,人们跳起狂热的舞蹈。——这是野性和柔情的结合。
《播种舞》——
人们用刀耕火种的原始方式,播种粮食,播种爱情。
(农作物在纱幕及两侧投影墙上慢慢地茁壮生长。)
《收获舞》——
人们收获了粮食,也收获了爱情。
(无数茅屋在天幕上出现:树梁、砌墙、加顶……)
美丽的月夜,月亮慢慢由缺渐圆。
天幕上的茅屋里,男人与女人相拥在一起,窗口的灯光渐次熄灭。

第三幕:魔由心生

世界还是这个世界,人心已经不同。
篝火旁,面对稀缺的食物,人类开始争抢。
一群女人捧着从远方采摘的果实上场。
男人们又开始争抢。
为了两个鲜艳的桃子,三个男人以命相搏。
争抢的范围扩大,男人们开始争抢女人。
战争爆发了。
个体的争斗演变成群殴。
大自然也成为人们掠夺的对象。
砍伐、火烧……绿色仓皇地向远方逃遁。
青山绿水又变成荒山野岭。
草原消失,沙漠开始出现。
雾霾漫天。
(女娲急上)她面对此情此景,心痛欲绝。
她试图制止人类的贪婪和欲望。
人类拒绝了女娲。
人类表示这是他们的自由和权利,神不应该管。

女娲看着人类的疯狂，泪如雨下。

这不是她的初衷，不是她要的人类。

百般劝阻无效，女娲摇着头，心灰意冷地离去。

人们继续疯狂。

所有人在狂饮中逐渐迷失。

人们头上渐渐冒出缕缕黑烟。

黑烟聚集在一起，形成一个人形。

魔出现了！

共工得意地狞笑着。

人类在越来越大的魔影下，渐渐匍匐在地。

神创造了人，人却创造了魔……

第四幕：抗洪灭魔

惊慌的动物四处奔跑。

（巴松管低沉的声音预示着灾难的来临——这是洪水之神共工的主调）

暴风雨凶狠地袭来，天昏地暗。

暴风雨中，老虎、狮子等猛兽向观众席冲过来。

一场毁灭性的灾难降临了。

人们试图抵抗，但暴风雨愈来愈大，所有的植物被连根拔起，人们溃散了。

（共工乘着大风雨急上）他披着黑色斗篷——这是洪水之神的象征。

他的舞蹈凶狠而冷酷，充斥着破坏的欲望。

龟精也在一旁笨拙地伴舞。

在共工的指挥下，洪水铺天盖地而来。

各种水族笨拙而骄横地舞蹈，它们为自己的胜利而得意忘形。

群魔乱舞、黑气障天。洪水淹没了观众区。

人们惊慌地四处逃跑。

（灯光熄灭）

……

（灯光复明）洪水过后的土地，凄楚哀怨，气息奄奄。

（女娲急上）她看到这荒凉的景象，猛地一怔，几乎昏晕。

（伏羲随后急上）他扶住女娲。
女娲与伏羲痛苦而愤怒的双人舞——充满仇恨的舞蹈。
残存的人群上来，他们衣裙褴褛，遍体伤痕。
人们向女娲表达了复仇的决心。
以女娲和伏羲为中心的群舞。
（舞蹈猝止，一束追光打在众人身上）
女娲在伏羲的托举中高举右手，表达了与共工血战、恢复美好世界的决心。
（不周山下）
（远处，小号与长号奏起女娲与伏羲的主旋律）
龟精急忙上来报讯。
共工一挥手，众水族急忙在天幕上列成阵势。
（女娲肩披红色斗篷急上）她见到共工等，解下红斗篷，一扬手，一道红光笼罩全场。诸水族被吓得东歪西倒，阵形大乱。
共工亦赶快解下黑斗篷，稳住了阵势。
（伏羲急上）他亦扬起绿斗篷，共工阵形复乱。
（女娲、伏羲闯入阵中。旋下）
（人群涌上）
粗犷的舞蹈，充满必胜的信心。
天幕上的虾兵蟹将节节败退。
女娲与共工激斗，共工败退。
龟精慌不择路，踉跄而上，被女人群活捉。
（伏羲急上）他在龟精背上敲起激昂的战鼓。
男人群抬着牛皮鼓涌上，和伏羲一起擂起战鼓。
激昂的鼓舞，催人奋发。
共工亦退到台上，女娲紧追不舍。
共工见大势已去，又气又恨，猛然一头撞向不周山！
一声轰响，鲜血溅满天幕！天柱拦腰断掉，天倾西北！
乱石飞奔向观众区！
（舞台一片漆黑）日月无光，世界又陷入死一样的寂静。

第五幕：炼石补天

黑暗的天空，裂痕清晰可见。

漫天雪花。

舞台正中，用土砌成的大炉子被安放在被活捉的龟精背上——女娲正在炼石补天。

（一队身着青衣的男人上）他们是"木柴"。

欢快的"木柴舞"，带着诙谐的气息，给整个现场带来欢乐。

（又一队身着红衣的女人上）她们是"火苗"。

热烈的"火苗舞"，象征着光明和创造。

"火苗"与"木柴"汇合了！——男女的群舞。

木柴翻动着，火苗跳跃着……

人群在火堆旁呐喊着，欢腾着……

就在这壮丽的背景中，女娲走到人们面前。

充满信心和期待的独舞，燃起了炉火，也牵动着人们的心弦。

伏羲也出来了！

他和女娲的双人舞，仿佛火堆中一簇最旺的火苗。

火苗燃烧到观众席……

终于，火苗收缩了。炉子里闪耀着五色的光芒，整个世界变得奇幻无比。

女娲拔出一把锋利的长剑。

英姿挺拔地舞剑。

女娲猛然剁掉乌龟精的四足。血光四溅到纱幕上！

四根龟足飞向四方。

女娲用剑一指。

倾斜的天在四根龟足的支撑下艰难地缓缓升起——天地回到了原来的模样。

女娲复用剑一挑！

炉子轰然迸散，五色石溅满天空！

璀璨的五彩云霞！

（乐声大作。颂歌般的大合唱在地平线上响起——世界再生了！）

女娲在龟背上刻下四个字——"天地人和"。

（甲骨文的"天地人和"四个字跳上天幕！）

（甲骨文、金文、篆书等字体不断在天幕出现。）

新的文明开始了！

人群跳起疯狂的舞蹈。

动物跳起疯狂的舞蹈。

百花在两侧投影墙盛开！

百鸟从天幕扑向观众区，在人们头顶飞翔！

整个世界都在欢腾——这是光明的胜利，这是创造的胜利！

舞蹈仍在继续，女娲就在人们中间。

（灯光灭）

（灯光复亮）

（男舞蹈艺员出场谢幕）

（女舞蹈艺员出场谢幕）

（龟精出场谢幕，水族同时在天幕谢幕）

（共工出场谢幕）

（伏羲出场谢幕）

（各种动物在两侧投影幕墙上列队作揖谢幕）

（女娲出场谢幕）

附：场景3D舞台美术内容要点

序幕：开天辟地

（1）混沌天地。

（2）不断挣扎着撑开的天地及逐渐变大的女娲。

（3）慢慢上升的天柱不周山彻底撑开了天地。

（4）天地间朝日慢慢升起，云霞满天。（两侧投影墙配合）

（5）女娲与凤凰飞出的特效。（全息成像）

第一幕：创世造人

（1）海底世界，鱼群遨游。

（2）海平面下降，陆地上升。

（3）银杏树及森林，各种森林动物的动画表演。

（4）造鸡、狗、猪、羊、牛、马……（往两侧投影墙奔跑并定格）

（5）天幕。无数的人形。

（6）男人、女人与动画动物的狂欢。

第二幕：爱的世界

（1）森林瀑布。配合女人表演的飞溅的水花。

（2）草原。配合男人狩猎的动画动物。（两侧投影墙配合）

（3）慢慢变绿的森林。（两侧投影墙配合，灌木和乔木冉冉升起）

（4）春，夏，秋，冬。（两侧投影墙配合舞台天幕依次出现四季景色）

（5）漫天花瓣。天幕上龙凤起舞。（全景配合）

（6）农作物在纱幕及两侧投影墙上慢慢地茁壮生长。

（7）无数茅屋在天幕上出现：树梁、砌墙、加顶……

（8）天幕上由缺而圆的月亮。

（9）月亮下的茅屋里，男人与女人相拥在一起，窗口的灯光渐次熄灭。

第三幕：魔由心生

（1）暗淡的大自然背景。

（2）青山绿水蜕变为荒山秃岭。

（3）草原蜕变为沙漠。

（4）雾霾漫天。

（5）欲望的火苗。

第四幕：抗洪灭魔

（1）疯狂的暴风雨。（全景配合）

（2）暴风雨中扑面而来的猛兽。（全息幕配合）

（3）两侧投影墙上植物被连根拔起。

（4）洪水铺天盖地而来。（全景配合）洪水过后的土地。

（5）不周山下。天幕上的水族。

（6）舞台上的人群与天幕上的水族搏斗。

（7）天幕上红斗篷、黑斗篷、绿斗篷的大色块。

（8）共工头撞不周山的全息动画。

（9）天柱拦腰断裂，乱石飞射。（全景配合）

第五幕：炼石补天

1. 裂痕清晰的天空。

2. 漫天飞舞的雪花。（全景配合）

3. 配合男人起舞的天幕上的树枝与木柴。

4. 配合女人起舞的天幕上的火苗。

5. 全场火焰燃烧。（全景配合）

6. 龟背上炉子里闪耀着五色的光芒。
7. 炉子轰然迸散,五色石溅满天空和观众席。(全景配合)
8. 云霞满天。
9. 两侧投影墙上百花盛开。
10. 百鸟飞翔。(全景配合)
11. 天幕上配合龟精谢幕的水族。
12. 两侧投影墙上作揖谢幕的动物。

1982年初稿于中山大学
2016年修改完成

三 散文及随笔

岁月如歌*

（一）

我的童年是一首温馨的童谣。

50年代的一个中午，在广东省普宁县的县城流沙镇，一声不太响亮的婴儿啼哭，唱出了我生命中的第一个音符。流沙镇是一座很美的潮汕小镇，据说新中国刚成立的时候只有几千人口，所以在我印象中它总是闲静而优雅。父母亲都是1941年入党并且参加了武工队的老干部，而母亲当时是县文化馆馆长，所以我家的房子就在文化馆对面，旁边就是一个开阔的体育场，体育场边上有一座竹篷戏院，普宁的一枝香潮剧团常在那里演出。我小时候也常随着父亲在那里看潮剧。戏院的旁边是绿树掩映的文化公园，公园里有一个博物馆，里面有不少文物，我的幼年期就是在这个颇有文化气息的环境中度过的。

父母平时工作都很忙，顾不上管我们，家里只请了一个保姆打理一下日常生活，所以我的童年还算是自由自在的，有空时就去看看文化馆的人画画，或是自己用木头锯些小驳壳枪玩玩。印象最深的一件事是有一次和哥哥、姐姐去河边玩水，差点被淹死，正好一个骑单车的男人在河堤上经过，跳下水把我救了。但我不知道这位恩人叫什么名字，毕竟那个年代的人做好事是不留名的。

幼儿园读中班时，我和姐姐转到揭西县的棉湖镇和外婆一起住，在那里一直读到小学四年级。与老家普宁陈厝寨仅相隔三公里的棉湖镇不如流沙镇开阔，但却别有韵味。门口一条石板小巷常有木屐声响起，尤其在下雨时，竹斗笠、小油伞及叫卖声混杂在一起更是妙不可言。那时是"三年困难"时期，吃得不太饱，上学时的零食也就是用米糠炒些盐，用纸包住带在身上，饿了就用手指沾一点放进嘴里。有时也到外公的小杂货铺，从玻璃瓶里偷一些甜柚皮吃，由于"作案"手法高明，故一直未被发现过。

我在棉湖镇解放路小学读书时很喜欢唱歌，据说那时候我的歌喉很清亮，但

---

* 该文获纪念建国60周年全国叙事体散文征文二等奖。

我更喜欢的是画画。十几年前回去时碰到一个老同学,他说他还收藏着一张我当年送给他的古装人物白描画,此事让我乐不可支。

最惬意的是那些夏天的夜晚,在天井中铺一张草席,点一盏煤油灯,孩子们在一起玩,玩累了就躺在草席上,听大人们讲古仔(讲故事),而很多好梦就在外婆轻轻摇动的圆蒲扇下次第延伸……

2009年清明节回老家扫墓时,为了孩提时的那些记忆,我执意约上哥哥姐姐及姨妈家的孩子们回去那座老宅瞻仰了一番。物是人非,加上年久失修,曾经飘满童谣的宅院已成残垣断壁。对着这些照片,我无语、无措。美丽如红颜,总归是要凋谢的。我把照片收进文件夹,轻易不敢再看。

(二)

1965年,因父母工作调动,我们全家搬到了客家地区的梅县梅城镇,开始了我的青少年生活。

这段时期对我而言,成了一首忧郁的歌。

从此,我变得内向、敏感而忧郁,这种性格最终影响了我一生。

此后,父母亲去了五七干校,曾经以为可以和父母一起生活的我又开始了远离父母的生活。

我在梅县东山中学读完了初中和高中。

这段时期的我悄然爱上了文学和音乐。

一个偶然的机会,我在街上的灰烬中捡了一本没有封面的《唐诗三百首》,或许是缘分所至,竟然看得如痴如醉。

这本《唐诗三百首》勾起了我对古典诗词的迷恋和文学创作的欲望。我读中学时的语文老师杨善铎先生知道了我的兴趣之后,也曾经借了一些有关古典诗词的书籍给我看,并给我传授了很多古典格律诗词的知识。

我在一开始学习填古典格律诗词的时候找不到规律,只能在相同词牌的诗词中进行字数和平仄的比较,从而确定其基本格律。我当时创作的数百首诗词就是这样摸索出来的。这段填写格律诗词的历程,到后来竟然对我填写歌词产生了莫大的帮助,这倒是我当初没有料到的。

我对音乐的爱好,也是从这个时期开始的。

一个孤独而近乎死寂的夜晚,一片凄清的月色透过窗棂照在床上,远处忽然传来一缕笛声,也不知是什么曲子,幽幽怨怨,欲说还休。一刹那,我忽然泪流满脸。我不知道它和我的生命有些什么神秘的联系,我只知道它是我生命中想要的一种召唤。

从这一刻开始,音乐成为我的至爱,并且在多年以后最终成为我一生的事业。

我最早学习的乐器是笛子和二胡。当时买不起,只能自己动手制作:砍来竹子,用磨尖的铁条烧红后在竹子上钻孔,做成最原生态的笛子;到山上打蛇,剥下蛇皮,晾干后绷在竹筒上,做成二胡,弓弦须用马尾。不记得是谁告诉了我一个"偏方":砍来剑麻,砸烂后放在水里泡一个星期,然后抽出纤维,做成弓弦——我就用这两件最简陋的乐器隆重地举行了我学习音乐的仪式。

一个初学者加上这些怪异的音色,其"音乐"自然是惨不忍睹的,为此总免不了被心情极度郁闷的父母呵责。而我竟奇迹般地坚持了下来并最终成了学校文艺宣传队的乐队成员,这大概只能说是一种缘分使然吧。

在学校宣传队里,我接触到了各种各样的乐器,而更让我骄傲的是,我生平第一次用自己的钱买了一把15元的旧的小提琴。为了攒够这些钱,我除了把每个月5毛钱的零用钱全部存入储钱罐之外,还跑到河边帮人挑沙子,一天8毛钱的工酬,一天下来肩膀又红又肿。就这样,我用自己稚嫩的肩膀挑出了这一把琴,挑出了一个朦朦胧胧的音乐之梦。

多年后,当我把这些故事讲给我儿子听时,他听后不理解地问:"你讲嘢(你说的是不是真的)啊?"对这些一出生就能学钢琴的孩子来说,我的这些故事无异于天方夜谭。

当我们无奈地用《江河水》《二泉映月》等古老的乐曲宣泄着自己当年内心的苦闷,并将这些乐曲珍藏在心头以保存住一些无法忘却的时代记忆时,我们的后代能在这些乐曲中领悟到那个时代的悲情吗?对此,我实在不敢乐观。

<h1 style="text-align:center">(三)</h1>

1972年高中毕业,由于我哥哥已参加"上山下乡"运动,我姐姐去了海南岛农垦建设兵团,我因此得到了政策照顾,被分配到离梅县60公里的平远县当了梅县地区第二汽车配件厂的铸造工人。

我在工厂待了6年,这段时期对我而言是一首迷惘的歌。

工厂的生活总是单调而刻板的。我的主要工作是混合铸工,平时做翻砂工,制作砂模,就是当年电影《火红的年代》里说的"黑三辈"的工作;逢每周一次开炉时又充当铸工的角色,抬着几百公斤重的滚烫的铁水煲往砂模里浇铸铁水。这份工作干起来连农村来的学徒们都天天喊累。聊以自慰的是那句"工人阶级是领导阶级"的口号以及每个月45斤的口粮,让我们有了一些阿Q式的自豪感。

好在这段艰苦的日子不太长，干了两年多，学徒期未满，我就被调到厂里的政保股当了资料员，也就是现在叫"秘书"的那种工作，为领导写写发言稿，也写情况汇报和工作总结之类的材料。

由于时间相对充裕，我的"小资情调"便有了发挥的空间：出墙报，在工厂的围墙上用油漆写大标语，组织各类文体活动，参加象棋比赛和乒乓球比赛，担任工厂业余文艺宣传队队长并兼乐队队长，写诗、写歌，每天早上6点起来用高音喇叭播放音乐……我把所有的业余爱好都充分调动了起来，为的只是让青春期过剩的精力得以宣泄并借此打发那些无穷无尽的迷茫与无聊。

在这一期间，有几位工友就在这种氛围中渐渐走到了一起，于是有了我们的"牛皮斋"。带头大哥是毕业于南京炮兵工程学院、酷爱书法与篆刻的雷振元，还有车工车间的廖红球以及与我同批进厂、同在一个车间的吴惟瑞。由于大家都有些"怀才不遇"，便经常在一起侃侃文学艺术、吹吹牛皮，故有了"牛皮斋"的雅号。最具亮点的是某年中秋节，我们在空地上摆了一张小桌，放些茶点、水果和月饼，在月下轮流背诗歌，接不下的罚茶一杯。有几位工友过来凑热闹攻擂，几个回合下来，纷纷丢盔弃甲，落荒而逃。从此，"牛皮斋"威名大振，声名远播。

"牛皮斋"中与我最为"臭气相投"的是廖红球。此君颇有才华，18岁便在省级文学刊物发表小说，并曾参加过全省美术展览，说他是我当时的偶像一点也不为过。他是当之无愧的文艺骨干。就文学创作而言，红球无疑是我的引路人，但当时我们之间更多的合作是在美术方面。那时候写书法买不起宣纸，他居然想出了一个绝招，用明矾水涂刷在纸上，趁水渍未干时书写，作品便有了宣纸的效果。此招一出，让我惊为天人，对他无比崇拜。而最让我有成就感的是打倒"四人帮"之后，工厂要搞大游行，需要国家领导人毛泽东和华国锋的两幅大幅油画像，这项光荣任务毫无悬念地落在我俩身上。红球便带着我去折柳枝，烧成炭笔打草稿，此后花了数天时间完成了这两幅"巨作"。我画的是毛泽东（因为看得多，相对好画些，而且我有优先选择权，嘿嘿！）红球画的是华国锋。虽然我画的毛泽东像是在红球的指导下完成的，但毕竟是我参与创作的油画处女作啊，这幅"巨作"让我着实光荣了很多年。

而乐友则应该是吴惟瑞了，此君中学大会演时就曾经与我同台演奏过，但因分属不同学校，故彼此并不认识，事后谈起才知道。他的竹笛吹得不错，还曾与我合作过笛子二重奏。那些被我们自嘲为"绕梁三日"的笛声确实曾为我们的青春岁月增添了不少温馨的亮色。

虽然我们在枯燥的工厂生活中寻找到很多的乐趣，但未来在哪里？出路在何方？我们在迷茫，时代也在迷茫。

1977年，国家恢复了高考，个人命运和国家命运终于出现了一个重大的转机。

第一次高考，我名落孙山，据说是语文不及格。我不相信，但也无奈，那一年不能查分。

幸亏我没有放弃，我知道这是我唯一的机会，命运的转变往往只在于一刻的决断。1978年，我如愿考上了中山大学中文系。这个过程自然又是一波三折。分数公布后，我的历史竟然只有6.5分！还好，这一年可以查分，一查是86.5分，整整少计了80分！地理科是68分，我不信，一查是88分，两科合计共少了100分！或许我不能责怪计分人员的"草菅人命"，毕竟当年没有电脑，计分者又都是临时抽调上来的中小学老师，试卷又多，出现差错是在所难免的事，所以我只能感谢命运的眷顾，皇天不负有心人啊！

此后，"牛皮斋"成员各奔东西：吴惟瑞和我同年考上了大学，昔日一起进厂的工友现在又一起进了大学的殿堂，此君后来官至广东省农业科学院副院长；廖红球调进了广东文学院，之后任广东省作家协会主席兼党组书记；而带头大哥雷振元则调回福建，后来当了某党校的校长。在迷茫中一起度过了6年生活的工友们就这样伴随着改革开放的大潮开始了各自的新生活。

（四）

踏进中山大学康乐园的那一刻开始，我的岁月成了一支激昂的励志歌曲。

中文系78级共有99位同学，入校时最大的已经34岁，最小的只有16岁，这是那个年代独有的奇观，也是历史上绝无仅有的学生团队组合。由于幸福来得实在太不容易，所有学生都以"振兴中华"为己任，其认真和刻苦至今都为学校的老师们所津津乐道。

我所住的东四105房后来被同学们笑称为"风水最好"的宿舍，同宿舍的7位同学中有任广东省委常委、宣传部部长的林雄，"钱最多"的华尔街华人精英方风雷等，可谓星光闪烁。

我的文学创作之路就是从这里开启的。当时学校有一本学生社团文学刊物《红豆》，主编是77级的学长、现任美国耶鲁大学中文部负责人的苏炜。我的诗歌创作受当年的"朦胧诗"影响较大，从在《红豆》发表第一首长诗开始，此后我又相继在《作品》《海韵》《星星诗刊》《青年诗坛》等刊物发表了多篇诗歌作品，同时又和几位诗友一起创建了此后延续了许多年的中山大学"紫荆诗社"，那时我的梦想就是成为一名真正的诗人。

让我始料不及的是，在我确定报考中文专业时，曾被我放弃的音乐竟又鬼使神差地回到我的生活之中。

来中山大学报到之前，我把手抄的上千首歌曲和乐谱全部束之高阁，只将那把陪伴我多年的小提琴带在身边，不是为了音乐，只为了一段难以忘却的记忆。

但该来的终究要来，或许这就是宿命吧。入学军训结束时，各年级要出节目参加联欢。我一时兴起，找了八个啤酒瓶，灌上不同量的水以调节音高，在一支小乐队的伴奏下，演奏了《我是一个兵》等曲子，并起了一个雅号叫"青瓶乐"。一曲奏罢，竟掌声雷动。此后，我便加入了中山大学民乐团。我一开始负责拉大提琴、拉高音二胡，后又负责扬琴演奏，最后，成了乐队主力。

大学四年的光阴，便在诗歌与音乐的交错中度过了。

只是在这个时候，我依然没有意识到音乐会对我的未来产生怎样的影响。尽管毕业前我已在《岭南音乐》发表过我的歌曲作品，但音乐于我而言始终只是一种文学之外的、能更直接和更有效地发泄我激情和精力的工具而已。

让我最终和音乐走到一起的转折点是毕业分配。本来已联系好的毕业接收单位花城出版社在最后一刻取消了名额指标，我的文学青年之梦在那一刻戛然而止，那一种心碎的感觉至今难以言喻。幸亏我当时在招收单位的名单上发现了"中国唱片社广州分社"（现中国唱片公司广州分公司）的名称，也幸亏我在濒临绝望的关口做出了一个有如壮士断腕一般的抉择——我忐忑不安地踏进了中国唱片社广州分社的大门，那一刻，无疑是我一生迈出的最艰难也是最明智的一步。

（五）

接下来的岁月，应该是一支甜蜜的恋曲了。

20世纪70年代末期，阔别中国大陆数十年的流行歌曲随着邓丽君"甜蜜蜜"的歌喉重新进入了我们的视野，在心理需求和生理需求的双重召唤下，几乎所有青少年都在一夜间成了流行歌曲的信徒。

毗邻香港的广州成了中国现代流行音乐的桥头堡和根据地，遍地开花的音乐茶座与音像制品以迅猛之势影响并改变着国人的生活方式。

我在繁忙的编辑工作之余，开始了流行歌曲的歌词创作。在第一首处女作《我的吉他》录制完成后，我在家里用录音机反复听了几十遍。这一刻，我才发现变成声音的歌谱竟然有如此摄人心魄的力量！这种成就感是以前在刊物上发表诗歌时从未有过的。

此后，我陆陆续续地为各个唱片公司创作了约2000首歌曲。音乐几乎成了我生命中的全部，即使是在梦中，也常有一些优美的旋律萦回不息，指引着我一步步走向那深不可测而又美妙无比的云水之间……

　　在这些作品中，我最偏爱的无疑是"现代乡土系列"歌曲，它既融合了古典诗词的意境与现代诗歌技巧的浓郁民族风格，又传承着中国传统文化的气质与精神。虽然这些作品仅占我全部创作的十分之一，但它凝聚着我对中国文化的理解，表达了我们这些现代人对传统文化的反思，寄托着我对古典审美与当代流行要素相结合的追求。我知道，要让流行音乐不被妖魔化，唯一的途径就是提高流行歌曲自身的品位和格调。

　　而要做到这一点并不容易，歌词毕竟不是诗，在某种意义上，其对音乐性的要求甚至大于文学性，在结构上需符合曲式结构自不必说，在文学性上亦须琅琅上口以让受众听得明白更是一个极难的课题。一位诗人朋友曾自告奋勇要写歌词，因写歌词这事在他看来只是小菜一碟。后来，我给了一首曲子让他填歌词，这位仁兄在珠江边走了一夜，抽了好几包烟，第二天回来时彻底"缴械投降"，原因是虽然想出了很多妙句，但跟歌曲旋律一句都套不上。看着他沮丧的样子，我无由地产生了一种快感。其实，如果他对自己要求不那么苛刻的话，歌词还是很容易"混"的，但想要在具有文学性的基础上创作出精品和杰作，就得看他对音乐的领悟和修为了。

　　那些日子里，让我最为迷醉的是待在录音棚里的那种感觉。坐在调音台后面，把自己精心创作与挑选的歌曲制作成一首首美妙的录音制品，那一刻，我觉得自己就是世界上最幸福的人。

　　1990年前后，我开始尝试自己作曲，这期间最成功、影响最大的作品应该算是《涛声依旧》了。

　　大凡中国文人都有些江南情结，像我这种中文系出身又酷爱唐宋诗词的人更甚。"不知今宵是何时的云烟，也不知今夕是何夕的睡莲？只愿能化作唐宋诗篇，长眠在你身边。"这是1986年我写的《梦江南》的歌词，那时我还没去过江南。但江南却一直是我神往的地方，是我在创作上的精神家园——江南的烟雨楼台，江南的寺庙、风花雪月乃至一草一木，都会不经意地如一个古典美人般向我姗姗走来，让我魂牵梦绕并将我的笔触不断地牵引到她的意境之中。

　　写《涛声依旧》之前，我并没去过寒山寺。事实上，我写了《敦煌梦》《灞桥柳》《烟花三月》《九九女儿红》等歌曲，但写之前也从未去过这些地方，为此也遭受了不少诟病。但我执着地认为，我们生存在一个信息时代，这是我们和古人相比最大的优势，既然信息的获取如此容易，又何必和古人一样骑着马和驴去一跑一颠地奔波呢？何况我写的是我梦中的意象，是一个外地人对这些地方的主观感受而已，这种距离感对创作者而言或许更为准确和真实吧？当我们对一个地方一知半解时，它能给我们留下深刻印象的东西也必然是它最吸引我们的地方。当然，也有歪打正着的时候，当我数年以后来到苏州寒山寺时，这才发现我被张继这老头写的《枫桥夜泊》误导了，本以为这"夜半钟声到客船"的水面应该是极为宽阔的江面，去了以后才知道枫桥下面只有一条小河沟而已，我转了半天也没找到"涛声澎湃"的感觉。这一个美丽的错误竟然使"涛声依旧"成了一个流行语！当对着寒山寺外"千年风霜，涛声依旧"的大幅广告牌目瞪口呆时，我只能无奈地为我的无知无畏而偷着乐了。

1995年，已经调任太平洋影音公司总编辑和副总经理的我，遭遇了事业上最大的一次挫折。那一年，旗下的大批歌手纷纷北上，随着广东乐坛形势的恶化，我开始感受到一种无助的悲凉。而更大的打击则是由于一个打着投资幌子的骗子的出现，使得我在太平洋影音公司的一连串计划付诸东流，精心构筑的基业在一夜间烟消云散！

万念俱灰之中，我无奈地离开了曾经让我百般牵挂的唱片界。我在当时曾想过北上，也曾想过放弃，万幸的是，在经过半年的徘徊之后，我最终选择了坚持。我相信广东仍然是最适合流行音乐生长的地方，我也认定广东是最适合坚持我的审美趣味和审美价值观念的地方。

21世纪之初，我创作的《高原红》和《又见彩虹》同时获得中国音乐金钟奖，前者催生了著名藏族歌手容中尔甲并已成为各地卡拉OK的热门曲目，后者则被选定为中华人民共和国第九届运动会会歌。这两首歌的创作与成功，不仅让我在困境中重拾了自信，更重要的是，它证明了我坚持的审美价值观念，延续了我的音乐之梦。

如今，水仍在流，涛声还在唱，当年酷爱的小提琴已经裂成几块弯曲的木片，而我的歌却依然在心中流淌。我最大的不幸是为了写歌而失去了很多物质上的获取，我最大的幸运则是在写歌中得到了很多精神上的馈赠，上帝总是如此公平。

岁月如歌，蓦然回首，竟发现个人的命运和祖国的命运如此相似！正是这些充满了温馨、忧郁、迷茫、奋进和甜蜜的歌谣，构成了一支跨越了数十年历程的命运交响曲。或许，每个人的歌曲内容都不尽相同，而我们必然都把它珍藏在心中，酿成一壶岁月的老酒，在未来的路上久久回味……

（载《作品》2009年第8期，后收入《广东作家协会获奖作品集》2010年）

回首母校

想按响几位老师的门铃，伸出去的手却终于缩了回来。不是感情骤然退潮，而是由于胆怯，我无法想象在老师们关切的目光下，我是否能够交出一张无愧于他们皓首白发的答卷。

被人们赞美过千百次的校园小路依然弯曲着，月色不够透明，柔柔的、黄黄的，带着一股淡淡的书卷气。夜色遮盖了一切，正好让我保留住那过去的感觉。

不管你怎样去珍藏或忘却，母校作为一段记忆总会深深地藏在你的心中，虽然这段记忆或甜蜜或忧伤。

10年前，我们曾以时代幸运儿的姿态走进大学校园，饱经沧桑的梦想终于得以成为活生生的存在。经过入学初的踌躇满志之后，我们才开始重新冷静地审视自己，蓦然回首，一种日趋强烈的悲哀向我们袭来。

我的同学们的年龄结构是一个奇异的组合，最小的仅16岁，最大的却已34岁！在那些神采飞扬的小弟弟和小妹妹面前，我们这些年龄偏大的一群便无时无刻不感到羡慕、嫉妒和自卑。

"老来学吹笛。"我们不止一次苦笑着嘲弄自己。

然后，便有了各种各样的理由去说服自己，装病、睡懒觉、逃学、在期末时千方百计套出题老师的口风，孤注一掷的重点突击，考试成功后的沾沾自喜……

4年的岁月就在这种矛盾复杂的心态中悄悄逝去，幸运者的骄傲与大龄人的烦恼如两个板块紧紧地夹击着我们。毫无疑问，我们学到了不少，然而，我们也丢失了许多——本来，假如没有这种可诅咒的想法，我相信我们将会得到更多。

或许人的心理就是这样微妙，一个古怪的念头竟然会支配你数年，让你漫不经心地丢失掉你可贵的东西而又理直气壮地为自己的丢失辩解，仿佛世界上的事情本来就该如此！

当我们终于告别母校的时候，才猝然发觉手中的毕业证书和学位证书是如此的沉重。我们装作若无其事地笑着，彼此潇洒地在各人留作纪念的本子上签着名，用豪迈的笔迹掩饰着内心深处的忧伤和怅惘……

离开母校的最后一天,我们总算学会了后悔和惭愧,并且很深沉。

假如时光能够倒流,我相信我再也不会有这种愧疚,我将用十倍的勤奋去表达我对母校的热爱。而事实是,谁也无法重新把握昨天。幸好,我们仍然拥有今天,而今天,也会成为昨天。

靠在紫荆树上,我把目光交给了那被绿树掩映的窗口,灯光很寂静,像不断增添着鱼尾纹的眼幽幽地望着你。那是母亲般的慈爱与关切,而更多的是父亲般的冷峻与严厉。

我忽然想到,能够毫无愧色地走出母校并毫无愧色地走回母校的人,将是世界上最幸福的人。

(载《现代人报》1988年7月26日)

生　日

当你获得生命的时候,你便拥有了生日。

从此,每年的这一天,你就会在自己的生命之树上刻下一圈崭新的年轮。

为了表达人类对生命的热爱,也为了肯定人生的意义,我们会在这一天用各种各样的形式为自己也为别人修筑新的里程碑。

也许是蛋糕和蜡烛,也许是贺信和生日卡,也许仅仅只是两个染红的鸡蛋……所有礼品都并不重要,重要的是,我们没有忘却生命的存在。

日历在你的手中轻轻撕下,此刻,我不知道洋溢在你心中的,除了甜蜜和幸福感,是否还有一种庄严和激情?

生命太古老了,从石器时代算起,人类已走过了几百万年。在我们每一个人身上,都深深地积淀着人类缓慢进化而来的珍贵的一切。

作为人类的延续者,我们在享受生日快乐的同时,无法漠视我们对于人类进化和社会发展的责任。

用自己有限的生命,去完成人类古老的使命,让我们的世界日趋美好和完善,这是生日给予我们的启示,也是生命存在的意义。

生日对于每一个人,或许意味着成熟,或许意味着衰老。这里并非仅仅是生理年龄的概念。

有位哲人说过:"你何时有信仰,何时便年轻;何时有怀疑,何时便年老;你和你的信仰同样年轻,和你的恐惧同样年老;和你的希望同样年轻,和你的失望同样年老。"

热爱你的生活,也热爱你的生命,在昨天的轨迹中审视自己,在明天的梦想中升华自己,你拥有的便只有永远意味着年轻和成熟的生日,你的心便永远不会衰老。

爱是一种创造,对自然的爱创造了新的自然,对社会的爱创造了新的社会,对生命的爱创造了新的生命。同样,对自己的爱也会创造出新的自己。

那么,爱你的生日吧,朋友!我们将以人类的名义祝福你。

(载《黄金时代》1988年第7期)

《问号·探索》

又一个婴儿诞生了。在一阵充满了生命力的大吵大闹之后,我们看到了一双艰难地睁开的眼睛。

那是一双纯净得透明的眼睛,纯净得没有任何内容。面对着这个陌生的世界,婴儿的第一道目光只能是一个问号,一个极为简单而意味深长的问号。

母亲用洋溢幸福感的微笑向人们骄傲地宣告:又一探索者诞生了。

几百万年来,正是这一串又一串的问号,使人类一步步地走出混沌状态,于是,便有了一段进化的历史,有了无数个与命运抗争的信念,同时,也有了关于人生与社会的思考。

当人们试图对自己最初的问号作出解答的时候,他们也许还没有意识到,人类思想史的新纪元已经开始了。

而他们更加没有意识到的是,到了今天,提出问号和解答问号的能力,不仅仅成了衡量一个人智商水平的标准,而且成了衡量一个民族生产力发展水平的标准。

小心翼翼地询问、追根穷底地盘问、理直气壮地质问……千千万万个伟大和不伟大的探索者利用他们有限的经验,不断地寻求对现实的超越。对肯定的怀疑,对怀疑的肯定,他们冥思苦想的结果直接决定了民族的命运与社会的发展。

"我思故我在。"一个只会玩弄问号而从来不寻求解答的人无异于一个白痴;而一个连问号都没有的人却足以让我们怀疑其生存价值。

2000多年前,我们的一位哲人和诗人凝视着神秘莫测的宇宙,写出了不朽的《天问》。而后来,一个超稳定结构的封建社会,却以其不可置疑的权威性,粗暴地否定了人们的求索。

我不能想象,一个只喜欢句号和感叹号的社会是否能够拥有灿烂的明天。

我只知道,问号并非仅仅意味着怀疑与不信任,而恰恰相反,所有的问号都呼唤着创造和建设,那里面跳动着的,正是一个民族活泼泼的生命力!

(载《黄金时代》1988年第7期)

我选择"白日做梦"

假如需要在夜晚作梦和白天做梦中作出选择，我会毫不犹豫地选择后者。

我是个白日做梦者。我的梦属于白天，属于清醒的思维。我属马，或许是一匹野马，因此，我的梦又常常没有缰绳。

很小的时候，一个人坐在清静的角落里胡思乱想是最大的乐趣。那是一个收获梦想的年龄。很久以后，当我在睡眠状态下所作的梦全都失却时，我的白日梦却依然深深地积淀在我的记忆之中。

我梦想成为一个丹青国手，于是，所有洁白的墙壁都留下了我笨拙而优美的线条。它让大人们皱起了无奈的眉头，也给封闭的房间带来了勃勃的生气。

我梦想成为一个二胡演奏家，于是，用竹子和木头做成琴筒、琴杆和弦轴，到山上砍来剑麻，抽出叶掌中的纤维做成弓毛，并且在演奏《二泉映月》或《江河水》中，常常故作投入地扯断琴弦，显出满脸悲愤难抑之状。当然，邻居们无法理解这种少年的激情，他们不断地以关窗户来表达自己的愤怒和反抗。

我又梦想成为第二个庄则栋，于是，买了一个廉价球拍，每逢课间操时，便可怜巴巴地排队守候在乒乓球台边，等待着一展雄姿的机会。我相信自己的动作和造型美妙无比，虽然在左右开弓时常常令不断跑到远处捡球的对手骂声不绝。

在需要少年宫的年龄中我不知道少年宫是什么模样，因此，我没有做过一个完整的关于宇航员、飞机模型以及夏令营的梦。那些梦对我来说是一个黑洞，所有的梦想和作出梦想的努力只要一靠近它便失去了质量。然而我还是不断地梦想着，哪怕这枯涩的梦只能到达它的边缘。

虽然到了后来，由于各种各样的原因，我少年时的白日梦一个也没能得以充分地实现，但我却保留了这种胡思乱想的习惯。因为它不仅使我不断收获梦想，同时也使我在实现梦想的活动中获得了无穷无尽的乐趣和快感，更为重要的是，它体现并表达了一种创造力、一种永不满足的性格、一种自强不息的奋斗精神。

想象力和创造力永远是一个同类项。

一个没有想象力的人注定是个没创造力的人。

因此，我选择白日做梦，我坚信白天的梦想比夜晚的梦幻更有意义，也更有魅力，我坚信白日做梦并非在浪费光阴，而是为了使属于自己的光阴更为美丽，我甚至坚信所有幼稚的、天真的乃至被某些人视为荒唐的梦想都能实现——只要你不把你的梦想放弃，而且有正确的方向。

（载《现代人报》1991年10月）

关键在于填词队伍

潮语流行歌曲的创作虽然刚开始,但对其发展前景,我持乐观态度。问题在于我们能否一开始就在概念上有一个较为清晰、明确的界定以及能否找到一条简捷可行的创作道路。

不妨这样认为,潮语流行歌曲将是一种以潮汕方言演唱的,在词、曲、配器、演唱方面都具备现代流行歌曲特征的地方性歌曲。具体地说,潮语流行歌曲将具备以下特点:①在歌词内容上将以表现当代人尤其是当代都市青年的心态为主,这是由流行歌曲"都市民歌"的性质所决定的;②作为其音乐载体的旋法、节奏、结构及编配必须体现现代流行歌曲的特征,否则很难区别于以往的传统方言歌谣;③歌曲的演唱可考虑用日常口语代替传统戏曲中的潮州口音。根据我们的尝试,这样做一方面可有效地避免演唱中的戏曲化倾向,另一方面也可拉近其与生活的距离,加强演唱的亲切感,而亲切感本身就是流行歌曲的重要特征之一。

以上特点准确与否,尚有待讨论。本文只重点谈谈歌词创作的有关问题。

从宏观战略上看,我觉得潮语流行歌曲的演唱、作曲、编配等都不是当务之急,关键在于尽快地培养一支具备一定音乐素质和文学基础,且具有良好的流行音乐感觉的填词队伍。这支队伍的成败将决定整个潮语流行歌曲创作的流向和发展。这是粤语流行歌曲取得成功的重要经验之一。由于潮籍流行音乐作曲家为数甚少,而非潮籍作曲家又由于方言的原因无法直接谱曲,这就迫使我们不得不把注意力集中到填词上面来,只有这样,才能充分调动流行音乐界的全部力量,使潮语流行歌曲尽快初具规模。

然而麻烦在于潮语歌曲创作缺乏粤语歌曲的填词传统。就目前征集到的部分填词作品来看,不少作品仍然在声韵上使人感到别扭,按行话说即"不露字"。其原因可能与作者驾驭语言和词汇的能力不足,以及对填词这一方式的不习惯有关。粤语歌的成功在很大程度上得益于其声韵的严格。潮语流行歌曲如果在声韵问题上从一开始就没有引起足够的重视,将直接影响听众的认同感及其接受的程度。在声韵方面，潮剧界不少前辈已有多种研究专著问世，这里不再赘述。事实上，不少作者并非不懂声韵，只是由于未能在这个问题上给予充分的重视而已。

　　从潮汕地区的整体文化素质来看，我们有足够的理由相信，只要假以时日，经过一批有志者的艰苦努力，潮语流行歌曲必将作为潮汕文化的一部分而在歌坛上大放异彩。

（载《汕头广播电视报》1990年）

四十而不惑
——记青年作曲家兰斋

1991年,刚满40岁的兰斋,以一曲《跨越巅峰》为标志,开始了"另外一道青春的行程"。

这首为第一届世界女子足球锦标赛而创作的歌曲写成于5月份,经初赛、复赛到总决赛,一路领先,顺风满帆,最终以评委的满票及总决赛现场观众最高票数的绝对优势,被大赛评委会当场确定为第一届世界女子足球锦标赛会歌。

亚足联秘书长维拉潘于9月19日向世界女子足球锦标赛中国组委会发来电报,称赞女子足球锦标赛会歌的创作"非常成功"。

成功对于兰斋来说虽然有些意外,但却绝非偶然,毕竟他已在这条路上艰难地跋涉了8年。

1983年,兰斋由广州民间乐团调入中国唱片社广州分社(现中国唱片公司广州分公司)。从此,在繁忙的编辑工作之余,他悄悄地开始了他的创作生涯。两年后,一曲《敦煌梦》以其浓郁的民族特色和深沉的忧患意识震动了大江南北,被文化界认为是当时中国通俗歌曲创作的一大突破。以这首代表作品为起点,兰斋进入了他创作上的黄金时期。1988年,他的《湘灵》获第二届广东十大广播歌曲"健牌"大奖赛最佳创作奖及首届京沪粤"健牌"广播歌曲总决赛银奖;1989年,《黎母山恋歌》获第三届广东十大广播歌曲"健牌"大奖赛最受欢迎大奖及第二届京沪粤"健牌"广播歌曲总决赛金奖;1989年,《兰花伞》获首届中国校园歌曲创作大奖赛三等奖;1990年,他的《幸运之星》又被列为亚运会歌候选曲目……

正如选择了"兰斋"这个古香古色的笔名一样,他选择了一条民族化的通俗歌曲创作之路。这并非他的一时心血来潮,而是一种心灵的自觉。恰切地说,这个选择从他的创作伊始便已被注定了。他的知识结构、文化修养、审美趣味,乃至他的气质、性格,无一不笼罩在一种浓郁的民族文化氛围之中,他无法自拔,也无意自拔。

　　作家风格的形成，取决于其自身的艺术情趣。兰斋深深地明白这一点，所以，他不干那种事倍功半，以投机取巧为目的而出卖自己艺术感觉的蠢事。

　　当然，这条路在使兰斋成名的同时，也给他带来了极大的困惑。流行歌曲毕竟是一种现代都市文化的产物，现代性始终是流行歌曲保持其强大生命力的要素之一。因此，使民族性和现代性获得有机融合，以便为现代的都市人所接受，确实不是几瓶安眠药便能解决的问题。

　　《跨越巅峰》的创作，对于兰斋来说无疑是一次全新的体验。值得欣慰的是，兰斋不再囿于习惯的思维定式，而是以一种活泼的生命力去把握时代的律动，从而顺乎自然地完成了对自己的一次新的超越。

　　禅说："平常心是道。"以寻常的心态从事自身的艺术实践，在不假雕琢的感觉中变更自己的审美流向，这才是真正的超越。

　　不惑之年的兰斋，总算走出了困惑。

（载《现代画报》1991年11月）

这一张旧船票能否登上你的客船
——写在《风·雅·颂——"雅仕"陈小奇作品演唱会》之前

1983年对于我来说是个值得纪念的年头。就在这一年年底的某一天,命运把我莫名其妙地推上了词坛,于是就有了近千首变成声音的作品,于是就有了60多个奖项,于是就有了这场即将开演的个人作品演唱会。

8年多的创作历程,将被浓缩为两个多小时,精心挑选出来的28首歌曲,能不能折射出一个完整的追求?这毕竟是内地通俗歌坛青年词作者的第一场个人作品演唱会,我的作品能否担当起这份历史重任?自己的词作能不能使那些精妙旋律的内涵得到充分的表达?

内地通俗歌曲的发展是和我国改革开放的进程同步进行的。作为得改革开放风气之先的广东,通俗歌曲的发展也同样走在各省份的前列。固然,广东由于毗邻港澳的特殊地理位置,使本地通俗歌曲创作的发展受到了很大的限制,令人欣慰的是广东年轻的词曲作者们终于摸索出了一条个性化、现代化、民族化歌曲创作之路,并使广州成为与北京并列的南北两大通俗歌曲创作基地。

兰斋、李海鹰、解承强、毕晓世、张全复、梁军、颂今……当我在节目单文稿上郑重地写上他们的名字的时候,感激之情便油然而生。8年多的合作,在一起熬过了许多不眠之夜。我在他们的旋律中遨游,在他们身上寻找着属于自己的艺术感觉,探讨着广东通俗歌曲创作的现状和前景。我们既是创作伙伴,又是良朋挚友,正是由于这种亲密无间的合作关系,才有了彼此的创作成果,才有了《敦煌梦》《秋千》《梦江南》《父亲》《山沟沟》《船夫》《灞桥柳》《青春脚步》《跨越巅峰》和《涛声依旧》……因此,这场冠以我个人名字的作品演唱会,实质上应该是我们8年合作成果的大展示,它所体现的是年轻的广东创作群共同的追求。尽管会有许多不尽人意之处,但它毕竟勾勒出我们稚拙的行进轨迹。

改革开放以来,社会各界对广东通俗歌曲创作给予了极大的支持,使广东成为全国通俗歌曲创作环境最好的一个省份。为此,我由衷地感谢他们为繁荣和发展本地歌坛所做出的努力和贡献,并借此机会感谢主办这场演唱会的中国唱片公司广州分公司、深圳雅仕衣帽有限公司、广东电视台文艺部、广东电台音乐台、广州文化记者联谊会以及广东流行音乐创作学会。我希望这场演唱会能够成为创作界和音像界、新闻界、企业界携手推动本地通俗歌曲创作的一个新的里程碑,也希望通过这场演唱会对广东通俗歌曲创作进行一次回顾、检讨与反思,并以此向一贯关心、爱护我们的朋友们做一次小结性的汇报。只是不知道这些作品是否能让朋友们满意?不知道已成为过去的这一张旧船票,能否登上你的客船……

(载《羊城晚报》 1992年4月)

南方的困惑

常有人这样问我：为什么广州流行歌曲创作的影响不如北京？

承认这一点固然是一件痛苦的事情，因为才气洋溢的广东中青年作者群毕竟已尽了最大的努力，并且在风格和技巧等方面都作出了较北方作者群更多的探索。

问题是这样的比较是否科学？广东毕竟只是一个地方省份，无视北京作为首都所拥有的无法比拟的天时、地利、人和的巨大优势，这种比较便只能令人沮丧。

以中央电视台为主体的强有力的传播媒介吸引了全国各地的优秀歌手，优秀歌手们杰出的二度创作又扩大了作品的影响，北方作者在这个"三位一体"的良性循环机制中如鱼得水。而地处一隅的广东，由于在文化环境上的先天性差距，至今仍然在北方和港台地区两大文化板块的夹击中苦苦挣扎。

值得欣赏的是广东作者群不拘一格的创新意识和冷静的创作心态。

上海一家报纸指出，风靡全国的西北风歌曲以《信天游》为开端，以《山沟沟》为结束。这两首歌正是广东作品。有趣的是，广东作者刮起了西北风之后，却没有乘胜追击、一拥而上，而是打一枪换一个地方，继续开拓新领地去了。这和北京作者铺天盖地追波逐流形成了强烈的对比。并非广东作者不明白流行歌曲的"时装效应"，而是他们清醒地认识到西北风不属于南方，西北风体现的是北方的气质，宣泄的是北方的情感，广东作者写这一类作品只能是事倍功半。当初写这类歌曲本来就只是出于一种猎奇心态，目的既已达到，又何苦继续在里面搅和呢？

于是，我们看到广东的作者们不动声色地依然故我，他们既密切地关注着歌坛动态，同时又按照自己的审美兴趣强化着自己的风格，"新空气"们一张又一张地换他们的"脸谱"；李海鹰还在玩他的"潇洒"；兰斋、梁军们自然不会轻易放弃他们的"现代乡土"，王文光们则是一心要和港人们一决雌雄……

广东作者群在中国流行音乐发展史上无疑将获得他们应有的评价。然而，对南方流行音乐创作的前景，我们仍然有许多的困惑。

　　由历史原因所造成的南北不同的文化地位，由地理环境所造成的南北不同的审美趣味，以及由经济发展不平衡所造成的南北不同的心态，这一切都不同程度地影响着广东作品的传播。在缺少国家级传播媒介的情况下，广东的创作是努力去适应北方听众的口味呢，还是以南方为支点逐渐形成自己独特的流派？追求二者的兼容性又是否会两头不讨好而最终一事无成？

　　很久以来，我们都相信"好作品始终会被人们接受"这一句话，但流行歌坛的现状似乎恰恰在否定这一点。决定歌曲是否流行的关键往往并不在于作品的优秀与否，而在于适不适应这一阶段听众心理上的需求，而判断一首歌曲是否应该流行的"法官"却主要是北方而非南方。那么，假如我们以流行面和影响的大小来评价南方的创作的话，广东的作者该做出怎样的选择？是扬长避短，还是扬短抑长？处于两难处境中的广东作者又该如何自拔？

　　10年前，一曲《请到天涯海角来》揭开了广东流行音乐创作的序幕。如今，广东已被公认为全国两大流行音乐创作基地之一。今后的广东能否一如既往并且不断地发展自身以达到真正的南北抗衡状态？以广东作者的实力，写几首能在全国流行的歌曲并非遥不可及的事情。然而，要在根本上确立真正的南方作品在全国的地位，则恐怕还需要一段很长的时间让我们好好困惑一番不可。

　　　　　　　　　　　　　　　　（载《文化参考报》1992年8月17日）

音像侵权何时了

去年6月1日《中华人民共和国著作权法》开始实施。今年我国又相继加入《伯尔尼公约》和《国际版权公约》。我国任何一位拥有著作权的公民，都会为之欢欣鼓舞，尤其是流行音乐领域这一"重灾区"的词曲作者们。这是因为，在音像出版界，对著作权的侵犯似乎已由司空见惯的默认发展成为一种约定俗成的秩序，侵犯作者署名权、扣押稿酬等事屡有发生，有些甚至已经到了令人发指的程度。

1990年北京第十一届亚运会之前，台湾地区某唱片公司和我省（广东省，后同）某影音公司合作征集了一批亚运歌曲。后来，该唱片公司在作者明确拒绝授权的情况下，竟擅自在海外出版了激光唱片《亚运一九九零》，收入在国内录制的广东作品12首，并公然注明："一九九零本版作品，已与作者签订合同，全世界任何音像出版单位，不得擅自出版此作品，违者本公司必依法追究其一切经济责任及法律责任！"

1991年，我省某音像出版社和香港地区合作出版发行的《中国名歌集卡拉OK》影碟，共收入我省词曲作者创作的歌曲31首，牵涉我省词曲作者22人，但至今为止，所有作者均未收到一分钱稿酬。

以上所举，仅是我省作者集体被侵权的两个例子，至于作者个人被侵权的例子更是举不胜举。以笔者来说，为汕头某音像出版社的《怒海萍踪》盒带创作歌曲7首，却拿不到分文稿酬；该盒带演唱者上门催讨，还险遭殴打！

著作权法的公布，给词曲作者们带来了希望。但是，著作权法的实施该如何完善？如何从根本上保障作者的权益？这仍然是一个极为严峻的问题。最近，北京即将成立中国音乐著作权协会，可望在不久的将来通过垄断管理，使作者权益得到进一步的保护。可是，在其尚未正常运转的今天，我们又该怎么办？面对如此混乱的音像市场、如此猖獗的侵权行为，有关部门能否拿出一些有效的措施予以制止？

笔者由此想到被海外音像界普遍采用的授权书制度，即任何一家音像出版单位在出版任何作品时，均须取得作者授权，并向管理部门出示该作品的作者授权书，否则，该出版社便被视为非法出版而被课以重罚。我们的出版管理部门能否借鉴一下呢？

作者需要的是在作品出版之前便能够切实拥有的权益保障，而不仅仅是拥有投诉的权利。因此，制止侵权行为的发生比对侵权行为的惩罚更为重要。实施著作权法的根本目的应该是最大限度地解放作者，让作者在轻松的氛围中从事创作。让作者耗费大量精力、时间去对簿公堂，远不如防患于未然。法律应成为作者手中的武器。

试行一下授权书制度，如何？

（载《南方日报》1992年11月5日）

大陆流行歌坛的必经之路
——从广东推行签约歌手制说起

1993年,对于年轻的中国大陆流行乐坛,无疑是骚动不安的一年,而对于更为年轻的大陆音像出版业,则更是交织着困惑与希望的一年。

台湾和香港地区凭借其丰富的运作经验及其雄厚的经济实力,瞄准了大陆广阔的市场,以经过精心包装和制作的歌星与作品,肆无忌惮地进行着持续不断的狂轰滥炸。而大陆的绝大部分音像出版部门及传媒为了生存,也为了获取更大的经济效益,一个个带着些许无奈,扮演着义务推销员的角色。一时间,大报、小报、电台、电视,到处充斥着海外明星们自豪的脸色及自信的歌声;盗版、翻版、引进版几乎占据了所有音像销售柜台的每个角落。

面世仅仅10余年的大陆流行歌坛已到了背水一战的地步。

在改革开放中先行一步的广东,又一次先行一步,在全国率先推行签约歌手制,虽然只是"小米加步枪",但却显示了大陆音像界同仁反抗压迫、发展大陆音像事业的决心和毅力。

大陆歌手长期以来均处在一个放任自流、自生自灭的尴尬状况,缺少企划、缺少形象定位与市场定位,更遑论高质量的制作与包装。而由于歌手的"个体"性质,各唱片公司不愿作长期的投资和规划,从而使整个音像出版界陷入急功近利、混乱无序的局面而无法自拔。

推行签约歌手制,标志着大陆音像出版机制的成熟,也标志着一个良性循环的音像出版生态环境的产生。1992年6月,中国唱片广州分公司成立了我国音像行业中第一个企划部,相继推出了公司旗下歌手林萍、甘苹、李春波等颇具震撼力的个人专辑;广州新时代影音公司推出了毛宁、杨钰莹等青春歌手,其他几个公司也相继推出属于自己的签约歌手,取得了较大的社会效益和经济效益,并由此培养出一大批热心于本地作品和本地歌手的忠实的歌迷。这一切都使我们看到这一制度的生命力及其广阔前景。

签约歌手制度产生于广东并非偶然。其一，广东是我国当代大陆音像业的发源地，全国第一个生产盒带的音像公司、第一支轻音乐队、第一个音乐茶座均在广东诞生。此外，由于其独特的地域环境，广东的音像出版业的制作水准始终走在全国前列，因而具有丰富的制作经验。其二，广东的广告业在全国名列前茅，涌现出一大批企划高手和平面设计人才，而广告摄影及电视广告片的成熟又使广东音像出版业的封套摄影及MTV的拍摄具备了一定的高度，从而使歌手的外包装获得了基本保障。其三，很重要的一点，是广东宣传部门及传播媒介的大力支持。省市宣传部门始终把流行音乐当成党的社会主义文艺事业的一部分，给予了充分的理解和支持，各传媒更是把发展和繁荣本地乐坛作为己任，给予了密切的配合。广东目前仍拥有三大本地创作歌曲排行榜：一为广东音乐台已持续7年之久的"广东创作歌曲排行榜"（即原"广东创作歌曲'健牌'大奖赛"），二为广东电视台和珠江经济台合办的"岭南新歌榜"，三为广州电台的"'佛宝'广州新音乐十大金曲排行榜"，三大榜均为百分之百的本地创作歌曲，并拥有极大的收听率，对推动本地流行乐坛的繁荣和健康发展做出了不可磨灭的贡献，这和内地各充斥着港台歌曲的排行榜形成了一个鲜明的对照。最后一点，广东拥有一个全部由流行音乐词曲作者组成的广东流行音乐创作学会，拥有一个优秀的富有朝气的音乐创作群。该学会近几年来连续举办了七次新歌演唱会，推出了大量的新人新作，并和各音像公司密切合作，为各公司的签约歌手"度身订做"了大量的创作歌曲，以人推歌、以歌带人，使每个歌手都能拥有自己首唱的代表曲目，如甘苹的《大哥你好吗》、李春波的《小芳》、毛宁的《涛声依旧》、杨钰莹的《我不想说》等。目前，本地歌手均以演唱自己的歌为荣，并以拥有自己的代表曲目而自豪，这一点是和广东近年来的创作成绩分不开的。

当然，大陆的签约歌手制度尚处于萌芽状态，还有许多问题需要解决，要和海外"红星"达到真正意义上的抗衡依然任重道远，但它作为大陆流行音乐发展的必经之路则已是不可置疑的事实，我们希望各地传媒能继续给予更广泛的扶持，让大陆年轻的流行歌坛能够在不远的将来，以一种自豪和自信站立在国人面前。

（载《音乐周报》1993年10月）

转换的魅力

——《三百六十五里路》赏析

小轩是我很喜欢的台湾著名歌词作家,她的《梦驼铃》《芦花舟》《故乡的云》等佳作无不渗透着一股浓郁的民族色彩和强烈的现代意识,而精练的语言和精巧的构思更是小轩词作的重要特征。这首《三百六十五里路》正是她的代表作品之一。

题材其实很古老,内容似乎也很简单,无非是表现一个远走他乡的游子的心态,而小轩却能在第一时间就让人为之拍案叫绝!这正是歌词作家的成熟与老练之处。

一首词作成功的关键,在于作者是否能够找到一个独特而动人的中心意念。这个中心意念将决定整首词作的命运。在这点上,《三百六十五里路》无疑给我们提供了一个极好的例证。

作者仅仅在时空上作了一个转换,即把时间上的三百六十五天转换成为空间上的三百六十五里路,便使一个平凡得无法再平凡的意念得到了崭新的生命和深广的内涵,让我们流连忘返于其中,一唱三叹而意味无穷。作者显然深知其中三昧,故不厌其烦地使这个意念连续出现达十一次之多。不断地重复和强化,终于使这个意念深深地刻在人们的记忆之中,产生了巨大的艺术震撼力。

很多习以为常的事物,只要转换一下视角,便能获得全新的感受和发现,这就是《三百六十五里路》给我们的启示。

(载《现代人报》1991年10月)

强者之泪

第三届世界女子足球锦标赛中国对挪威的半决赛期间，中央电视台又播出了这首《跨越巅峰》的MV（音乐短片）。

八年前，首届女足世界杯在广州举行（第二届开始改名为"世界女子足球锦标赛"），由我作词、兰斋（本名马小南）作曲的这首歌在一千多首候选作品中，经专家评委及大众投票被选定为首届会歌。随着四分之一决赛中中国女足的意外失利，这首歌也渐渐被人们遗忘了。这次中央电视台选择在这个时候播出这首无论画面或记忆都有些褪色的歌曲，其用意固然是勉励女足一雪前耻，更上一层楼，了却这一历史夙愿。而我在听到这首歌的时候，眼前浮现的却是当年中国女足泪洒天河体育场的镜头，那是一种多年来让我们始终刻骨铭心的悲壮！

由于这首歌，也由于那场泪洒赛场的悲壮，八年来，我几乎没遗漏过一次中国女足的比赛。首届比赛的第五名、奥运会的第二名、亚洲七连冠、亚运会三连冠……我们用宽慰而又带着遗憾的热泪陪伴着中国女足一步步地迈向跨越巅峰的辉煌时刻。今天，当她们在冠军争夺战中以点球的方式惜败的时候，我们又看到了中国女足之泪！其实我知道，无论是胜利还是失败，她们都会流泪。流泪是女性表达情感的最强烈的方式。

第一届女子足球世界杯，东道主中国队在四分之一决赛中被挪威队淘汰。无独有偶，在第二届世界女子足球锦标赛四分之一决赛中，作为东道主的瑞典队又被中国队淘汰出局。历史的巧合总是让人回味无穷！而在那场比赛结束后，我们就已坚信中国女足总有流下冠军之泪的那一天。

为了这一天，我们已等待了很久。我们的信心，并不仅仅在于中国女足的整体实力和团结协作精神，更多的是中国女足不折不挠、永不言败的强者之泪！与世界女足诸强相比，无论是身体条件还是后备力量，或是训练环境与经济条件，中国女足均无法与"强"字沾边。正因为如此，中国女足的每一次胜利才显得如此可贵！精神上的强者，才是真正的强者！我不想过多地奢谈中国女足的爱国主义，我只知道，女足姑娘们所面对的恶劣条件无疑已成为她们发奋图强、跨越巅峰的催生剂！这样说也许有些残酷，中国女足当然应该也必须拥有更为优越的生存和发展环境。在我们一次次地为中国女足感动而落泪之余，我总是有一种担忧：在我们为之骄傲的女足也获得和男足一样的经济条件之后，她们是否也会陷入惰性之中而失去今天的自律精神和进取心？但愿这种担心只是多余，但中国女排当年功成名就之后的滑坡却常常让我为之扼腕叹息。

第三届世界女子足球锦标赛已经尘埃落定，中国女足被东道主美国人的刻意安排折腾得几乎成了"空军"——天天飞来飞去的中国女足经受了一场史无前例的严峻考验。实际上，对"三天跑一次马拉松"（美国女足教练的幸灾乐祸之语）的中国女足在本届比赛中的表现，我们无论使用怎样的溢美之词都不会过分。当她们以5：0狂扫第二届冠军挪威队的时候，中国女足在国人的心中就已经是冠军了。

世界冠军对中国女足来说只是一种形式上的认定。我始终觉得，保持一种跨越巅峰的信念、一种永不言败的精神，使中国真正成为当之无愧的世界女子足坛强国，其重要性远比拿一个冠军重要得多。

今夜，我们又一次与中国女足共洒热泪，八年的卧薪尝胆、八年的救亡图存，中国女足的飒爽英姿早已为我们树立了一座丰碑。这一场世纪之战，让我们实实在在地看到了中国女足的希望所在，真正的冠军奖杯是你们心中的那一座！

再一次为你流泪祝福，中国女足！

（载《足球报》1999年）

长歌当哭

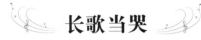

——追忆李炜教授

5月是开满鲜花的季节,而2019年的5月6日,一个鲜活的生命却在花丛中永远离开了我们。

他躺在棺椁之中,很安详。那一刻,我泪如泉涌。

我知道他还有很多心愿未了,他还有很多计划没来得及实施,但病魔无情,人寿天定,谁又能逆天抗命呢?

李炜是中山大学中文系原系主任、语言学教授,也是广东省中国语言学会副会长、广东省流行音乐协会副主席、广东省电影家协会副主席。印象中的他,永远是睿智、博学、充满激情、精力过剩、能用笑声感染周围所有人的人。60岁,正是年富力强、大有作为的年华,而他却走了,走得如此匆忙。

2019年3月14日,我发微信通知他准备参加广东省流行音乐协会的春茗年会,他回了我一条微信,上面写着:"我在生病住院,抱歉不能出席本次活动。本以为最近可以出院了,看来还不行。等好转了再给大哥汇报。"后来,我几次想去医院看望,却都被告知暂时不方便,迟些再联系。没想到,至今仍保存在我手机里的这条微信竟成了我们之间最后的对话!

初识李炜,该是20年前了吧。1999年,我应中山大学之邀,为母校75周年的专题纪录片创作了主题歌《山高水长》。中山大学为这首歌制作了多个版本,并多次搬上了学校的舞台,最后这首歌也被选定为中山大学的校友之歌。李炜是这些活动重要的幕后推手。

那时我与他并不太熟,只知道他是中文系的一个年轻教师,对艺术颇有些造诣。而他给我的初始印象,也只是一个有激情、能折腾的艺术爱好者而已。此后,由于与中文系来往频繁,故与他有了更多的密切接触。在多次彻夜长谈、把酒言欢中,他的才华、他的激情、他那种与生俱来的感染力,让我彻底改变了最初对他的肤浅的印象。

慢慢地，他让我逐渐地了解到他对艺术的痴迷。读大学之前，他竟是京剧团的演员，而音乐、歌词、电影、戏曲、舞蹈乃至民俗文化等，也自然而然地成了我们的共同语言。

大约六七年前，中山大学曾经启动过建立艺术学院的议题，这是我多年来一直的期待，也是李炜大力游说和努力的结果。在陈春生书记和李萍副校长的支持下，由我和中文系的李炜以及学校艺术中心的徐红组成了一个筹备策划小组，我们在一起举行了多次会议，并最终提交了一份关于专业设置和课程设置的筹备方案。遗憾的是，由于许校长的离任，此事被搁置了下来。但也由于这次没有结果的合作，我们从此更紧密地走到了一起。

也就从那些日子开始，我们成了无话不谈的挚友。从文学艺术到天下大事及凡间琐事，似乎什么也难不住他。他可以跟你说笑话、唱京剧，可以来几个舞蹈动作，也可以滔滔不绝地跟你大谈各类红酒的掌故……

这是个百科全书式的人物，唯一的弱项可能是爱情。

前几年的某一天，为了他的第二次爱情，他在中山大学举办了一个小型的结婚仪式。婚礼办得简约而浪漫，几十号人的厅里，在朋友的小提琴独奏之后，他激情澎湃地举行了他的诗歌朗诵会。那天，一贯潇洒自如的他，竟显得有些腼腆，我从他的眼神里读到了他对一段新的爱情的憧憬，也读到了他新婚的甜蜜。

遗憾的是，他为他的浪漫爱情观付出了沉重的代价。婚姻是现实的。这一次婚姻的失败，对他心灵造成的伤害应该是毁灭性的，虽然他依然装得若无其事，但我还是能感受到他眼中藏不住的那一丝深深的忧伤。

当然，李炜还是李炜。

2016年6月，他急匆匆地告诉我，在中文系的推荐下，中山大学已确定了邀请我作为校友嘉宾参加当年的学生毕业典礼并在第一场毕业典礼上致辞，要求我尽快准备好演讲稿。我当时有些犹豫，他一看就急了，说我是中文系校友的代表，演讲代表着中文系的荣誉，无论如何必须完成任务！接着，又反反复复不厌其烦地跟我修改并确定演讲的内容与标题。典礼结束后，他又特地陪我在中山大学吃了一顿例行的饺子以示感谢。当时李炜脸上流露出的自豪、骄傲与成就感，真让我觉得演讲的不是我而是他了。

2018年，为庆祝改革开放40周年，广东省委宣传部立项在北京举办我的个人作品演唱会，他一知道消息便马上赶过来主动参与演唱会的策划工作，从选曲到作品研讨会的嘉宾邀请，事无巨细，忙上忙下，亲力亲为。他说："你2014年以中大校友的身份在新西兰和澳大利亚举办的作品演唱会我都全程参与了，这次的北京作品演唱会我怎么可以不全力以赴！我一定负责为你的作品研讨会落实邀请两个人，一个是现中山大学中文系系主任彭玉平，一个是北京大学中文系原系主任、中山大学中文系77级校友陈平原，这两人来不了我提头来见！"那一刻，我看着他，一种感动油然而生，我深切地感受到了什么是校友、挚友、净友，什么是生死至交。

　　在我的作品研讨会上，他兑现了他的承诺，并亲自到会宣读了他的书面发言。此后，他又和他的博士生石佩璇合作撰写了《陈小奇歌词作品的语言学分析》一文，可惜的是，该文在《中国文艺研究》期刊上发表时他已无缘看到了。

　　我们最后一起参加的活动，是2019年1月3日的中山大学校友论坛。李炜抱病策划了由我和他以及中文系系主任彭玉平三人一起对话的中山大学校友论坛，这也是我平生参加过的最有意思的一次论坛。能够与一位古典诗词研究专家、一位语言学家进行一次关于流行音乐的对话，无疑是颇有挑战性的。为此，李炜做了精心的准备。在中山大学小礼堂举行的校友论坛上，我们三人把严肃的学术话题转变成坦率、轻松且富有幽默感的对话，取得了很好的效果。

　　当天晚上，我们又一起去消夜，当晚的李炜兴奋得像个孩子。

　　而今，斯人已逝，小礼堂的论坛已成绝唱，而李炜的音容笑貌却一直在我脑海中浮现。蓦然回首，我才惊觉，这么多年他给了我太多，而我给他的却太少太少了。或许这就是真正的朋友吧，没有任何利益交换，只有真诚的付出与奉献。

　　先他人之忧而忧，后他人之乐而乐。这就是李炜。

　　一路走好，李炜！今天我只能用你最爱的《山高水长》的歌声祭奠你，而我相信，天堂里一定会永远回响着你爽朗的笑声。

（载《李炜教授追思集》2020年版）

我与歌词

1983年年底，歌星董岱在她的第一盒个人专辑中演唱了我的第一首填词歌曲《我的吉他》，此后，歌词便和我不断亲热起来。如今，已经拥有约700首词作并且曾经做了不少诗人梦的我，也就很依依不舍地和诗坛作了个暂停的手势，当起词客来了。

天知道是哪来的缘分！

诗为主，词为客，这大概可算是老祖宗传下来的规矩。写了《菩萨蛮》《忆秦娥》而被称为"百代词曲之祖"的李白，可说是中国历史上第一个玩歌词玩出名的文人了，此公一辈子洋洋洒洒，诗名满天下，可惜只留下这两首歌词，其中的《菩萨蛮》是否他写的还有点令人怀疑。可见这位诗仙对歌词是不怎么正眼瞧的。宋代是词人们最风光的年头，写词的似乎比写诗的阔气得多，可是那时候的文人们也大多是玩玩而已，一碰到正经题材又忙不迭地一颠一颠跑去写诗了。怪不得词又有个雅名叫"诗馀"，意思大概是说用来写词的都是写诗剩下来的"边角废料"。

所以，对一个曾经和绝大多数文学青年一样从每一根头发末梢都瞧不起歌词的人来说，突然宣布要去写歌确实是一件让朋友们大跌眼镜的事情。不说别的，光是歌词算不算文学本身就很可疑。以前还叫词客，这会儿连客都不算了，门外站着吧！常听到一些可爱的文坛泰斗亲切地告诉我们"一首好词就是一首好诗，而一首好诗不一定成为一首好词"，这话听起来确实让一些土里土气的词人们受宠若惊，只可惜感动之余又让人泄气的是近半个世纪以来，从没听说过有哪一项文学奖是授给歌词的！这个和音乐私通的怪胎早已被文坛下意识地公认为"非我族类"了。既然如此，写词的文学青年似乎也就自然地被剥夺文学权利终身，只好去就近挂靠为曲艺青年了（写词的人评职称只能列入编剧系列）。

文学也罢，曲艺也罢，那时的我已是人在江湖，身不由己了，一赌气，哪处黄土不埋人？何况，填词这行当也实在挺好玩的，老祖宗传下的这种集文学、音乐、声韵三位一体的绝活可不是香港同胞发明的专利，不说宋词元曲，就是红军歌曲绝大部分也是填出来的。文学不文学的，全是扯淡！你把它当文学写，它就是文学，你自己不争气，也没必要摆一副可怜相到文坛边上申请一张小板凳。人家全冲你翻着白眼，你蹲在那不憋气？关键是——第一，瞧得起自己；第二，别糟蹋歌词。

虽说填词好玩，可真玩起来也真要你的命。找不到好句子的时候急得你满屋乱窜，找到了好句子又套不上去更气得你直想从楼上往下跳。如今作曲的个性又越来越强，一个人要一种味儿，有的要意境，有的要哲理，有的要大白话，有的更干脆，跟你挑明了哪些词汇他不喜欢，碰到这一类词你赶紧绕道走。既要保持自己的风格，又得让作曲的满意，最后还得让观众接受，就这样自己给自己设计了一个又一个圈套，然后拼命去钻、去拆、去解、去把它编成花环或者花圈再给自己很认真地套在脑门上。玩命地把自己虐待了几天甚至十天半个月，最后换上几十元稿费（内地无版税，歌曲的流行与否与作者的腰包全无干系），有人还认定你发了洋财，你不承认还不行。一开始总是很诚恳地试图解释，后来才发现自己实在是个蠢猪，这种事你越解释越糊涂，于是便干脆一笑置之，反正这些仁兄也不是税局的，何必多费口舌。

人活在世上总得给自己找个合适的位置，我至今仍说不清楚究竟是我选择了歌词还是歌词选择了我？我只是觉得挺喜欢歌词而且自己的知识结构似乎也还适合搞歌词。既然一个人的内心感受可以通过歌词而得到充分和足够的宣泄与表达，而且社会上不论精神文明还是物质文明建设甚或是文化启蒙之类的都对歌词有着很可观的需求量，那么，我想我恐怕还得继续挣扎下去，直到某一天发现自己再也不是这块料而知趣地退出词坛为止。我始终相信，只要我不出卖歌词，歌词也不至于出卖我。

> 日月经天，江河行地，
> 谁会不注意这辉煌的足迹？
> 明亮的骄傲，黯淡的孤寂，
> 有谁能明白明星的泪滴？
>
> ——引自歌词《明星的独白》

（载《现代画报》1990年3月）

一个不安分的灵魂
——广东流行歌曲创作印象

10年前,一曲《请到天涯海角来》以其强烈的切分节奏很新潮地走向了中国歌坛,从此,不安分的广东流行歌曲便探头探脑地开始"北伐"。

广东流行歌曲创作者们拥有最现代的武器装备——开放的观念、开阔的视野、不甘平凡的心态、义无反顾的胆识及超前一步的手法与技巧。改革开放中的广东人所拥有的,广东流行歌曲创作者们都有。

"食在广州"这句谚语并不仅仅赞美广东厨师们的烹调手艺,更重要的是高度评价了广东人在饮食方面敢为天下先的探险精神、气魄和信念。

我坚信第一个吃螃蟹的必定是广东人,因为我从年轻的广东作者群中看到了他们祖先的影子。凡是"新鲜而可口"的东西,广东流行歌曲创作者们绝不会轻易放弃。

1985年,在国内第一个流行音乐创作演唱大赛中,广东歌曲创作者的《敦煌梦》以对历史的深刻反思开辟了一条创作新"航线"。1986年的全国首届金孔雀杯通俗歌曲大选赛中,广东作者创作的《父亲》《祈求》《梦江南》以一种全新的风格在词、曲、配器方面连获大奖,令全国同行们大大地吃了一惊。正在大家"惊魂未定"时,斜刺里又杀出一首《信天游》。令人不解的是,当《信天游》刮起的西北风刮得全国词曲作者们热血沸腾的时候,广东却高挂免战牌,偃旗息鼓了。

当然,广东流行歌曲创作者们并没闲着,在黄土高坡被流行歌曲创作者们挖地三尺,搞得"满目疮痍"的节骨眼上,一曲优美可人的《弯弯的月亮》又为胃口欠佳的中国歌坛端上了一盘粤式生猛海鲜。

一个不安分的灵魂始终在广东徘徊。

生活给了人各种各样的权利,广东流行歌曲创作者们却只选择了其中的一种。他们关心的是别人没去过的地方,自身安危可以置之度外,"第一只螃蟹"

却是非吃不可的。

这是广东的骄傲，也是广东的悲哀。

这种冒险的天性使广东流行歌曲创作者们具备了与众不同的独特个性，并取得了骄人的成绩，同时也使他们吃尽了苦头。

超前的同时意味着孤独，意味着被抛弃。即使是《弯弯的月亮》，其刚面世之时也曾被"宣判"在不受欢迎之列，只是后来由于社会审美趣味的改变，才得以起死回生。

潇洒的广东其实很悲壮。

而我仍将为这跌跌撞撞的历程鼓掌喝彩。社会的进步和文化的进步，需要的正是这种气质和性格。走在别人后面尽管很轻松，也很实惠，但对生命的存在价值却只是一种讽刺。所谓的"北伐"实际上只是说着玩玩而已，广东流行歌曲创作者们从没有当真过，他们感兴趣的是事件的过程而非结果，征服别人并不比征服自己更重要。

如果某一天，这不安分的灵魂终于不愿漂泊并变得谨慎与世故，那么，我将为它哭泣。

（载《广州之声》1992年）

MV 的误区

音乐（确切说应该是歌曲）与影视画面的结合，对于歌曲的传播无疑是一大福音。在MTV出现之前，无数电影歌曲与电视剧主题曲的流行已充分证明了这一点。20世纪80年代中期，以演唱者为主体的音乐电视开始在内地出现，此后的10余年间，MTV的制作日趋精美。时至今日，MTV已成为歌曲推广与传播的必备手段。

然而，大成本制作与日益豪华的MTV却似乎越来越反客为主，大有凌驾于音乐之上的架势。在MTV远未成为一种独立产业的背景下，如此铺张地"烧钱"总让唱片制作公司为之头痛。歌曲的魅力始终在于歌曲本身，试图以华丽的画面去左右一首歌曲的流行，本身就是一个误区。我的不少词曲MTV作品绝大部分是小成本制作，虽然它们或许拿不到音乐电视大奖，但至少它们已以其良好的性价比使歌曲本身得到了推广和流行。

把资金、智慧和注意力回归到音乐本身吧，当然，如果你不缺钱的话，也不妨玩些大制作。不过请记住：一首苍白的歌曲是多少钱也挽救不了的。

（已拍成MTV的主要代表作品：《涛声依旧》《大哥你好吗》《我不想说》《九九女儿红》《高原红》等）

（1995年）

又一次探险

因为一个偶然的机会，我又玩了一次心跳。

1997年年底，老朋友苏哲光在一次闲谈中，无意说起他的公司想在影视领域做一些投资尝试的想法。当时恰好《外来妹》的编剧谢丽虹有一个剧本（当时叫《热岛》）在广州电视台导演袁军手里，正在寻找投资者，经过一番撮合，苏先生决定投资，但提出一个要求——必须由我全权代理。于是，本只想当"红娘"的我便糊里糊涂地成了制片人。

影视制作于我而言，是一个全然陌生的领域。而制作电视剧，于我而言，是一次摸着石头过河的探险。

电视剧的歌曲我写过不少，如《外来妹》《情满珠江》《和平年代》等等。电视剧本也读了不少，但在此之前，对电视剧的制作流程我几乎一无所知，而这次却要担起主要责任。无奈之中，只好四处求教，疯狂恶补。好在导演袁军在这方面比较熟悉，最后我把他也拉下水，当导演的同时也兼任制作人。

资金到位后，首先该做的是剧本的修改。原剧本的剧情发生在海南岛，主要表现的是"三陪小姐"这一特殊的社会群体。经多次讨论，我们觉得《外来妹》所表现的主要对象是工厂女工，而这部电视剧应该把外来妹放在一个更广阔的社会领域中来表现。对于作品中涉及的"三陪"现象，可以客观地描写，但不能占太多篇幅，重点还是描述外来妹们如何融入现代都市生活、如何自立自强以完成自身的蜕变这一段具有中国南方改革开放特色的独特故事。

达成此共识后，我们把编剧谢丽虹和达人"关"在广州天河大厦，连他们的春节休假权利也"很不人道"地给剥夺了。两位编剧不负厚望，拿出了一个很具观赏性也很有"卖点"的剧本，剧名也正式改为《姐妹》。

修改剧本的同时，寻找演员的工作也在紧锣密鼓地进行。原来拟邀请几个"大腕"来主演，但有排期冲突的、有漫天要价的，有一个女演员竟提出要让她的男朋友出任男一号作为附加条件。在这种情况下，我们终于下决心，大胆启用新人。有好剧本还怕推不出好演员？！后来的事实也证明了这一点：饰演姐姐的常远和饰演妹妹的郝蕾均得到了观众的认可,常远还因此获得了本届金鹰奖的优秀女主角奖。

  20集的电视剧,前后共拍了3个月。对于我这个初次"触电"的制片人而言,简直可说是焦头烂额的3个月。拍摄场景的变化、演员间的小摩擦、交通事故、下雨……一切电视剧组可能遇到的麻烦都让我饱尝了一番。群众演员的情况更让我啼笑皆非:由于是同期声拍摄,有台词的群众演员都必须会说普通话,而从中山市找来的自称会说普通话的群众演员绝大部分说的都是清一色的广式普通话!最后我们只好拼命从广州拉演员才算勉强解决了这个本来不应是问题的问题。

  在全国电视剧市场低迷且无序的情况下,《姐妹》不但取得了骄人的收视率,而且一举夺得全国电视金鹰奖(这是我们在开拍前就公开宣布的目标)、"广东省鲁迅文艺奖(艺术类)"等多个奖项,前后约20个月的辛苦总算有了个让人基本满意的结果。

  值得一提的是,这个题材上有些敏感的电视剧仍然得到了各级领导的大力支持。广州市委副书记朱小丹特地到中山看望剧组人员。广州市委宣传部副部长杨苗青给剧组提出不少富有操作性的建议和修改意见。已故的广州电视台原台长邱卓涛同志先后参加了在广州和中山举行的新闻发布会。这些无一不体现了他们的艺术鉴赏力和非凡的胆识。他们的理解和支持是《姐妹》能取得成功的一大关键。

(载《南方日报》1999年10月31日)

三点一线

  岁月留声，如歌岁月。当代中国流行音乐好比共和国母亲怀里孕育的儿女，为我们见证着新中国的革新与壮大。伴随着改革开放这个历史性的转折年代，当代中国流行音乐诞生了，而我们这一代音乐人也正好成为新中国流行音乐的创造者、亲历者及见证者。

  我认为，邓丽君是当代中国流行音乐启蒙史上最为关键的一个名字。20世纪70年代末期，阔别中国大陆数十年的流行歌曲随着邓丽君"甜蜜蜜"的歌喉重新进入了我们的视野，改革开放下日益增长的精神物质文化需求，使得包括我在内的几乎所有青少年都在一夜间成了流行歌曲的信徒；而毗邻香港的广州得天独厚地成了新中国流行音乐的桥头堡和根据地，遍地开花的音乐茶座与音像制品以迅猛之势影响并改变着新时期中国人的生活方式。

  我所扎根并熟悉的岭南，有着全国其他地方都无法比拟的开放氛围及宽松的文化环境。广东人"敢为天下先"的性格及平易近人的文化特质，注定与流行音乐的大众化及时代性不谋而合，这也正是广东能创下当代中国流行音乐众多第一的关键所在：第一支轻音乐队（1977年），第一个音乐茶座（1978年），第一家引进立体声技术的影音公司（1979年），第一个流行音乐创作演唱大赛（1985年），第一个电台流行音乐排行榜（1987年），第一个流行音乐学会（1990年），率先运作的签约造星工程（20世纪90年代初），网络歌曲推广（20世纪90年代末），新媒体音乐彩铃（21世纪）……作为与北京并肩而立的中国两大流行音乐原创基地之一，广东的创新与先行无疑为新中国流行音乐的发展奠定了最为坚实的基础。

  1986年，"让世界充满爱"百名歌星演唱会在北京吹响了内地流行音乐的第一声集结号；借助80年代中后期的"西北风"，内地流行音乐创作完成了本土化的第一次奠基；而在90年代初期随之而来的以岭南为代表的新生代歌手及歌曲的出现，则使内地在世界华语流行乐坛中具备了分庭抗礼的能力；20世纪90年代末至21世纪初，一批优秀的网络歌曲及音乐彩铃等新媒体歌曲的横空出世，既预示着平民文化的崛起，同时也预示着一种全新的音乐产业正在转型的阵痛中悄然来临；而2007年开始的金钟奖全国流行音乐大赛，则意味着流行音乐这种民间文化正在登堂入室，得到了政府及主流意识形态的认可与肯定……

　　流行音乐给我们带来的，不仅仅是一种新鲜、时尚的音乐形式，它使音乐从殿堂回到了民间，并在其坎坷的进程中形成了自己的核心价值——对个体生命的尊重，包括它在作品中所表现的强烈的民本精神、演唱和表演的个性化及受众的个体选择权等。流行音乐对一个社会的进步、公民意识的培养、人的个性化塑造、人性的终极关怀，以及一个民族的个性重铸和重新昌盛，做了一个很好的文化上的注解。它所承载的社会记忆和文化记忆，已经在不断地发展过程中成为我们民族文化基因的一个重要部分。

　　如今，流行音乐已成为这个社会和时代的主流音乐，而使流行音乐这种大众文化形态承担民族文化发展与传承的使命，有效地传递国家的核心价值观，保证国家的文化安全并使其传统文化链不在海外芜杂的大众文化的冲击下戛然断裂，这正是中国流行音乐在21世纪的文化担当和历史使命。

　　启蒙—创造—发展，我们在共和国改革开放的宏伟蓝图中找准了新中国流行音乐的坐标。

（2008年）

音乐编辑与制作人

在长期的音乐编辑生涯中,我的体会是:无论是音乐编辑或制作人,究其本质,其工作都不仅仅是一个单一的音乐概念;想要成为一个真正优秀的音乐编辑或制作人,起决定作用的并非简单的音乐设计,而是你所具备的文化视野和文化高度,你对社会思潮及当下艺术审美趣味流变的深刻把握,你对歌手自身特点的准确定位,以及对当下市场需求的准确定位。

以20世纪90年代初我们推出的李春波和甘苹为例。李春波当时遭到了很多唱片公司的拒绝,而我们看中他的正是其独特而质朴的作品和演唱风格,看中其背后涌动的知青文化及整个社会在1989年后普遍的怀旧心理,故一曲《小芳》和《一封家书》很快就风靡全国,引发了社会上的强烈共鸣;制作甘苹的第一张专辑时,我们根据其形象、气质,为她确定了一个青涩的"邻家小妹"的个人形象定位,并根据市场需求首次提出"亲情、爱情、友情"的制作概念,大打亲情牌,此后,一曲《大哥你好吗》以"中国第一首出门人歌曲"的名义很快响彻全国,引发了社会上众多出门人对亲友的怀念。而在21世纪初推出的容中尔甲也是这种文化策划的产物。容中尔甲是一位藏族流行歌手,我们把他定位为"藏族流行歌王",根据当时社会对藏族音乐风格普遍喜爱但缺少有个人情感影响力的藏族流行音乐风格歌曲的背景,为他度身打造了《高原红》等作品,使容中尔甲迅速上位,《高原红》也很快成为全国各地K厅的热门点唱曲目。

想提醒大家的是,一个编辑或制作人,千万不可把自己喜爱的音乐风格强加到所编辑或制作的歌手身上,也不可由着歌手自己的喜爱而放任自流,更不可随着市场已流行的音乐风格盲目跟风。仔细观察你的对象及市场,提前半步即可,走得太快或太慢都将丧失其文化价值和市场价值。

(2008年)

关于金钟奖流行音乐大赛的思考

第二届金钟奖流行音乐大赛历时数月终于圆满结束。相比第一届而言，本届大赛在深圳广播电影电视集团（以下简称"深圳广电集团"）的精心策划及精心制作下，无论在规模、质量还是人气等方面都取得了重大突破。如果说第一届属于"摸着石头过河"的探索阶段的话，那么本届大赛则已搭起了一座"金桥"，为大赛以后的持续发展奠定了坚实的基础。

本届大赛最突出的特点是找到了比赛在形式上的定位，即介于中央电视台全国青年歌手电视大奖赛（以下简称"央视青歌赛"）和湖南卫视超级女声歌唱大赛之间的第三种形式。一方面坚持政府奖通用的由专业评委打分的优胜劣汰比赛方式，另一方面采用了目前各类选秀节目通用的扣人心弦的PK（挑战）形式。这种探索和尝试既保证了政府奖的专业质量，又对受众产生了强烈的吸引力，取得了良好的收视率和轰动的社会影响。

当然，本届大赛尚有一些可待商榷和探讨的地方。

一、关于赛制

目前的赛制在表面上是兼容了中央电视台和湖南卫视的优点，但实际上在与受众的互动及利用受众的评判力方面仍做得不够。众所周知，我们生存的这个社会已进入平民文化时代，平民文化的一个重大特征就是充分尊重民意及民众选择权。大赛今后能否让观众的喜好在选手的分数中得到一定的体现？在保证专业质量的前提下向人气较高的选手作适当的倾斜，我认为是必要的。一个歌手如果得不到观众的广泛认可，即使专业水准再高，也不会有很好的市场前景。因此，大赛组委会及承办方应就选手的人气情况，采用多种方式与评委会进行经常的沟通。

此外，以现场观众的分贝声大小来决定选手的去留是极不科学的方式，这些大赛举办方组织而来的观众在多大程度上能代表民意？我对此表示深度怀疑。能否在报名者中随机抽取一定比例的大众评审团，由他们对选手进行表决？这或许是可考虑的方案之一。

二、关于原创作品问题

第一届我们曾设立了给予首唱原创作品加分的制度,更早的时候甚至提出了所有参赛者必须至少有一首自己首唱的原创作品的要求。但对此,本届大赛几乎完全放弃了,这是极不应该的。如果一个由官方组织的流行音乐大赛的获奖者表现不出其对原创作品的二度创作能力,这种歌手与卡拉OK歌手有何区别?美声及民族唱法的歌手不唱原创自有其历史原因,但流行歌手想要成功,没有自己的独家曲目则是完全无法想象的。这个问题如果不能引起足够的重视,将会大大影响金钟奖的权威性。不客气地说,如果金钟奖大赛不能对原创作品的创作、推广与积累作出有效的举措,就是中国音乐协会与中国音乐协会流行音乐学会对中国乐坛的失职。

据徐沛东书记说,接下来将建立金钟奖流行音乐学院,在两届大赛之间对有志参赛者给予培训及辅导。这个举措很好。希望能提前利用一年,让选手们在参赛的原创作品上面做好充分的准备工作,而不至于临时抱佛脚、病急乱投医。

三、对选手综合素质的考核

对选手综合素质的考核也应该成为比赛的一个重要部分。目前,流行乐坛的歌手们随着时代潮流与趋势的变化,正逐渐向多元性的艺员方向发展。也就是说,综合素质较高的歌手多才多艺而又能胜任影视表演、音乐剧表演、广告表演,将会有更广阔的发展前景。因此,适当地增加一些表演环节及音乐常识的考核,不仅能活跃现场气氛,取得更好的收视效果,而且能让评委们更全面地对选手未来的市场潜力给出准确的判断。

另外,对这些综合素质考核所占的分数比例必须慎重对待,严谨设置。毕竟,在一个歌唱大赛中,选手的声音条件及演绎能力仍然是最核心的价值取向。

(2009年)

关于当代歌词的几点思考

一、歌词与诗的关系

当代歌词是一种独立的艺术文本，其源于诗，但异于诗，诗与歌词携手数千年，但在当代已不属于同一文体。

当代歌词作为独立文本，在形式上主要有三个特征。

（1）歌词必须与旋律相结合才能被视为正式完成，未与旋律相结合的文本只能被视为"准歌词"，这个特征决定了它的音乐性。

（2）歌词是一种以听觉艺术为主、阅读艺术为辅的文本，这个特征决定了它的"口语性"。

（3）歌词强调相对严谨的结构和对应，这个特征决定了它的格律性。

二、何为歌词

广义上可认为，凡可入乐的文字皆为歌词。

何为严格意义上的歌词？凡可入乐且逻辑清楚、主题鲜明、文字简洁、语言生动、结构严谨者，均可被视为合格的歌词。

何为优秀的歌词？凡具备以上特征且具有丰富内涵、具有独特生命体验和独特感悟、能启发受众深层联想者可被视为优秀的歌词。

三、歌词以意蕴为先

强调对歌词内涵的挖掘。以前评论者强调的诗意，在当下的创作实践上似有以偏概全之嫌。我们通常所说的诗意，是脱胎于唐诗宋词的传统美学概念，这个概念在目前仍有其强大的生命力，但如将其作为唯一的评判标准，则有可能影响歌词创作的多面性和多元性。

四、以真善美为歌词创作的要旨

真善美仍是歌词创作的要旨，但对"善"字应有新的解读。以前强调更多的是善的教化功能，而我们今天更强调的是人性的善，即符合表达人类各种正当情感者。

五、歌词选材

歌词限于其篇幅短小，故选材时宜以小见大、由点及面，即以一个主体意象为构思中心，围绕主题加以发挥，如有一个可作背景的故事则更佳。一切以吸引受众、打动受众为目的，尤其是大题材的作品，切忌在没有独特意象及独特感受的情况下盲目进行宏观叙事式的写作。

六、歌词创作须充分考虑演唱者及受众的感受

歌词为代言体，即"为他人作嫁衣裳"，故创作时须充分考虑演唱者及受众的感受，这也是作词和写诗的重要区别。当然，只写给自己或不想被别人传唱者除外。

七、歌词的时代性

歌词是时代的镜子，也是作者对当下时代的解读，故并非所有主旋律歌词都具有时代性。"每一滴水中都有千个太阳"，普通百姓的故事、芸芸众生的情感，都深刻地反映并折射着这个时代。简言之，只有真实地描述并表现这个时代所独有的人类生活及社会心态的作品，才真正具有时代性。

八、歌词创作可雅可俗

歌词可雅写、可俗写，此中无高下之分，风格不同而已。雅写或俗写只要写到极致，均有可能达到雅俗共赏的效果。反而是一开始便想着怎样雅俗共赏，最后必定两者皆空、两头不讨好。

（2013年4月）

"新粤乐"的探索

"新粤乐"是广东省流行音乐协会启动的"中国民族民间新音乐系列"的第一次艺术探索,是广东流行音乐在新时期"扎根民间、走向世界"战略定位的重要实践。

从历史上看,所有的传统艺术无不都是一个不断时尚化、融入当下社会审美并发展完善的过程,有些在达到巅峰成熟期之后因无法适应社会审美的变迁而逐渐衰亡,成为文化"古董"(如非物质文化遗产),有些则在打破原有模式之后以一种适应新的社会需求的新形态生存下来,获得新的艺术生命。

这就是优胜劣汰、适者生存的艺术进化论。

新的时代、新的受众需要新的文化审美和新的艺术形态。

广东素有创新的文化传统,当年的广东音乐、粤剧乃至美术上的岭南画派,都以其不断吸收时尚元素而得以异军突起、蜚声天下,广东流行音乐更是在大陆开风气之先。这与广东自近代以来率先睁眼看世界、得中外文化交流碰撞风气之先有关,也与广东海洋文化、咸淡水文化、华侨文化、现代城市文化、中原文化及广府、潮汕、客家三大民系文化的兼容并蓄、融汇、碰撞而形成的多元文化格局密切相关。

因此,让广东原有的传统民间音乐形态通过与以流行音乐为代表的各种时尚元素相结合,以一种大格局的姿态,走出一条"新粤乐"之路,便进入了我们的视野,被提上了广东流行音乐发展的议事日程。

这是一次中国民族民间新音乐的艺术探索与实践。或许会出现一批具前瞻性的代表性精品,也可能会出现一些非驴非马的争议性作品,但是,这种探索不仅有着巨大的文化价值,还有着深刻的现实意义及深远的历史意义。

"新粤乐"跨界流行音乐会在广东三大民系及少数民族的大量民间音乐中选取了部分经典作品进行了重新创作与改编,力图以当代审美视角对形成于农业文明时期的传统民间音乐进行新的审视与观照,用全新的表演方式对优秀的传统民间音乐经典进行时尚化的再现与演绎。我们希望以这种探索，为传统民间音乐在都市文明中的可持续性传承与发展开拓出更多的可能性。

（2016年）

广东乐坛需要粤派批评

新时期中国特色社会主义文化艺术的发展需要评论家的深度介入，伴随着40年改革开放崛起的广东评论界，是岭南文化艺术发展进程的记录者、推动者及剖析者，他们以开放的视野及深刻的洞察力，为广东文化艺术的发展作出了重大的贡献。

评论家群体需要政府、媒体和高校作为支撑点和发力点，不能依赖市场养活，否则将丧失独立的批判精神和人格。羊城晚报报业集团成立"粤派批评"工作室是一个具有高度战略意义的举措，值得充分肯定。

"一方水土养一方人"，任何艺术及批评都不可避免地带有地域的气质和性格。作为先秦时期以楚文化为代表的南方文化及魏晋南北朝以来的江南文化的承接者，崛起于中国近代的岭南文化以其异于北方文化的审美价值观及海洋文化浸染下的多元开放格局完成了自身的文化整合，成为中国近代至当代的一种独特的文化现象。广东流行音乐因此而受益并创造了历史性的辉煌。然而，广东评论界对流行音乐的音乐批评和理论研究一直很薄弱，缺乏深度、高度和广度，也缺少重视和关注，尤其缺少根植于岭南文化的具有前瞻性的粤派批评，从而影响了乐坛的持续性发展。

几年前，我曾经和陈志红合著了一本流行音乐理论专著《中国流行音乐与公民文化》，并获得了"广东省鲁迅文学艺术奖（艺术类）"。但我并非理论工作者，实在是因无人研究，不得已而为之。羊城晚报报业集团与广东乐坛多年来有着很好的合作，发表过最多的乐评文章，希望"粤派批评"工作室的成立能进一步推动广东乐坛的理论建设，广东乐坛需要你们。

（载《羊城晚报》2017年）

"微粤曲"会刊寄语

全球微粤曲大赛从第二届（2019年）开始增设作品创作赛，这是一个重大的突破。如果没有新作品的推动，全球微粤曲大赛的赛事就只能停留在单纯翻唱的层面上，也就不可能在新的历史背景上催生出一个新曲艺品种。

粤曲是一种坊间的市民文化，经数百年积淀，拥有广泛的群众基础。但由于时代的变迁和都市化进程所带来的审美趣味的变化，粤曲该如何适应新时期和新的社会需求，如何以一种时尚的形态争取到年轻一代的喜爱，便成为我们需要面对的一个重大课题。我想，这也就是推出微粤曲的最重要的意义所在。

在我看来，微粤曲不是传统的粤曲，也不是粤语歌曲，而应该是在充分尊重传统粤曲的基础上，广泛吸取时尚的音乐元素，包括新的内容、新的旋律、新的伴奏编曲、新的演唱方式的一种微新曲艺。这是对传统粤曲的传承性发展，也是粤曲工作者在新时代的历史使命。

（2020年）

四

札记

《当太阳升起的时候》歌曲札记

1990年,当时如日中天的太阳神企业推出了中国第一首企业形象歌曲《当太阳升起的时候》,这首歌由我作词,解承强作曲。

企业形象歌曲与企业歌曲不同,前者以对外推广宣传企业社会形象为目的,后者以内部使用、加强企业员工的凝聚力为目的。两者功能不同,受众不同,故创作手法亦不同。只是时至今日,很多企业仍然弄不明白。

好在当时太阳神老总怀汉新先生思路很清晰,他对歌词明确提出两个要求:①不能出现"太阳神"三个字,但要让所有人一听就知道是太阳神企业;②要体现太阳神企业异军突起的历史背景、艰苦创业的豪情壮志、继往开来的顽强追求和造福民众的社会责任感。

说起来简单,写起来很难。

苦思冥想了许久,终于从太阳神的logo(徽标)找到了灵感。太阳神的logo上面是一个红色太阳,下面一个黑色的三角既是A(Apollo,太阳神),又像一个人站起来的识别标志。于是就有了"从地平线站起来""太阳升起"的创作思路。

历时数天,词稿完成。

解承强把旋律写得很大气,词曲完美融合。

当时录制了很多个演唱版本,最终完整歌曲用的是毛阿敏演唱的版本,但15秒及30秒的广告片因时长限制,仅用了最后的两句歌词,故还是选用了更有气势的郭大炜演唱的版本。

当时的太阳神集团以极大的魄力出资100多万元,并邀请体操王子李宁出演,拍摄了国内首个堪称超级豪华版的音乐广告片,在海内外引起强烈的轰动。

此后,主题歌《当太阳升起的时候》被广泛用于太阳神的广告、活动中,并屡屡在中央电视台等媒体播放,响遍大江南北,让太阳神集团家喻户晓。人们一听到"当太阳升起的时候",就自然而然地联想起太阳神集团。"当太阳升起的时候"在国人耳中已成为太阳神集团的典型象征。

1994年第六届"远南运动会"——远东及南太平洋地区残疾人运动联合会开幕式上，《当太阳升起的时候》主旋律响彻全场，久久回荡。在中央电视台对整个开幕式进行现场直播的情况下，"当太阳升起的时候，我们的爱天长地久……"主旋律传遍世界的每一个角落。

　　企业形象歌曲其实就是企业的听觉识别系统，正如国家必须有国歌一样。

　　太阳神集团把"当太阳升起的时候"注册成声音商标，甚至还把该歌曲改编成了交响乐、环境背景音乐、进行曲等多种呈现方式以适应于不同的使用场景，使大陆企业第一次领悟到CI（企业形象）的奇效，为中国大陆，特别是广东珠江三角洲企业导入CI（企业形象）战略树立了成功的典范。

　　从20世纪90年代后期开始，太阳神集团CI（企业形象）战略陆续被写进各种高校教材，在大陆高校课堂反复讲授，并将太阳神集团作为经典案例进行专业分析。

　　1999年6月，可口可乐公司在中央电视台每晚黄金时间播放30秒"雪碧"饮料《真我》（又名《日出》）电视广告歌曲，与广东太阳神集团的企业形象歌《当太阳升起的时候》及浓缩版广告歌曲《当太阳升起的时候》在创作主题和主要旋律等方面十分雷同。因多次交涉未果，太阳神集团于2000年3月将可口可乐公司诉至北京市高级人民法院，这场维权之役历时近4年，最终胜诉，但仅获赔不到50万元的赔偿款，这是后话了。

（2007年）

《跨越巅峰》歌词创作说明

作为首届世界女子足球锦标赛会歌的创作者，我从一开始便紧紧抓住"携手跨越世界的巅峰"这一富有动感的主题，用象征的手法，去体现"团结、友谊、进取"的体育精神和大会宗旨。

"把所有的爱，圆成一个梦；在东方的阳光下开始一道青春的行程。"举办世界女子足球锦标赛是足坛千千万万足球工作者和足球爱好者多年以来的梦想，今天终于得以圆满举行，这是他们倾注了所有爱心的结果。"圆"在这里是动词，有"围拢""拥抱"之意；同时，"圆"也暗示着"圆满"，并使人联想起足球的形状。"东方的阳光"象征着中国，并强调足球不再是西方独有的运动。"开始一道青春的行程"，表示这项年轻的运动从现在开始，隐喻"第一届"。"让所有的心，化成七彩虹，在燃烧的誓言中携手跨越世界的巅峰。""七彩虹"象征七大洲，彩虹在这里亦隐含"女性"之意蕴。"燃烧的誓言"采用了诗歌中常用的通感手法，使人联想起运动员手持燃烧的火炬大声宣誓的动人形象。"携手"隐喻团结和友谊，"跨越世界的巅峰"有几层意思，"跨越"即跨越历史、超越自己；"世界"指世界的赛事，世界最高水平的较量；"巅峰"，含技艺及和平、友谊的新高度等意思。此外，中国的珠穆朗玛峰向来有世界最高峰之称，此处也再次暗示所有运动员一起在中国的土地上努力拼搏，攀登高峰，夺取金牌。

scale the heights为"跨越巅峰"之英译。此处用英文演唱，一是为了使歌曲更具音乐性，二是暗示本届赛事的世界性。"在风雨之中我们走过来"，表现了女子足球运动过去的坎坷，而今天终于结束了这一段历史。"在纪念日中留下我们的风采"，世界女子足球锦标赛开幕的日子是值得足坛纪念的日子，正是这一天，一个崭新的足坛新纪元开始了。"风采"则力图用一个词塑造出女足健儿的飒爽英姿。

歌词的A段用了"中东"韵，以体现一种宏伟、庄重、深沉的力度。B段改用"怀来"韵，一是为了顺应英文的声韵，二是为了使歌声更为明亮、热情，产生对比,获得更为明朗的色彩。

歌曲由四位分别来自北京、广州、香港、台北的女歌手演唱,既强调了这是一项女性的运动,也暗示着这项赛事是所有炎黄子孙的骄傲。

(载《南方日报》1991年)

讴歌我们的民族魂

——《湘灵》创作断想

继《敦煌梦》之后,我和作曲家兰斋再度合作,创作了这首《湘灵》。这是我们创作的现代乡土歌曲系列中的一首新作。

处于北方文化和港台文化两大板块夹击下的广东流行歌坛,从一开始便苦苦寻求着自身的价值和走向。在不安的骚动中,我们已徘徊了数年之久,但徘徊又何尝不是一种进取?

由南方独特的地理环境和文化氛围所产生的独特的审美意识,有如一个怪圈,把我们紧紧地笼罩着。既然无法彻底超脱,我们便别无选择地背负着它去寻找升华。值得庆幸的是,现今多元化的时代已赋予我们足够的空间去自由沉浮,使我们得以尽力完成我们已经意识到或尚未完全意识到的历史使命。于是,我们试图从充满乡土意味的传统文化中,寻找到一条适合自身发展的现代之路。

如果说《敦煌梦》表现的是我们民族通过审视自身历史而产生的深沉的忧患意识,《湘灵》则想通过两个美丽而忧伤的神话传说,表达我们民族气质中那种超越了生存和死亡界限的爱和追求。"湘灵"原指潇湘之韵,此处泛指湖南。这里不但曾经产生了瑰丽而神秘的楚文化,也留下了大量优美动人的神话传说,屈原笔下的湘妃便是其中一个。虽然屈原表现湘妃对爱人之爱,但他是以此来寄托自己对国家之爱的。积淀在湘妃这个神话传说人物身上的,是一种"吾将上下而求索"的民族共同的精神和气质。这种美丽而伟大的追求意识,正是中国古老的神话传说的精华所在,也正是值得我们大力讴歌的现代中华民族之魂。《湘灵》便由于我们共同的审美趣味而产生。

用现代审美意识重新审视在中国本土产生的神话传说、历史典故及各地风土人情,用现代技法对传统意象进行新的组合与扬弃,以表现出中华民族特有的精神、气质和性格,就是我们创作现代乡土歌曲系列的总体构思。它可能是一种艺术化的通俗歌曲,也可能是一种通俗化的艺术歌曲,或者仅仅是一种边缘性的玩意。我们没有办法也不愿绞尽脑汁来在这个方面下一个完整而准确的定义，我们只相信追求，只相信追求的意义和价值。

当然，对于《湘灵》，作为作者的我们，仅仅是完成了一次新的试验。当代的听众和读者毕竟已经分化为几个不同的审美层次，而不同层次的文化教育圈又各有不同的对文学和音乐的承受力。我们谨希望通过这首歌表达我们近期对歌词和旋律的使命感的理解，并以歌曲的形式和更多的心灵对话。假如人们能在这首歌中和我们产生某种不同程度的默契，于我们而言，便是莫大的安慰。

（载《南方周末》1988年3月4日）

我的体育歌曲创作
——从第一届世界女足赛会歌《跨越巅峰》谈起

我和作曲家兰斋先生合作的歌曲《跨越巅峰》，被选定为首届世界女子足球锦标赛（以下简称"女足赛"）会歌。

会歌一经发布后，即受到社会各界的广泛好评，引起了较大的反响。这首简单的通俗歌曲风格的体育歌曲能够产生这样的效果，确实有些出乎我们的意料。

仔细想来，又似乎在情理之中。体育歌曲，顾名思义，是一种以体育运动为主题或以体育运动为背景的歌曲。而体育运动本身，历来就是持续不断的社会热点之一。一场重要的赛事，足以使数亿人如痴如狂，甚至可以在整个民族的文化心理上产生巨大的震动。

国人对于体育运动超乎寻常的关注和热情，必然使有关体育的各种文学艺术作品应运而生。就歌曲而言，从五六十年代的电影《女篮五号》《水上春秋》的插曲，到70年代的《银球传友谊》、90年代的《亚洲雄风》等，无不在亿万听众中产生了巨大的反响。

对于艺术创作者而言，和群众日常生活息息相关的体育，正是一块产生优秀作品的绝好的土壤。

我的体育歌曲创作，大致可分为四个阶段。

第一个阶段是1984—1986年。那时候，我刚刚涉足词坛不久，对体育题材歌曲的创作仅抱着一种猎奇及自娱的态度。在这期间的几首作品中，值得一提的只有《冲浪》及《噢足球》两首。

《噢足球》是我和兰斋首次合作的体育歌曲，这首歌与《冲浪》不同，其以一种轻松幽默的口吻叙述了一场球赛的全过程，重点表现的是足球运动本身的情趣。

哨声一响血涌脑门气势雄赳赳，快过老鹰猛过老虎滑过小泥鳅！

左盘右带沉底传中脚下风雷吼，长传高吊三角渗透看我来倒挂金钩！噢我可爱的足球，蹦蹦跳跳摇头里晃脑你球门里晃悠悠！噢我淘气的足球，圆圆溜溜神满气足我快乐的好朋友！骤然之间形势突变风狂雨又骤！敌兵压境全线出击大祸要临头！左拦右截飞身铲球冷汗滚滚流，拼死拼活运气不够门已告失守！噢我可怜的足球，浑身泥水垂头丧气你球门里酸溜溜！噢我勇敢的足球，别翘嘴巴莫翻白眼我多乖的老朋友！不怕抽筋不怕冲筋不怕冲撞不怕摔跟斗，几度春秋，几度创伤为的是要赢球！稳固防守快速反击有勇又有谋，头球摆渡抢点射门看我再次显身手！噢我多情的足球，筋疲力尽又黑又白你含笑又含羞！噢我漂亮的足球，一鼓作气不夺冠军我永远不罢休！

这种叙事性的体育幽默歌曲，在当时及现在都极少见到，而我却觉得这种别出心裁的写法很值得自我肯定，故不厌其烦地全文抄录下来。

这两首歌均由吕念祖演唱，后者还获得了珠江经济台的兔年金曲擂台赛金曲奖。

第二阶段是1987—1988年，主要作品有第六届全国运动会（以下简称"六运会"）团体操的全部四首插曲及《明星的独白》，由李宁、童非演唱。

六运会团体操《凌云志》的作曲者是丁家琳、金友中、司徒抗"三剑客"。在四首插曲中，我较满意的是终曲大型合唱《向未来》，这首曲子写得气势磅礴，故填词时首先考虑的是整体气势，并试图从中挖掘一些生活的哲理："……把希望交给火炬，点燃起青春的情怀。把目光交给远方，让脚步不再徘徊。在同一起跑线上，去展示飞越的豪迈……"体育也好，生活也好，提倡的都是公平竞争的意识。机会是均等的，只看你如何把握自己。

《明星的独白》是为体操名将童非的录音专辑而创作的，作曲是毕晓世。后来李宁在他的告别体坛大型演唱会即将结束时，和新空气音乐组合一起演唱了这首歌。童非也好，李宁也好，一代体操名将退役时的心情是一样的。其实，其他的明星又何尝不是如此，因此，我在创作中重点表现了他们渴求理解并奋斗不息的心态。

日月经天，江河行地，谁会不注意这辉煌的足迹？明亮的骄傲，黯淡的孤寂，有谁能明白明星的泪滴？无论是我，无论是你，谁也走不完这无尽的阶梯。超越的自豪，淘汰的悲戚，有谁能摆脱悲壮的结局？……啊明星！习惯了在高寒地带举起冻不僵的手臂！啊明星！塑造了一个金杯在心里谁也夺不去！

  体育歌曲不应该只是一种概念的表达，运动员也是人，他们的悲欢苦乐同样应该得到表现。这首歌在怎样把人情味融入体育歌曲的创作上进行了尝试。

  第三阶段是1989—1990年，这期间的作品主要围绕亚运会而创作。当时亚运会文展部委托太平洋影音公司在南方组织了一批歌曲送选。我当时创作了九首词作，后来有六首作品入选亚运歌曲特辑，有四首歌曲被台湾某音像公司在未经作者同意的情况下出版了激光唱碟。其中，和兰斋合作的《幸运之星》曾以最高票数被列为南方片三首候选亚运会歌之一。

  《幸运之星》摆脱了以前以第一人称为主角的倾诉方法，从一个观众的角度表达了对所有运动员的真诚祝愿。

  总是吹不完的风，总是下不完的雨，谁的脸上没有惆怅和失意？总是做不完的梦，总是解不开的谜，谁的足迹没有坎坷和崎岖？从来不懂逃避，目光不会弯曲，你那疲惫的笑容这样灿烂又美丽！从来不懂哭泣，心灵不会沉溺，没有什么能让你把头低！幸运之星！愿幸运之星照耀你！在这热情的世界里，多少期待的眼睛在注视你！幸运之星！愿幸运之星陪伴你，在这拥挤的世界里，升华起你生命的主题！

  显然，这首歌并非传统意义上的雄壮、激昂之作，但是，给所有成功或失败而又不屈不挠的运动员们以温暖的慰藉，又何尝不是体育歌曲创作的重要意念之一？

  这批歌曲中值得一提的还有由我作词、由解承强作曲的《亚运1990》，这首歌曾被作为《亚运前夜》大型演唱会的主题歌，是广东历史上第一首由百名歌星联袂演唱的歌曲。歌词创作上依然避免那种赞歌式的传统构思方式，而力图表现出亚洲人真实的心态。

  用你的双手点燃太阳，照耀着亚洲壮阔的天空。将你的欢笑化成一阵风，回荡在我们的空间。将你的伤痛留给过去，请记住亚洲昨天的悲欢。将你的心愿埋在心间，去拥抱祖先千年的梦。多少个你，多少个我，昨天的泪水今天洒。多少个你，多少个我，许下的誓言今天才表达！

"非韵文化"的语言，使作品获得了一种全新的力度。

第四阶段是1991年的首届世界女足赛歌曲的创作。这次写的不算多，仅填了六首曲子，但有四首进入总决赛，三首进入前五名。其中，和兰斋合作的《跨越巅峰》被选定为会歌。四首歌曲均被选入中国唱片公司广州分公司的盒带特辑。

在创作之前，参照女足赛筹委会对会歌创作所提出的各项要求，我和兰斋对过去创作的几十首体育歌曲的利弊得失做了全面的分析，并结合被广为传唱的《亚洲雄风》和奥运会会歌《手拉手》进行了探讨。《亚洲雄风》虽然被群众所认可，但最终仍然未能入选会歌，除其他原因之外，歌词内涵单薄及其单纯的颂歌风格是其致命的缺陷。而《手拉手》集中体现的是一种和平精神，按我国对会歌的审美习惯，又有以偏概全之嫌。通过这些分析和探讨，我给自己确立了几条创作原则：①篇幅短小；②概括性强；③通俗歌曲的风格；④体现出体育精神和时代精神；⑤具有新鲜感的语言。

围绕女足赛"团结、友谊、进步"的主题，我选取了"跨越巅峰"这一富有象征意义的题目作为会歌的中心意念。"团结、友谊、进取"，重点在于"进取"二字。没有这两个字，便没有真正的体育，也没有人类社会的发展。对于现阶段的中国而言，这种进取精神也正是一种时代精神和民族精神。因此，这一意念便超越了体育本身，从而获得了深广的内涵。

这一意念本身所具有的象征性和暗示性，确立了全曲的语言风格。

把所有的爱，圆成一个梦，在东方的阳光下开始一道青春的行程。让所有的心，化成七彩虹，在燃烧的誓言中携手跨越世界的巅峰。Scale the heights! 在风雨之中我们走过来。Scale the heights! 在纪念日中留下我们的风采！

全文自始至终没有出现"第一届世界女子足球锦标赛"的字样，但却处处暗示着在中国举行的这项赛事，体现出世界女子足球运动坎坷的过去和光明的前景。而这一切，假如不使用这种手法而又要在短小的篇幅中作出全面的概括，恐怕是一件极为困难的事情。

　　作为一个体育爱好者和通俗音乐作者，这些年来，我在体育歌曲的创作上进行了一些探索和尝试，其中有成功的作品，也有失败的作品。但无论如何，体育这一动人的题材始终都吸引着我、激励着我不断探索、不断创作。《跨越巅峰》的成功或许能够成为我以后体育歌曲创作的新起点。

（载《体育之春》1991年12月）

《汕头之恋》创作札记

　　《汕头之恋》是应汕头市文化局之约而创作的一首歌曲。创作之前，文化局方面已告诉我，此歌虽然是委约创作，但最后还是要和这次活动所征集的其他歌曲放在一起评选的。更重要的是，汕头市委、市政府对这次征歌活动寄望很大，希望本次征歌活动能征选出一首汕头市的"市歌"（或许应该叫"汕头市形象歌曲"）。

　　虽然曾经应邀为许多地方写过形象歌曲，但这次的创作实在轻松不起来。

　　写歌词不比写小说，越熟悉越不好写，盖因一熟悉，口袋里的信息就多，所有的信息似乎都很重要，于是就难以割舍，以至于无法选择。这恐怕也是很多地方歌词作者经常发挥不了地缘优势的一个重要原因吧？就歌词创作而言，适当的"陌生化"其实是极有好处的。前些年我写了《烟花三月》，在扬州很受欢迎并被定为扬州市形象歌曲，但因为写之前没去过扬州，在当地引起了一些争论。最后我告诉他们，我能写出这首歌的原因：一是充分利用了信息时代的资料收集的优势；二是我只写外地人"梦中"的扬州，我虽然对扬州的了解不太多，但我所知道的也必定是扬州在全国最著名的东西。

　　作为一个从小离开潮汕但仍经常回潮汕的人，我庆幸自己对其仍处在一个既熟悉又有些陌生的状态之中。

　　汕头可写的东西很多，但这首歌又不同于一般的抒情歌曲，只需写出个体的独特体验和感受即可。这首歌的用途和性质已决定其必须是一首宏观的、全景式的、以共性为主的、概括性较强的歌曲。

　　写这类歌曲的难处就在于极容易流于概念化。因此，意象的选择便成为当务之急，自然环境的、历史的、人文的、民俗的……凭着自己多年积累的对潮汕的印象，通过上网搜索查询，我逐步地搭建了歌词布局中主要意象的框架，最后再融合海纳百川、自强不息的"汕头精神"，歌词的整体轮廓终于浮出水面。

　　我对歌词的意象选择定了一个原则，即必须让外地人能在字面上看得懂，至少在表层结构上亦能把握该意象的大概意思。因而，诸如"礐石""海滨邹鲁""下山虎""四点金"等极富地方特点的意象都被舍弃了，仅保留了"红头船"这一类的意象（"红头"两字，不了解华侨史的人有可能不甚清楚，但联系上下文应大体可猜测出来）。

所谓意象，指的是经过作者解读、筛选后赋予了作者主观意蕴的形象。本歌词使用的意象实际上大部分都具有某种暗喻或象征，只有这种暗喻和象征，才能使词作获得更大的弹性、张力和空间，同时也使意象的选择变得更有意义、更为深刻。

歌词初稿出来后，我反复修改了半个多月，虽然对有些地方仍不太满意，但苦于找不到更好的解决方案，也只能暂且如此。在此，我特别要感谢的是汕头市文化局的王小亮先生，他和我进行了多次沟通，并给我提供了不少意见，从而让我少了很多创作上的苦恼。

在作曲的过程中，我恪守着自己一贯的原则，即对地域性的歌曲尽量地采用各地域的民间音乐素材，因此，这首歌在使用潮州音乐及潮剧的一些表现手法上做了一些探索，我只希望这首歌能让所有人一听就知道是讲述汕头的歌。

一个地方的形象歌曲就是一个地方的听觉形象识别系统，地域性的音乐形象在这里起着极为重要的作用，遗憾的是我们许多歌词作者常常都忽略了这一点。

现在，歌曲已全部完成，作为一个作者，我只能竭尽全力、尽力而为，至于它最后能走多远，则已不是我所能把握的了。毕竟，一首歌的最终结果和走向是要由天时、地利、人和等诸多因素的综合力所决定的。

（载《汕头日报》2002年）

《月下故人来》歌曲创作札记

这首歌是为扬州城庆2500年而创作的。

以前我曾为扬州写过《烟花三月》，在扬州早已家喻户晓了，再另写一首歌，难度不小。我对此定下的目标是：第一，不能重复《烟花三月》的东西；第二，艺术水准不能低于《烟花三月》。至于能否达到《烟花三月》的流行度，就只能看造化了。

我苦思了几天，终于找到了突破口。

《烟花三月》写的是"送"，这一次换个角度写"等"。

《烟花三月》的场景是白天，这次我写夜晚。

首先设定角色：歌中的"我"是千里之外载月归来的故人，"你"是那个在月下吹着箫等我的扬州女孩。

主角确定之后，接着就是意象的选择了。

第一段写相思，选用了杜牧写扬州的诗句"青山隐隐水迢迢"为生发点，同时把"琼花"和"十里扬州路"的意象都融入了进去。"你一帘相思把柳色绣成了期待"唯美地写出了女孩的心理，帘外的千万缕柳丝象征着女孩的缕缕柔情，寓意那都是女孩绣出来的期待。

第二段写深恋，借用了同样描写扬州的著名诗篇《春江花月夜》的意境，千年不变的江月犹在，你我真心不改。"你一腔柔情把西湖恋成了衣带"一句再次写了西湖的"瘦"，但换了角度，用的是与扬州关系密切的"一衣带水"的典故，也很贴切。

副歌部分需要升华，我用了"天下三分明月夜，二分无赖在扬州"的著名诗句的意蕴。"无赖"这个词在现代多用作贬义词，但古文的意思是可爱，我觉得这个词很有记忆点，也很符合这首歌的角色设定和意境，就写进去了，并由此很自然地引出了"月下江南总在等着故人来"的主题。

我有意地把整首歌词的时空模糊化了，你可以当成古代，也可以当成现在，这也符合扬州这座拥有2500年悠久历史的古城的调性。当然，不管时空如何变化，人性和情感是始终不变的。

　　歌词中的"你"也被处理成一个象征，她是一个女孩，也是扬州的花、扬州的柳、扬州的江、扬州的月、扬州的瘦西湖，甚至就是扬州这座城。因此，等待着故人的就不仅仅是一个恋人，这首歌唱出的其实就是一座城市对所有来者的如恋人一般的等待。

　　尽管在语言上使用了很多古典意象，但我仍然坚持自己一贯的语感，即用现代汉语去衔接和表述。这种方式可以使整首歌词显得更为新鲜并具有一定的陌生感，而在语气上也显得更为温婉和亲切。

　　歌曲的旋律用的是中国传统的五声调式，目的是更完美地营造和烘托出歌词中含蓄、优雅的意境。乐句的构思也尽量简约，以使受众更容易记忆和传唱。

（载《扬州日报》2020年）

歌词《从此以后》创作札记

  新冠肺炎疫情暴发以来,我接到了很多歌曲创作的邀请。一直没有动笔,一是因为春节期间身体欠佳,二是已经有很多人在写了,且大部分与当年"非典"期间所写的歌曲大同小异,我没找到独特的突破口,只是为表态而写,意义不大。

  虽未动笔,思考却未曾停止。

  最后,经过苦苦思索,歌词终于写了出来。整首歌词设置为三段,第一段写生活状态与生存方式的改变,第二段写世事态度与对人性欲望的抑制,第三段为主题的归纳与升华。

  我连续用了十二个"从此以后",试图以这种排比句的方式造成警钟长鸣的效果,加强语态的冲击力。

  歌词的情景设置之后,每一个句子背后都可以有一个故事,这些故事我留给受众自行填补。我提供给受众的,是在灾难面前进行启示、联想、反思的途径和切入口而已。

  大自然给了人类生存的空间,而人类应珍惜这种缘分并与大自然相互厮守,应以真实与简单的自然生活方式保持社会的健康发展,这是人类的生存法则和常识,可是这个常识却常常被我们不经意地遗忘。

  我们不懂得敬畏,不愿意静思;我们知道要敢于逆行,却忽略了如何顺流;我们都在说爱,却没想过真正的爱究竟应该是什么。"与世间万物风雨同舟,让爱与缘分相伴白头",这就是我想通过这首短短的歌词传递给大家的主旨。

  歌词在我的朋友圈发布后,获得了强烈的反响,好几位久未谋面的朋友专门为此歌词撰写了评论,作曲家高翔主动请缨为这首歌词谱曲、编曲、演唱录制并作了七次大修改,还有好几位朋友也作了曲,而中山三院也把高翔制作的这个版本收入他们为武汉方舱医院提供的《方舱之声》专辑之中并放在开篇第一首,还有朋友主动要求为这首歌拍摄制作MV……

  感谢大家对这首歌词的认可,希望灾难不仅仅只是灾难,希望灾难之后这类悲剧不再重演。

  从此以后,就以这首词作与诸位共勉吧!

(载《羊城晚报》2021年)

歌曲《渔歌子》创作札记

《渔歌子》一歌终于完成了，多年后与杨钰莹再度合作，她的演绎仍然给了我太多的惊喜。

选择她是由于她天生俱来的古典气质，我相信这首歌非她莫属。

麒道音乐的四位小歌手陈潼恩、徐嘉盈、谢嘉琪、张子琪参与了这首歌曲中童声部分的演唱，能够有机会与她们心中的女神合作，这是她们的骄傲和荣幸。

感谢高翔的编曲与录制，古琴、吉他与弦乐渲染出一片淡雅而韵味无穷的山水。他是湖州人，算是机缘巧合。

《渔歌子》一词为唐代张志和在浙江湖州所作，该词被誉为"千古绝唱"，公认为"渔父"题材诗词之祖，痴迷禅文化的日本文化界将其列为"唐代第一词"（他们心目中的"唐代第一诗"为张继的《枫桥夜泊》，以这首诗为题材的歌曲，我已写过《涛声依旧》了）。

原作共五首，这是其中的第一首，是传播与影响最大、写得最美也最为风轻云淡的一首：

西塞山前白鹭飞，桃花流水鳜鱼肥。青箬笠，绿蓑衣，斜风细雨不须归。

一般的评论均认为这首词表现了词人对大自然的热爱及对隐逸生活的向往。

词中的渔父实质上是词人心灵与精神的投射，表面上写的是渔父，实际上隐喻的是诗人自己。

那么，在今天把这首词拓展并写成歌曲，其意义又何在呢？

回归大自然，是一个永恒的话题。但如果我们还只是沉醉于词中的大自然风景之美及渔父之闲适与淡远，则是远远不够的。

于是，我加了两段词。

江上的老人，稳坐在船尾。一天又一天，钓着山和水。你可有烦恼？你可曾疲惫？一壶平常心，酿出一生的醉！

这是对渔父的叩问与关切，我试图探究其貌似波澜不惊的内心世界与真实的生存环境，并以平常心去作出当代人的解答。

这一座山一江水，一蓑烟雨去又回。这千重山千重水，千年的渔歌把你唱得这样美。

此段歌词是对这首词意境的升华，绝佳美景与人文画面正由于这首"千年的渔歌"而穿越了千重山水及历史云烟，让人沉醉至今。

歌曲总要与当下有所关联才有意义，否则，就成了古文今译了。

时代瞬息万变，尤其是在全球经济持续低迷而疫情依然肆虐的今天，人们在应对工作与生活的压力之余，无疑会更追求一种心灵的宁静，更加关注如何以一种积极的人生态度从烦恼与疲惫中解脱出来。

或许我们不会成为一个超然世外的渔父，但这并不意味着我们不能够去大自然中追求短暂乃至片刻的精神上的舒适与安宁。

这不是避世，也不是遁世，只是寻求一种新的生活方式、新的生命价值观而已。

我们不会回到过去，也不可能在过去美丽的幻象中生活。

而《渔歌子》中的渔父，就成了我们当下的一种精神寄托、一种融汇在我们民族血脉中历经千百年不变的诗意与向往。

我想，这就是这首词至今仍能够传颂不衰的逻辑。

这也是我创作这首歌曲的缘由。

（载《羊城晚报》2021年12月）

歌曲《广州天天在等你》创作札记

这是应广州市文化广电旅游局之邀创作的以广州为主题的文旅形象歌曲。

一开始是想以一个广州人的视角,去表现"我"所理解的这座城市的形象、性格和气质。这个角度比较独特,但由于与所需主题不太吻合,故放弃了。

最早给我的题目是《广州欢迎你》,但我觉得这个标题太一般,与《北京欢迎你》撞车了,且少了些南方独有的情感上的诱惑力,最后改成了《广州天天在等你》。

"等你"这个题材这些年也出现了不少,但基本上都是以个人的角度表述的,如"我在××等着你"之类。由于是为城市代言,故把角度调整了一下,用"城市"代替了个体作为歌曲中的表述主体,这样,新鲜感就出来了。

一首歌词既要写出广州的特点和性格,又要表现出这座城市欢迎外地人来这里旅游和创业的期待与胸怀,况且,也要以城市的集体共情代替个人的独特体验,还要避免由于个体的缺失而导致的概念化,难度不小。

我设计了两个A段。

第一段写的是广州的邀约与期待:"是一份怎样的请柬?牵动着珠江的波涛万里。游轮上的月色连着你的家乡,陌生霓虹很快会变得熟悉。和你去看看潮汐,小蛮腰总是娇俏如你。这里的梦想都能生长,过去和未来都一样美丽。"

第二段描写了广州的气质与吸引力:"是一种怎样的心情?让阳光灿烂得潇洒随意。打开的趟栊门说着许多故事,那些缘分总会有机会相遇。和你去叹叹早茶,永庆坊总是温暖如昔。这里的情感都有结果,脚下和远方会写满传奇。"

B段是整首歌曲的升华,强调的就是一个"等"字,增加了一个副词"天天":"广州天天在等你,等着那些春的消息。穿过千年的芭蕉夜雨,我会听见你带笑的步履。广州天天在等你,等着那些爱的花期。花开的日子有我有你,一城岁月相守相依。"

广州的景点很多,历史又极悠久,一首歌曲根本无法写出它的全貌。我只能选取了几个最有代表性和象征性的景点及画面,并试图把风情、民俗、过去与未来、传统与现代融汇在一起,既要有情感的抒发,又要有励志的感觉;既要让受众领略到广州独有的美感,又要让受众感受到广州这座城市背后所发生的以及将要发生的故事。

音乐上则选取了一些较有代表性的地方音乐元素,以期突出地域特色;旋律风格上既体现南方的柔美,又通过节奏的变化将激情融汇在一起,尽量表现出这座城市内心对"新广州人"真诚、迫切的期待和拥抱。

总体而言,我希望这是一首城市的情歌,一首广州这座四季如春的花城唱给所有已经来到或尚未入驻但向往着这座城市的人的情歌。

(载《羊城晚报》2022年)

《陈小奇自书歌词选》后记

  大概是我天性不安分之故，近日突然鬼使神差地又迷上了已被搁置多年的书法。我在几位朋友的怂恿下，昏头昏脑地狂书数月，直"杀"得日月无光，待"硝烟"稍定，清点"战场"，于折戟沉沙中选了些"命大的幸存者"，结成一辑，是为《陈小奇自书歌词选》。

  以歌词入书法，创意固佳，真正进入操作阶段才知道"自找苦吃"为何物。歌词之难书，一是篇幅太长，每首词几乎都在100字以上，谋篇布局大伤脑筋；二是重复字太多，如"我、你、的"等，变化不易；三是无法扬长避短，写不好的字也得硬着头皮写。经过三个多月的惨淡经营，我始终觉得无法满意。我本想待书法技艺成熟一些再说，又觉得艺无止境，明日复明日，二王、颜柳之境界也不是我等凡夫俗子这辈子所能达到的，加之，丑媳妇总得见公婆，所以也就豁出去了。好在还有几十年光阴，留待以后慢慢成熟罢。

  写了十几年流行歌曲，无论如何努力，总脱不开"通俗"二字，此次大动干戈，无非是想借助书法这一高雅艺术沾些"神仙气"，在通俗艺术和高雅艺术的融合上做些探索，或许这正是此次尝试的价值所在吧。

  其实各类艺术的构成无非"灵气"二字，"高雅"与"通俗"之间根本不可能有一道不可逾越的鸿沟，起码我绝对相信这一点。

  感谢卢瑞华省长在百忙之中为本书题写了书名。

  感谢广东省美术家协会主席林墉先生及广东省书法家协会副主席苏华女士为本书作序及题字。

  此外，书画界、篆刻界、新闻界及音乐界一批年青挚友亦给了我很多帮助，在此一并致谢！

1997年8月22日于广州鱼乐居

（载《陈小奇自书歌词选》1997年版）

《意·象》——歌词绘画札记

对于作画者来说，66岁已经过了"衰年变法"的年龄了，而我，却刚刚开始拿起画笔。不是变法，只是换个活法。

庚子鼠年，被疫情所困，什么事都干不了，百无聊赖，突然就想起要画画了。

画画是我多年前的一个梦想。

1997年，我曾经玩过一把"自书歌词书法"，并在广东画院举办了个人书法展览，把小时候"练"过的各种字体都"秀"了一遍，好在"糟蹋"的都是自己的歌词，故也不至于辱没斯文。初战告捷后，我便有了把歌词画出来的想法，毕竟写过不少中国风的歌词，风格上与中国水墨画还挺贴合的。我原想去广州美术学院进修一下，练练摊，美院的教授李伟铭兄很热心，帮我联系了进修事宜，可惜音乐界的事务太多，终没去成。后来林墉大师在从化疗养，约我去陪他住一段时间，顺便也可跟大师学画画，可是这个千载难逢的机会，又因为同样的原因再次被我忍痛放弃了。

音乐误我哦！

23年后，我又鬼使神差地走到画案前亲热了一把。

原想着书画同源，玩了多年书法和美术字，且有着当年画过宣传墙报的基础，觉得应该不会太难为自己。谁知道，拿起画笔才明白根本就是两回事。先不说各种形象的造型，仅仅墨的浓淡和色彩的运用，就跟书法一毛钱关系都没有！故一开始，仅有的一点自负和自信便清零了。

恰好那段时间做了流行的"基因测试"，得出的结论是我的美术基因竟然远超音乐基因（姑且信一把吧）！于是，在不断慨叹当初入错了行的后悔之中，美术梦又死灰复燃。

虽说美术界多位前辈大咖都是老朋友了，但我不够胆找他们，一来怕被带进专业的"沟"里爬不出来，我可不想从枯燥的画鸡蛋开始；二来也是性格使然，一辈子学什么都喜欢自己摸索，总相信自己悟到的才是自己的。于是就义无反顾地开始了艰难的绘画求道之路。

我在练书法的时候给自己的书房起了一个"鱼乐居"的斋名,这次依然陋习不改,继续把"娱乐"进行到底。艺术本来就起源于娱乐,这个斋名也挺符合我这个业余搅局者的心态。所以,依然沿用旧名。

设定的方向是画自己的歌词,还是秉持"只糟蹋自己,不糟蹋别人"的原则。原来想叫词意画,后觉得这又是一个大坑——一首当代歌词的信息量远超唐诗宋词,区区一幅画如何能海纳百川?最后改为歌词意象画,可用歌名构思,亦可用几句歌词点题,高兴了就干脆把整首歌词都抄上去,想怎么画就怎么画,自由多了,随心所欲,挺好。

看别人画画很容易,自己画起来才知道悲催。

大凡初学画者都只能专攻一项,或山水,或花鸟,或人物,或动物,有了一招鲜,才有一片天。可是歌词意象却偏偏什么形态都有,想躲也躲不了,尽管自认有通天彻地的闪转腾挪之术也无计可施。但事已至此,也只能硬着头皮走下去了。好在有电脑,什么素材都找得到。

我就像一个淘气的老小孩,好奇而鲁莽地窜进了美术的殿堂,好在身边有一群不吝赞美之词的鼓励者,天天违心地夸着我,让我时不时地在挣扎中顾影自怜,重整河山。由此可见,鼓励对于初学者很重要。

歌词意象画中画面的构思是最难的。首先是画面与文字关系的处理。既是歌词意象,文字自然是极重要的。由于我不喜欢把题款当成画面的附庸,故每个构图我都给歌词留有足够的空白位置,这有些过分,但喜欢就好。怕看官们看不明白,书法字体方面我尽量使用大师们嗤之以鼻的简体字,并以行书为主。这又是不按常理出牌的节奏。

其次是明确画什么和怎么画的问题。我认为,一幅画除了带给观者审美愉悦的体验之外,更重要的是能够激发观者的感官愉悦、精神愉悦及文化愉悦。我看过不少画,其技巧及笔墨均堪称一流,只是我怎么看都觉得除了好看得惊为天人之外没有其他任何感觉。不能给予观者联想和想象力的东西都非吾所爱。郭莽园大师曾跟我说过的一句话:文艺文艺,先有文后有艺。信然!歌词是文,绘画为艺。以歌词立意,有了文,就有了灵魂,天马行空,信笔由之,只要画得有趣或有点意思就行了。

至于画得好不好只能看造化了。画得像与不像我倒也不太在意,只要观者猜得出来是什么就阿弥陀佛了。画画本来就需要有些变形才有味道,过于追求精确的像,倒不如看摄影作品算了。意象画嘛,就是文人画,有意有象就可自得其乐了。

专业有专业的套路，业余有业余的玩法。

子非鱼，安知鱼之乐？

在一年多里，我蓬头垢面以无知者无畏的勇气画了几百幅歌词意象画，虽然大部分都无法让自己满意，但我手写我心，倒也其乐融融。

反正我就是一个喜欢画点画的音乐人而已。

反正我就是娱乐一下自己也娱乐一下别人而已。

（2022年）

五 序文

明星之路
——李明天《怎样才能成为明星》序

只要是歌手，没有人不渴望成为明星。因为只有成为明星，才能证明一个歌手的成功和价值。

虽然我很欣赏一些不愿成为"星"的优秀歌手，但是，在这个"星光闪烁"的社会里，坦率地说，我看不到他们的前景何在。

想要被社会认可，只能踏上"星"途，这是一条让人向往的路，也是一条坎坷的路。

尽管最终成为明星乃至巨星的人，其概率至多只有万分之一，但是如果没有尝试过，又安知自己不是那万分之一？

所有的尝试都需要付出代价。

风险是显而易见的，而投入与回报却不可能有固定的比例，有人凭着一首歌成名，有人奋斗数年却颗粒无收，这里有歌手素质的问题，也有制作人素质的问题，而且，还有说不清道不明的运气问题。通俗地说，这是一场赌博，你的赌本除了经济投入之外，还有你的青春，用青春赌明天。

当然，在进行这场"豪赌"之前，你需要做好充分的准备。

起码，这本书将是你最必要的装备。

作者李明天在音乐媒体工作多年，收集了大量的资料和素材。这本书可说是他的心血之作。

这几年歌坛风波不断，除了部分有意炒作之外，大部分为合作纠纷，究其原因，一是歌坛尚未有健全的体制和秩序，更重要的是合作双方在签约时的随意和盲目。

所以，这是一本很有必要仔细一读的指导性书籍。

需要补充说明的是，心态很重要。一个浮躁的人，一个急功近利的人，一个不想付出、只想收获的人，注定不会成为真正的明星。

当你仔细读完这本书，并且从此走上这条路，多年以后，蓦然回首，我想你会由衷地表示：谢谢李明天！

（载《怎样才能成为明星》1999年版）

执着的颂今
——颂今《爱情歌诗精选》[①] 序

认识颂今,是在20世纪80年代中期。

当时我们都在中国唱片公司广州分公司担任编辑,又住在同一栋楼里,故而多了一些来往的机会。颂今极为勤奋,为了编一版节目,他可以骑着自行车顶风冒雨跑遍广州市,仅此一点就让我们这些仅比他小几岁的人深为叹服。

那时候原创歌曲的社会需求量不多,在我与颂今合作的歌曲中,令我印象较深的就是《灞桥柳》(张咪演唱)、《马背天涯》(窦鹏演唱)、《空谷》(陈汝佳演唱)等几首。虽然合作不多,但因为双方都极认真,故作品质量都不错。这几首歌都是我偏爱的作品。我在编《流行经典——陈小奇二十年作品精选》时共挑了60首作品,将这三首歌全部都收录进去了。在我的合作者中,能有这么高的合作成功率者,似乎也只有几人而已。

颂今处事极认真,也极执着。让我印象最深的一件事,是他去北京出差回来报销旅差费,几分钱一张的公共汽车票密密麻麻地贴了十几张纸,让当时的编辑部主任数得头昏眼花,气恼得很:"几块钱的公共汽车票搞得这么麻烦,有谁这么报销的!"可颂今不,该报销的就要报,哪怕是几分钱。那时候我们都把这件事当成笑料,可今天回头看,我们却不得不佩服颂今的认真和执着,他体现的正是一种严谨的现代企业精神。

也正是颂今的执着,使他成了近几年官司不断的"版权斗士"。由于某音像公司对其作品的侵权行为,这一个官司就打了几年。官司是赢了,可赔偿金却收不到,自己还贴了不少钱。但颂今不后悔,他争的就是一口气,哪怕收不到钱,也要为维权而战。

了解了颂今的执着,才能了解他的作品。

在颂今的数千首作品中,成就最大的当属甜歌创作。

[①] 《爱情歌诗精选》尚未出版。

自1988年至1996年，甜歌在中国大陆风靡了整整八个年头。作为甜歌创作最重要的代表人物之一，颂今无疑耗费了最多的精力。

颂今甜歌歌词的特点有三个：其一是具有音乐感和可唱性，我把它称为"语感"，既容易谱曲，又容易演唱。这与颂今本身就是一个作曲家有关，同时也是使颂今不少甜歌得以成为卡拉OK热门歌曲的重要原因。其二是浓郁的民族特色和乡土特色。他的内容题材绝大部分取材于农村，所表现的也大多是情哥哥情妹妹的恋情，因此，在歌词表现的环境及所选取的意象上，均体现出一种强烈的民族风格。其三是朴实真挚的情感，一种真正属于乡村的"颂今式"的爱情表白，让我们在品味着都市流行歌曲的同时，感受到一种独特的、口语化的民谣风貌。

尽管甜歌作为大陆歌坛的一个重要品种，曾经拥有巨大的市场份额；尽管甜歌曾经造就出诸如李玲玉、杨钰莹等唱片销量过百万的本土明星；尽管甜歌以其鲜明的艺术风格得到了中国老百姓的广泛传唱，但是，甜歌的艺术地位却未能得到应有的重视和公平的对待。

如果我们承认中国仍有10亿农村人口，如果我们承认中国的老百姓仍然有着这方面的审美情趣需求和情感诉求，那么，我们就无法忽视颂今甜歌创作的艺术价值和社会价值。

当然，也有不少人认为甜歌土，不够都市化和现代化，甚至还有人认为这一类甜歌影响了中国流行音乐的国际化进程，等等。对于这些观点，我表示充分的尊重。但是，我始终认为，一个中国的词曲作家，首先要面对的是中国的老百姓，我们需要各种各样的风格以满足老百姓多元的选择，这是对作者的尊重，也是对中国老百姓的尊重。

可贵的是，颂今在苦恼中仍然执着地坚持着。

只因为他喜欢，只因为他从中找到了他自己的创作定位和创作优势。

一个人一辈子能写出一首好歌不容易，写出一批让听众喜欢的歌曲更不容易，而能够坚持自己的风格并不断地写出好歌则更属不易。

因此，我谨以此文向颂今致敬，并期待着颂今继续执着地走下去。

（2004年）

彝族之鹰
——《忠贞——山鹰组合十年纪念专辑》序

1994年，一张质朴而又带有神秘、奇异的少数民族风味，用彝族语言演唱的彝族流行歌曲专辑深深地打动了时任太平洋影音公司副总经理的我，演唱者是"山鹰组合"的三位彝族歌手——吉克曲布、瓦其依合与阿格。

虽然我听不懂他们演唱的语言，但他们在这个专辑中所展示出来的超凡的音乐才华却让我直接地感觉到西南地区少数民族流行音乐崛起的广阔前景。

在公司音乐编辑郑小莲的努力下，我们陆续推出了"山鹰组合"用普通话重新填词的三张创作与演唱专辑，在流行歌坛上引起了强烈的反响，在市场上也取得了近百万张的销售业绩。

后来，由于我和"山鹰组合"都离开了太平洋影音公司，我们的联系一度中断。但我一直怀念着这三位彝族流行音乐的开拓者，怀念着和我合作过《走出大凉山》《七月火把节》等歌曲的才华横溢的吉克曲布和他的伙伴们。

那是一段充满激情的岁月，无论是在太平洋的录音棚里，或是在哈萨克斯坦第六届亚洲流行音乐大赛的演唱现场，"山鹰组合"都给了我很多骄傲和自豪。可以说，没有"山鹰组合"，就没有我对少数民族流行音乐的迷恋，也就没有后来我和藏族流行音乐巨星容中尔甲的合作，没有我后来为容中尔甲创作的《高原红》等具有少数民族风味的歌曲。

值得欣喜的是，时隔数年之后，"山鹰组合"又重新在乐坛崛起，他们一如既往地坚持着自己的追求，他们创作的音乐依然充满着激情，他们的演唱和表演则更为成熟和大气。他们的出现让我和"山鹰组合"的歌迷们彻底消解了对他们一度沉寂的惋惜和遗憾。

我将永远为他们祝福。

高飞吧，山鹰！

2004年

一群活泼泼的鱼

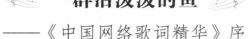

——《中国网络歌词精华》序

感谢陶沙先生和《青年歌词》，给我电邮了这一本精选的《中国网络歌词精华》，让我这只网络菜鸟得以一口气接触到这么多鲜活的网络歌词。

在我看来，新中国的歌词创作群大约经过了三个阶段。第一阶段是新中国成立后的30年。这个阶段的歌词作者可被称为"刊物作者群"，其作品大部分在刊物等平面媒介上发表。第二阶段是改革开放以来的"音像作者群"，其作品大多通过音像制品发表。此阶段的创作群体有两个特点：一是为录音而创作；二是为市场而创作。第三阶段是21世纪以来的以网络普及为背景的"网络作者群"。这是在创作上最自由的一群，他们随心所欲、无拘无束，既没有被专业权威否认的担忧，也没有职业化创作的压力。他们大部分都是歌词创作的业余爱好者，所有的创作都只缘于内心的冲动和表达的需要，他们这种创作状态无疑为我们的词坛提供了一个全新的天地。

歌词该怎么写？好歌词的标准是什么？现在越来越让人困惑了。尤其在权力与资本不断渗入词坛的今天，我们似乎已深陷一种集体失语的尴尬处境之中。充斥于各类主流媒体的伪劣词作铺天盖地而来，这种冲击，已使得歌词文本的尊严与终极的价值体无完肤——只要能谱曲、录音并能借助各种力量不断播放的就是好歌词的观念几乎已成了共识。

幸好，我们还有网络。

在这里，词作者们如鱼得水，像一群活泼泼的鱼自由自在地遨游着。他们自由地创作、自由地发表、自由地接受点击、自由地接受欣赏、自由地接受评判。"人民群众创造历史"的观念在这里得到了最充分的体现，8000万网民对歌词的选择在这里得到了最公正的表达。

这是一场革命，也是一场颠覆——一场对传统歌词发表和认知体系的颠覆。

在这本由数十个音乐网站的"斑竹"（论坛版主）们推荐并精选出来的网络

歌词集里，我欣喜地看到了很多不熟悉的名字和很多目前尚未在社会广泛流传的优秀作品，其丰富的想象力、精妙的构思使我激动不已。坦率地说，这批歌词所带来的新鲜感觉在我们的主流媒体中早已久违多年了。

歌词作为音乐文学，其特点在于除了可阅可读之外，还须可唱可听。这个特点决定了它与一般纯文学不同的评判标准。文学界用前者作为标准，总觉得太浅显；圈外人用后者作为标准，觉得谁都可以玩，所以写歌词的人很难拿歌词作品去评职称。但这并不妨碍"全民大炼钢铁"的歌词创作运动，无论如何，歌词爱好者群体的发展和壮大总是件好事情，只是我们需要一个筛选机制而已。以前靠的是编辑、导演，有了网络之后靠的是全民公决，这当然是一种莫大的进步。而形式的进步必然带来内容的进步，其中最重要的进步就是常常被我们忽略的真实性。

我所说的真实性，是指歌词创作能真实地表现和反映属于这个时代的民生百态及最广大平民百姓的喜怒哀乐和所思所想，也只有这样的歌词创作及作品才能真正地表达民众的心声，才能让今天和明天的人类真正地解读我们这个特定的时代。我们的歌词创作及作品如果游离于这些内容之外，那就不是这个时代的歌词。这就是我们所说的歌词创作及作品真实性的全部价值所在。

在这点上，借助于网络这个无边际的发表平台所推出的网络歌词创作及作品，确实让我们看到了希望。我相信现在和以后的网络歌词创作及作品，经过大浪淘沙式的积淀，必然会为这个时代积累一大批优秀的作品，并从中产生经典，从而成为文化传统的一部分。

钢铁就是这么炼成的。

当然，这批歌词作品尚有许多不尽如人意之处，部分作品尚嫌稚嫩，一些遣词用句也还有待推敲，但重要的是，他们形成了一支歌词创作的生力军，他们使网络成为一个不被操控并自觉地、充分地表达民意的歌词创作的主战场，他们为我们建立了一个歌词质量评判体系，而更重要的是，他们展示了中国歌词创作发展的强大的生命力，他们展示了拥有未来的无限的可能性。

因此，我为他们喝彩，为这群活泼泼的鱼喝彩。

（载《中国网络歌词精华》2005年版）

可爱的顺德人
——《音乐大厨——陈辉权音乐作品专辑》序

一首《Every day》成就了一个中国著名的男子组合"中国力量",也成就了一个年轻的新生代音乐人陈辉权。

对陈辉权的认识,是从他的作品开始的。第一首是《Every day》,这首电子舞曲风格的作品让我感受到了他的激情与奔放。其后是《淡水河》,山水画一般的意境与朴素、优美的旋律让我看到了他的另一面。好笑的是,一开始我以为这两首歌都是别人写的。后来真相大白之后,这个"美丽的错误"反而让我牢牢地记住了"陈辉权"这个名字。

对陈辉权真正的解读,在他的这张作品专辑之中。

陈辉权是喝着珠江水长大的广东顺德人,生活在改革开放热土的顺德人以其聪慧、勤奋取得令世人瞩目的成就而被称为"可怕的顺德人",当然后来又被称为"可爱的顺德人"。陈辉权秉承了顺德人的很多优秀特质:眼界开阔、平实、聪慧、勤奋、执着等。正是这些特质使他从一个颇有才气的少年画家发展成为一个优秀的广州音乐人。短短数年时间,陈辉权已创作录制了100多首原创作品,约20首作品分获各类奖项,而经他编曲的歌曲亦有近千首之多,这份成绩单对一个有些"生不逢时"的年轻音乐人来说确实是难能可贵的。

陈辉权的作品风格似乎仍在探索之中,在他的作品专辑里,我欣喜地"领教"了一套音乐风格多样的"组合拳"——狂热的现代舞曲、客家的民谣、咸水歌的风味、新疆维吾尔的节奏、都市的情歌、激情放纵、浅吟低唱……当然,对一个年轻作者而言,风格的过早定型或许不是一件好事,"未经沧海难为水",只有在多方尝试之后,才能逐渐找到自己的主打风格。无论如何,陈辉权的探索是成功的。在他的作品中,我们可以清晰地听到他坚实前行的脚步声。坚实而不浮躁,这是一个音乐人能否终成大器的首要条件。而陈辉权无疑让我们看到了他在这方面的品质与潜力。

在这个专辑中，我还注意到了另一个名字：梁天山。这位新生代的青年词人是陈辉权的多年好友、同窗及创作、制作的好拍档。他与陈辉权合作的众多作品展示了他在歌词上的创作才华。拥有一个趣味相投、审美理想接近的合作者是任何一个词曲作者梦寐以求的幸福，希望他们开开心心地合作，用更多的"重拳"去证明自己。

在拼命翻唱老歌的"发烧碟"热潮中，陈辉权仍然痴迷于原创的耕耘并推出了自己的原创专辑，这是最令人高兴的。文化的传承只能依靠原创的积累，这是歌坛乃至民族文化的生命力所在。虽然就目前的商业环境而言，从事原创确有吃力不讨好之嫌，但作为一个不愿做"工匠"的年轻音乐人来说，能够抵御"炒更"赚钱的诱惑而去追求自身的终极价值，这种立场和勇气总是令人钦佩的。

因此，我祝福陈辉权。

（2006年）

南方的风
——《广东流行音乐史》序

这是中国大陆第一部当代流行音乐史。

虽然它只是一部广东的地方流行音乐史,但放眼全国,除了广东,还有哪个地方能够完整而全面地反映出中国当代流行乐坛30年来发展的全过程?还有哪个地方能够像广东流行乐坛一样涌现出如此之多的优秀音乐人和优秀作品,并30年持续不断地以新的思维和新的实践为流行音乐的产业化发展作出如此巨大的贡献呢?

只有广东,自20世纪70年代末开始,处于香港和北京"南北夹攻"之中的广东流行音乐,伴随着改革开放的大潮,在本地党政部门和传媒界、文化界的支持下,率先揭开了中国当代流行音乐的帷幕,创造了无数个影响全国的"第一",使广东当之无愧地成为与北京并列齐名的南北两大创作、制作和生产基地。

30年的探索、30年的跋涉,广东音乐人迈出的每一步,都烙刻着这个时代独有的印记。他们的每一项举措,都书写着中国流行音乐的历史和传奇。

为了这一段值得铭记的进程,为了这一段艰辛而闪亮的记忆,便有了这一部历时数年、数易其稿的《广东流行音乐史》。

在这个信息大爆炸的年代,稍有疏忽,很多历史事件和历史资料都会被湮没。即使是十几二十年前的事情,现在追溯起来都如考古般困难。感谢本书作者——著名文化记者伍福生先生为我们真实地记录和还原了这一段历史。或许其中仍可能会有一些疏漏,但无论如何,本书填补了中国当代流行音乐史的空白,为广大流行音乐爱好者和理论研究人员提供了大量史料,就此而言已经是难能可贵了。如果读者们能从广东流行音乐发展30年的轨迹中得到某种启示,且本书对未来中国流行音乐的发展产生些微影响的话,那就更是功德无量了。

南方的风,起于青蘋之末,却如蝴蝶的翅膀,在中国大陆掀起了一阵又一阵飓风。30年，广东流行音乐界以一己之力，在起承转合的周期中艰难地完成了一次美丽的蜕变。三十而立的广东乐坛，面对着全球性的唱片危机和数字音乐大潮的冲击，他们的下一步又会给中国乐坛带来什么样的惊喜呢？

我们期待着。

（载《广东流行音乐史》2008年版）

关于老朱

《我在路上——朱德荣作品精选特辑》序

与朱德荣相识，是在20世纪80年代的广州。一开始知道他的名字，则主要来自当年热播的电视连续剧《海灯法师》，主题歌是他唱的，其声音被我们戏称为"沙声唱法"。当时只知道他是个颇有名气的歌手，且已有了《情人的花雨伞》等诸多销量上百万的演唱专辑。

真正的接触是在90年代我调任太平洋影音公司副总经理及总编辑期间。他当时是公司的音乐编辑，我们便因此在喝茶品酒海侃神聊之间对彼此有了更多的了解，并从此开始了几十年无话不谈的好友生涯。他与我同庚，虽比我小半年多，只是因江湖上都叫他"老朱"，所以我也叫了他20多年的"老朱"。

老朱在流行音乐上是个全才。少年时在贵州读的是戏剧院校，和他太太郭霞（江湖人称"霞姐"）是校友，都唱得一口好京剧。此后，他在唱歌、作曲、当编辑、搞制作等方面均有大成就。写歌自不必说，《九月九的酒》《老乡》《守月亮》《晚霞里的红蜻蜓》等早已脍炙人口，红遍全国；制作方面亦颇具慧眼，李春波的《小芳》专辑、陈少华的《九月九的酒》专辑、火风的《大花轿》专辑等无数热卖唱片均出自其手，用一句时髦的话说，他总能在音乐中听到人民币的声音。

在提携新人方面，老朱更是十分积极。不说那一长串的歌星名字，仅他发现和提携的作词人，就有苏拉、陈树、樊孝斌等，他们都是由于和他合作而成为著名词人的。

老朱是个职业音乐人，更是个极具商业头脑的音乐老板。十几年来，其策划、组织、实施的音乐采风活动不计其数。在我的印象中，他应该是最早组织流行音乐采风团的开创者，从组织著名词曲作家到各地采风、创作并录制专辑，到举办采风歌曲演唱会……这种一条龙的活动模式不仅推出了一大批原创歌曲，"养活"了一大批歌手，还极大地推动了当地的城市形象和旅游业的发展，可谓多方受益，功德无量。

而更"奇葩"的是，他竟以《九月九的酒》一曲为契机，打造了好几个酒业品牌，仅此一项便足以令圈内人目瞪口呆！由此可见，其思维的活跃及对音乐衍生产品市场的敏锐把握和极强的开拓能力。

他是一个以流行音乐为生命的人，是一个在音乐路上从不懈怠的人，一个总是忙忙碌碌、生机勃勃，被我们戏称为"精力过剩"的人，一个在聊天时不停地接打电话而导致每月手机话费近万元的人！

恕我无法用一句话去准确而完整地描述老朱这个人，或许我只能说，这是一个活在当下的乐坛著名音乐人。

当然，要想真正地进入朱德荣的内心世界，还是要静静地聆听他作曲的这张精选特辑吧，毕竟，一个音乐人还是要用优秀的作品来说话。

是为序。

（2010年）

潮汕方言艺术的传承与发展

——《当代潮语歌曲集》（1990—2010年）序

方言艺术是地域文化的重要构成部分，潮语歌曲作为潮汕方言区的一种融合了流行音乐与民俗文化的新兴方言艺术，无疑是适应了时代审美趋势、使潮汕文化得以传承和发展的一朵艺术奇葩。

20世纪80年代末，在香港的粤语歌曲和台湾的闽南歌曲广为传唱的基础上，汕头海洋音像出版社审时度势，发起了潮语流行歌曲的创作活动，并于1990年制作发行了《苦恋》《彩云飞》等第一批开拓性的潮语流行歌曲专辑。这批歌曲一经面世便获得了社会上尤其是青少年受众的热烈欢迎，其中不少歌曲一直传唱至今，成为潮语流行歌曲的经典作品。

随后，潮语歌曲大赛陆陆续续举办了五届，推出了数百首优秀的作品，同时也涌现出一批如李立群、李今风、杨友爱等本土优秀词作家及林伟文、刘建辉、王培瑜、陈蔚、蒋声欣、徐东升等本土优秀作曲家，方少珊、宋亦乐、何家伟等也成为当地著名的潮语歌曲演唱者。可以说，潮汕地区的这一个音乐人群体在90年代的广东乐坛，其实力和影响力均远远超过了广东的其他地区，这是足以令我们自豪的。

作为潮汕籍音乐人，我从第一届开始，便应邀参与了潮语歌曲的创作，并分别与作曲家兰斋、宋书华、梁军等合作创作了12首潮语歌曲（其中《一壶好茶一壶月》及《汕头之恋》由我本人作词作曲）。由于这个缘故，潮语歌曲的发展便一直都在我的关注视野之中。二十几年来，我们欣喜地看到了潮语歌曲越来越多元的发展趋势，内容上越来越深入民间，形式上也出现了文字语言与民间俚语并存、流行音乐语汇与民间音乐语汇相融、独唱、重唱、汇唱与大合唱共举的新局面。更可喜的是，随着汕头市流行音乐协会的成立，潮语歌曲在沉寂了数年之后，可望再次出现一个新的高潮。我相信，只要大家共同努力，潮语歌曲必将作为广东乐坛的一个重要分支而成为地域文化的一个重要的代表性艺术品种乃至重要的代表性艺术品牌。

　　固然，由于方言歌曲受到各种局限，我们并不奢望它能在全国产生多大的影响，但这是我们自己的文化，是在自己生活的这块土地上产生的艺术，是一个民系在时代大背景下通过音乐形式对自身的认同和肯定。因此，我们没有任何理由歧视它或不去好好呵护它、发展它。无论如何，只要能得到本地的认可，能在自己的方言区域内广为传唱，这已足够了。

　　我想，这就是这一代潮汕音乐人所应该有的历史使命感和社会责任感。

　　是为序。

2012年6月12日
（载《当代潮语歌曲集》（1990—2010年）2012年版）

共同的语言共同的爱

——《新潮雅韵——共同的语言共同的爱》序

《新潮雅韵——共同的语言共同的爱》是一张由潮籍青年音乐人张霁作曲及编曲的潮语歌曲专辑。

潮语歌曲是潮汕方言文化的一个重要构成部分。其由于鲜明的地域性及时代特征，20多年来，在众多关注潮汕文化发展的热心人士的推动下，已越来越多地受到潮汕地区年轻一代的喜爱。

这张专辑是一次颇有意义的尝试，其特点是努力把潮剧音乐元素与当代的流行音乐元素结合起来。专辑的演唱者都是著名的潮剧名家，他们那种带有浓郁潮剧唱腔韵味的演唱方法为这批潮语歌曲带来了一种全新的气息，也为潮语歌曲的多元化走向提供了一种新的可能性。

十几年前，我在上海听了一些"戏歌"，包括根据《涛声依旧》改编的以上海当地方言演唱的具有戏曲音乐味道的作品，颇有感触。当时我就在想，把优秀的潮剧唱腔与流行音乐进一步融会贯通，形成一种潮汕特有的"戏歌"，这对于流行音乐在潮汕方言地区的传播以及对潮剧艺术的时尚化发展或许会有一种开拓性的意义。无论如何，传统与时尚的结合及二者的共同发展都是中国内地城市化进程中不可回避的重要课题。

感谢张霁与他的合作团队为此所做出的努力和探索，我希望看到潮语歌曲大道上更多不同的足迹。

2012年11月9日
（载《张霁潮语歌曲专辑》2013年版）

翔
——《高思·乐翔——高翔舞蹈音乐专辑》序

  一个在流行音乐界浸淫了20多年的资深音乐人,三年前突然对舞蹈音乐创作产生了浓厚的兴趣,于是便不断地创作,不断地拿奖,也就有了今天这一个舞蹈音乐精选的专辑。

  这是一个像孩子般充满了好奇心的人。由民族音乐到流行音乐再到古典管弦乐,他以一种强烈的求知欲不断地磨炼着自己的翅膀,从而完成了这一次跨界的飞翔。

  高翔的跨界,并非只是从一个领域向另一个领域的简单的转身。他的可贵之处,是把这三个音乐领域以一种时尚的方式完美地融汇在一起。他把长期以来从事流行音乐创作所积蓄下来的感觉和技巧运用到舞蹈音乐创作之中,形成了自己独特的音乐语言,也因此而赢得了众多舞蹈编导的喜爱及评委们的青睐。

  《传》应该是最全面展示他的跨界功力的一部作品。全曲以管弦乐为主体,音乐动机则根据剧情需要,选用了粤剧曲牌《杨翠喜》,高胡、笛子及戏曲锣鼓的使用均完美地烘托了舞蹈的主题。

  《风雨大三巴》以客家山歌为原型,11分钟的舞蹈仅用了八句旋律,便描绘出一幅丰富多彩的澳门风情画。

  《接送》别出新裁的借用了戏曲丑角表演的节奏和手法,旋律动机源自咸水歌。

  《红色音符》则以《中华人民共和国国歌》第一句旋律作为音乐动机,通过对该动机的不同发展和延伸,以丰富的色彩和强烈的表现力完成了对新中国成立时的青葱岁月、对"文化大革命"的反思以及改革开放的生机勃勃这三个历史阶段的生动概括。

  不拘一格,标新立异,这种近乎"无法无天"的演绎手法成就了高翔的舞蹈音乐。我们在惊讶于其才情之时，不得不感叹这种"泛流行音乐"对传统舞蹈音乐竟然有如此的威力！

我想，这就是高翔这一舞蹈音乐专辑给我们的启示。

是为序。

（2013年）

《流行音乐声乐考级歌曲集》序

受中国音乐家协会委托,广东省流行音乐协会在几年前就已开始了流行声乐考级试点工作,并开始着手编撰这一本《流行音乐声乐考级歌曲集》。

中国改革开放在文化上的重大成果之一,便是顺应世界潮流,促进了流行音乐的强势回归。自此,从广东率先登陆的中国流行乐坛蓬勃发展,在风风雨雨中,奠定了中国内地第一个与市场无缝衔接的文化产业,完成了一次伟大的文艺复兴。

30多年来,中国内地流行音乐已从早期的借鉴、模仿、学习阶段,发展成一种真正的本土原创音乐,其作品、歌手、音像制品及衍生的文化产业,深刻地影响着内地的文化与经济进程,并以最大的受众群体、最多的从业人员、最广的传播效应等为标志,当之无愧地成为中国内地的主流音乐。

这是时代的需要,也是历史的必然。正如农业文明时期成就了民族音乐、工业文明时期成就了古典音乐一样,今天,随着电声技术与都市商业文明的发展,流行音乐作为这个时代的代表性音乐亦已成为整个社会的共识,并已成为今天社会各年龄、各阶层日常生活中的一部分。

随着流行音乐的纵深发展,对流行音乐进行面对大众的专业社会考级便提上了流行音乐教育的议事日程。

于是就有了这一本流行歌曲声乐考级教材。

需要说明的是,流行歌曲的分级很难套用美声及民族唱法歌曲以难度和技巧划分的标准,这是由流行歌曲的特质所决定的。

流行歌曲作为一种都市商业音乐,其本质决定了它必须易学易唱,以达到最大范围的传唱与传播效果和取得最大的商业效益为目的,故流行音乐并不需要过分追求技巧与难度,尽管流行歌曲本身亦有不少具备一定难度和技巧的作品。

流行歌曲的演唱,更多地强调个性与感觉。

换言之,能否具有良好的声音和气息控制能力,能否完整地驾驭一首作品并把握演唱的每个细节,能否声情并茂地感染、打动受众,就成了流行歌曲演唱的考级和评分的基本标准。

也可以说,考级者的音乐表现力决定了其演唱水准的高低,至于其音色如何,其实并不重要。

所以,这本教材所提供的曲目仅仅是一个为方便考级而设置的参考曲库而已。

也许需要再提醒一次:会唱一首歌很容易,但要唱好一首歌一定很不容易。

是为序。

(载《流行音乐声乐考级歌曲集》2014年版)

"潮语合唱音乐会"前言

  1989年，汕头海洋音像出版社邀请我和兰斋先生创作了第一批潮语方言流行歌曲，此后二十几年，经过几代潮汕音乐人的不懈努力，潮语流行歌曲已被潮汕大众广泛接受，涌现出一大批脍炙人口的经典作品。时至今日，潮语流行歌曲已成为中国流行歌曲的一个重要品种，也成为潮汕方言文化艺术的一个重要组成部分。

  近年来，潮语流行歌曲的发展更加势不可挡，作品题材不断拓展，作品风格更趋多元，民间俚语的大量使用也使得作品更接地气，这一切都预示着潮语流行歌曲正面临着一个前所未有的爆发期。而潮语合唱歌曲的横空出世，更使我们看到了潮语流行歌曲在艺术化方面进一步发展的广阔前景。

  2016年，在广州市文学艺术界联合会主办的首届"红棉杯"流行合唱大赛中，汕头市合唱团以一首根据潮曲唱段改编的《京口良缘》获得了流行合唱组金奖及全场大奖，此后又应邀参加了由广东省委宣传部主办的首届南国音乐花会"新粤乐——跨界流行音乐会"的演出。这是潮语乐坛的一个标志性的重要事件，它以流行元素、戏曲元素与合唱艺术的完美融合，预示着潮汕方言文化艺术以敢为人先的姿态，又一次走在了地域性艺术供给侧改革的前列。

  物竞天择，优胜劣汰，艺术的进化论决定了任何艺术形态都必须适应时代的变化，跟上时代的步伐。我们期待着潮语流行合唱的蓬勃发展。我想，这就是这一场音乐会的意义和价值所在。

（2016年）

以创作为生命的诗词狂人
——张雷《问天酹月集》序

初识张雷,是半年多之前。他通过我的一位朋友转告我,说他即将赴广州公干,希望能见我一面。这些年找我的业余作者不少,我因事务繁忙,基本无暇顾及,而且那几天我需要出差去普宁,便告知他以后再说。孰料我刚到普宁,朋友便跟我说,张雷已驱车数百里专程赶到普宁来了。盛情难却,无奈之下,我只好抽出一个小时和他见了一面。

没料到的是,短短一晤,我竟与这位谦逊而又激情洋溢的年轻人成就了一段缘分。

此后,我便不断地收到他的诗词作品。

这是一个痴迷于诗词创作,甚至可说是视诗词创作为生命的人。

对于古典格律诗词,我年轻时曾为之痴迷,但搁笔多年,早已不敢言勇了,故前些天张雷嘱我为其《问天酹月集》作序,实在让我有些为难。

古典格律诗词之所以至今仍有着强大的生命力和众多的爱好者,首先在于其语言文字的格律美。汉语的四个声调加上入声字,形成了其独特的音乐性。古典格律诗词以平仄划分,使得格律诗词读起来铿锵有韵,这种韵律感是自由诗所无法比拟的。

而汉语的文字修辞手法则形成了古典格律诗词的另一种格律美,譬如强调对仗手法,使得文字严谨、对称且富于弹性。这种由于字数的限制而形成的修辞手法,无疑也是格律诗词的一大艺术魅力。

当然,这种格律上的优越性也让很多创作者过于依赖和迷醉,从而忽视了对内容的提炼和对内涵的挖掘,这是通病。

其实,语言与文字都只是基本功和常规手法,或只能说是技术问题。古典格律诗词的精髓,更多在于它的意境美。

意境是中国传统文化中独特的美学概念,它的诞生与发展,与农业文明息息相关,故借景抒情、以景寄情以及情景相融是古典格律诗词最重要的表现特征。

对意境的追求无疑扩大了古典格律诗词的容量和内涵，但这种以大自然和田园风光为依托的含蓄手法在大工业时期及后工业时代的都市生活与情感的表现上却也产生了不少的难题。

张雷饱读诗书，对古典文学研究颇多，在对格律及语言文字的驾驭上已是轻车熟路，在意境的营造上亦颇有心得——作为一个如此年轻的创作者，殊属不易。

但他的作品给我印象最深的却不是这些，让我感兴趣的，是他作品中所呈现出来的恣肆纵横的才气及其鲜明的个性特征，而后者无疑是我最看重的。

能以气质驭诗，才是真正的"才气"。

张雷的人与诗是浑然天成的，他的性格在其作品中表露无遗，这与那些矫情而做作的创作者全然不同。

在他的诗词中，我看到最多的是"酒""剑""月"等关键词，这个豪情万丈、激情四溢的年轻人，想必是经年神游于李白诗、稼轩词的境界中吧？以致我常常恍惚：这是个从古代穿越而来的人么——处处临风仗剑，把酒吟诗，集子中80%以上的内容亦几乎尽是怀古之作，他的血液及风骨无不袒露出一个慷慨悲歌的文人侠士的形象。

他活在古人的诗词之中，也活在自己的性格之中。

他的诗词，可以让人看后血脉喷张，可以让人看后恨不得和他把酒言欢。

把真实的自己写出来，是需要勇气的，这是我点赞张雷诗词的理由，虽然我觉得他的抒情方式还没能走出古人的窠臼，他的襟怀也还有着太多古人的痕迹。

或许，这就是张雷的可爱之处。

当然，除了这些，如何写出古典格律诗词的新意和深意，一直是个老大难的问题，张雷的诗词虽然读来荡气回肠，但在这方面仍有所欠缺。这不仅仅是他个人的缺陷，而是整个格律诗词界的缺陷。

张雷的自由诗与他的格律诗词相比，稍为逊色。

他的游记，基本是怀古之作，文笔自是不错，但仍缺少一些独特的感悟及深度。

但，无论如何，这本集子为我们凸现了一个活生生跃然纸上的张雷，一个满腹诗书、才气纵横的张雷，这已足够了。

是为序。

2015年1月于广州

（载《问天酹月集》2016年版）

与改革开放同步的广东流行音乐
——《广东流行音乐40年歌曲选》序

1978年，广东率先拉开了中国改革开放的序幕。

中国内地当代流行音乐也由此在广东同步诞生。

40年来，广东流行音乐一直走在中国内地乐坛的前列，从未停止过前行的脚步。从早期的音乐茶座、歌舞厅、音乐排行榜到唱片工业的勃发及率先发起的造星工程，一直到网络时代的网络歌曲、无线音乐，广东音乐人以敢为人先的姿态以及新的思维、新的观念、新的实践，不断引领着中国内地乐坛的发展趋势，从而使广东成为中国乐坛的重镇及南方最重要的创作与制作基地。

时至今日，广东流行音乐经多年积淀，也已经成为全国著名的音乐品牌，成为当代岭南文化的一个重要分支。

一方水土养一方人，广东流行音乐的发展，离不开改革开放大潮所带来的良好的发展环境与氛围，更离不开当代岭南文化的滋润与熏陶。

关于岭南文化，学界已有很多研究和阐述。在我看来，真正意义上的岭南文化，应是发端于鸦片战争时期，即中国人"睁眼看世界"的时期。这100多年的岭南文化中最重要的两个美学上与观念上的支柱：一是自先秦的南方文化及魏晋南北朝以来的江南文化所形成的区别于北方的审美趣味和审美观；二是海洋文明所带来的开放视野及兼容并蓄的世界观。

广东流行音乐正是在这种当代岭南文化在改革开放背景下催生的一种全新的音乐形态。

它以优美、含蓄、精致区别于北方的壮美、直率、粗犷。

它以直面人生、重视个体的体验和感受区别于以往抒发群体情绪的群众音乐。

它不同于20世纪二三十年代上海现代流行音乐时期那种卿卿我我的单一的柔美风格，而是紧贴时代、紧贴人民大众的一种多元的都市音乐。

它也不同于农业文明时期的民族音乐和工业文明时期的古典音乐，而是与当代科技发展及审美发展密切相关的一种面向世界、紧贴潮流的时尚的音乐。

这本歌曲选收集了广东流行音乐40年来的重要作品，凝聚着众多广东音乐人的才华与成就，读者可从中感受到广东流行音乐的发展脉络与审美流变，而这些歌曲也已然成为我们共同的文化记忆。

在某种意义上，这本歌曲集也可以说是广东改革开放进程的音乐史册及当代岭南文化的音乐画卷，它以音乐的形式记载着这段历史，也诠释着这种独有的文化。

我们将通过这本歌曲选，向广东流行音乐40年历史致敬，向这些优秀的流行音乐作品致敬，也向创作这些优秀作品的"广东音乐人"这一全国公认的、独一无二的以地域命名的音乐群体致敬。

是为序。

2018年6月

（载《广东流行音乐40年歌曲选》2018年版）

《中国流行音乐史》[①] 序

中国流行音乐已经100年了，一直期待着有一本全面记载这段历史的书。

毕竟，这是一段异彩纷呈的历史，一段不应该被遗忘的历史，一段深刻影响着中国艺术发展进程的历史。

在数千年的中国音乐史中，100年只是短短的一瞬，而这100年，却催生了一种全新的音乐形态，一种与世界互相呼应的音乐品种。在这100年里，流行音乐获得了与民族民间音乐及古典音乐并立的地位，并成为拥有最多受众、最大传播效应的主流音乐。

一首《毛毛雨》，拉开了中国现代流行音乐的序幕，那时的上海，成为中国流行音乐的创作、制作中心，而广州，则成为上海之外最重要的表演及传播重镇。

此后，内地流行音乐中断了近30年，香港及台湾地区的流行音乐却因此而风起云涌，保留住了中国流行音乐的一丝血脉。

直至1978年，在改革开放的大潮中，中国当代流行音乐重新崛起。广州作为改革开放发源地，率先登上流行音乐的历史舞台，创造了无数个"第一"，并在此后的岁月中，成为与北京并列的南北两大创作、制作基地。

流行音乐对于中国的重要性，首先在于它对时代和社会的真实反映以及对于人性及人类情感的真实表现。20世纪二三十年代上海那种商业文化及鱼龙混杂的"上海滩"文化，催生了与世界接壤的萌芽时期的中国流行音乐。在这些充满柔情的歌声中，我们窥探到了属于那个时代的中国人的内心世界，感受到了在战争威胁下中国人的抗争与无奈。或许有些消极，有些远离匕首与号角，但也给了我们一个真实完整的社会众生相，并非一句简单粗暴的"醉生梦死"和"靡靡之音"就可以概括的。

对于1949年以后的香港和台湾地区，我们也依然能通过这些流行歌曲感受到香港人对生活的热爱、对社会及经济发展的渴求，了解到台湾人的孤岛意识以及

[①] 《中国流行音乐史》尚未出版。

他们对社会进步和未来的渴望。

改革开放后的中国，随着个体户及个体经济的再度出现，人本主义精神开始抬头并迅速成为整个社会的时代强音，我们开始关注并尊重人的个体价值和个体情感，开始接受并欣赏不同的强烈的个性风格。与此同时，流行音乐也融入时代之中，不同时期的社会思潮、社会现象与审美趣味的变化都在这些歌曲中得到了相应的呈现。可以说，中国当代流行音乐同样记载着整个改革开放的进程，记载着这几十年中国人的喜怒哀乐以及时代前行的足迹。

而在音乐上，流行音乐更是提供了一种全新的审美体验。它以自然的发音方法代替了传统的美声与民族唱法，在强调声音的磁性与质感以及辨识度中给了我们一种前所未有的亲切感和不同的审美愉悦。它以小型、简单的电音乐队代替了传统的庞大乐队，最尖端的科技水平产生了最现代的音乐效果，并以最时尚的方式对中国传统民族民间音乐的精华进行了一次伟大的发展性传承。

百年间，几代音乐人经历了由唱片工业时代至网络音乐时代的巨大变迁，经历了从模仿、学习到原创的艰辛历程，经历了从被误解为靡靡之音到成为全社会的主流音乐的坎坷与辉煌，从而以自立于世界民族音乐之林的姿态，深刻地影响着中国社会并逐步走向了世界。

这100年的中国流行乐坛，留下的不仅仅是众多脍炙人口的优秀作品，也不仅仅是涌现了无数的优秀歌星，更重要的是，它留下了几代音乐人探索前行的足迹，留下了随时代而行的众多新的思维模式及实践模式，同时也留下了给予我们和时代的启示与镜鉴。

我想，这才是这本史书的重要意义。

本书作者伍福生以10年的心血完成了这本百万字的著作，他以详尽的资料和史实勾勒出了这100年来流行音乐的脉络，让我们掌握了历史的真相，触摸到乐坛的温度，也真切地感受到了这段波澜壮阔的历程给我们带来的无数激情与感动。

书是伍福生写的，音乐史是几代音乐人共同创造的。未来的中国流行音乐仍在继续发展，还会有更多的优秀作品、更多的优秀音乐人、更多的音乐事件和现象出现，希望中国流行音乐青山不老、绿水长流，也希望有更多的伍福生们继续记载历史、剖析历史。

历史不仅记载着过去和现在，也预示着明天。

是为序。

（2019年11月28日）

六 乐坛旧事

微博随笔

【乐坛旧事1】鄙人开博的日子是2月22日，因而想起1994年的那一天，应梅老板之约，带了李广平及甘苹、张萌萌、光头李进等去苏州参加唱片订货会。因行事不顺，皆感郁闷，是日天气又奇冷无比，故当晚即觅得一大排档，5人共牛饮高度洋河大曲3瓶，竟无一醉倒。此事至今仍觉不可思议。莫非化悲痛为酒量乎？

【乐坛旧事2】1986年，为参加孔雀杯全国青年首届民歌通俗歌曲大选赛，我给毕晓世的曲填了一首词，名为《父亲》。填完即告之：此歌必拿奖！问何故？答曰：全国都在唱妈妈和母亲，只有我等歌颂父亲，故必拿奖。果不其然，此歌囊括词曲唱三项大奖。可见：写歌重选题，时机很重要。

【乐坛旧事3】当年太平洋影音公司签约歌手伊扬，原名尹征，因发音不响亮，故为其改了名。此帅哥刚出道时的首次演出，第一个出场便雷人无数。因其打的招呼是："大家伊扬，我是你好！"唱完两首歌跟观众告别："谢谢支持！今天演出到此结束！"让后台一大批浓妆艳抹等待出场的歌手一概雷翻。

【乐坛旧事4】90年代初，我带李广平及甘苹等去外地做宣传，下飞机后，忽发现随身携带的宣传资料不见了，正着急中，一空姐快步赶到将资料交给了李广平。甘苹大惑，问空姐怎么会记得他？空姐嫣然一笑，说刚才这位先生一人吃了两个盒饭，故记得。广平尴尬不已，甘苹早已笑翻。由此可见能吃的重要性。

【乐坛旧事5】1994年，南京黄凡、大卫等策划了"光荣与梦想"大型演出，大获成功。在演出结束后的庆功宴上，借着醉意，众人起哄，遂认了甘苹、罗琦、作曲杨虹、企宣赵小敏为干女儿。孰知第二天即发变故，因小敏之夫为张全复是也！阿复对小敏说："你当了干女儿，我不成了干女婿？辈分不对啊！"此次乐坛认亲活动遂告"夭折"。

【乐坛旧事6】我在2000年年底与容中尔甲签约，2001年在广州为其制作《高原红》独唱专辑。录音期间，尔甲突失高音，数天无计可施。兄弟们皆无奈地判定为"例假"所致，幸众人皆醉本座独醒，诊断为"连日湿雨，声带受潮",晚餐时为其点了辣椒一盆喂之以除湿气,是晚容中尔甲果然歌声嘹亮,一发而不可收矣。

【乐坛旧事7】1993年,余派甘苹与陈明赴湛江演出,机票在甘苹处。是日凌晨,陈明准点至机场,苦候未果。飞机起飞后约一小时,甘苹施施然款款而到。两人飞车颠簸10小时赶到湛江(当时无高速路),幸未误演出。陈明如何哭骂不详,只记得咬牙切齿的一句:"我真想'杀'了你!"……

【乐坛旧事8】朱德荣将其歌曲《九月九的酒》注册成酒品牌,消息传出,音乐家们群情雀跃,纷纷蠢蠢欲动。时张全复的《爱情鸟》正大热,亦试图做成酒以卖之。但经众人讨论后,一致认定:《爱情鸟》不宜做酒,最合适的是注册成安全套!阿复当场晕倒。

【乐坛旧事9】林依轮原名林方,1989年首次参加中国唱片公司广州分公司艺术团赴新疆演出,因尚无知名度,首场演出效果一般。后发现其原为霹雳舞高手,乃嘱其于第二场歌曲间奏时一展身手,果全场沸腾,掌声雷动,一时风头无人可及。至于此后在南京"光荣与梦想"大型演唱会的南北较量中,一战成名,则是后话了。

【乐坛旧事10】80年代在中国唱片公司广州分公司为一女孩录音,录得我焦头烂额,虽使尽浑身解数,仍无法助其找到演唱的感觉,终于怒而关机。其母问如何是好?无奈答曰:回去找个人轰轰烈烈失恋一次吧!不料竟歪打正着,数年后,果大有长进。

【乐坛旧事11】本期主角仍是甘苹,不过不是误机,是飞机误点。1993年年末,辽宁电台晓君在沈阳搞了一台乐坛新势力颁奖演唱会,已开场,广州飞机尚未起飞,众皆心脏狂跳。那英为压轴演唱者,无奈连唱了6首歌以拖延时间。幸甘苹最后一刻赶到。那英下台即长叹:"姑奶奶,再不到我成开个唱的了!"

【乐坛旧事12】韩晓当年在广州以一首《我想去桂林》成名,这厮最聪明之处就是到什么山唱什么歌,把"桂林"俩字改成当地地名即可,且屡试不爽,所到之处皆欢声笑语,莺歌燕舞。可谓"一招鲜,吃遍天"啊!

【乐坛旧事13】1992年,陈明以深圳代表队第5人身份参加广东省首届歌舞厅歌手大赛,被余与马小南(兰斋)一眼相中,不约而同打了最高分,遂获冠军。数月后签约并制作其首张个人原创专辑。录音数日,全无感觉。面对其泪眼,不免起怜花惜玉之心,乃嘱其回家自行面壁。半月后回炉竟一气呵成。可见其悟性之高,孺子可教也!

【乐坛旧事14】1994年,我与同行好友在汕头一小饭店消夜,品尝天下第一的潮汕美食。同行在座者有陈珞及杨钰莹等一干歌手。席间，杨钰莹说："左边一个陈老师，右边一个陈老师，左边的陈老师是会伺候人的，右边的陈老师是要人伺候的。"饭罢，此定位便沿袭至今。陈珞越来越勤快，本座则越来越懒。故吾之懒，非懒之罪也！

【乐坛旧事15】广东乐坛某作曲家，素喜以电话形式哼唱新作品。一日，打电话给捞仔（本名吴立群），捞仔正忙，遂推辞。对方坚持。捞仔无奈中心生一计，客套几句后便将手机置于案上，自顾自忙活去了。约半小时后，欲打电话，抓起手机一听，这哥们仍于电话那头唱得正欢……

【乐坛旧事16】90年代中期，广东媒体的文化记者均被娱记取代，天下开始大乱。某报有好事者发文曰：广东乐坛新人出不来，皆因陈小奇等霸占了排行榜。余大怒，遂不再送歌打榜。数年后，又有一文见报，言广东乐坛滑坡，皆因陈小奇不务正业，又办学校，又搞书法，数年未见新歌即可为证。余不再怒，笑晕。

【乐坛旧事17】80年代中期，到湖北武汉参加一流行音乐座谈会。会上一著名老作曲家发言："我从来不听流行音乐，但今天我必须说几句。"接着便把流行音乐痛批了一通。老先生是我极尊重的前辈，可归入从小听其歌长大的那一类，但此言确过分了。未加研究，何以批判？流行音乐也就因这些偏见而被妖魔化了！

【乐坛旧事18】1994年，香港著名词人黄霑先生到广州参加中国流行音乐研讨会，发言时大发感慨："我1985年来担任红棉杯大赛评委时就听你们在讨论流行音乐该不该生存，怎么今天还在说？这是个问题吗？"

【乐坛旧事19】1988年，广州有一驰名中国并注定写入中国流行音乐史的卜通100歌舞厅，很多著名歌手都由此起步从而大红大紫。该歌舞厅由台湾著名音乐人侯德健起名，意为可令人激动，心脏狂跳100下。当时此名字因世人大多不解而引发众多猜测，更有好事者调侃曰：一进门"卜通"一声，100大元没了！

【乐坛旧事20】卜通100乐队号称"国内第一歌厅乐队"，曾参加中央电视台春节联欢晚会及青年歌手电视大奖赛伴奏，成员有捞仔、毕晓笛、李小林、旭仔等，原为中国唱片公司广州分公司艺术团所建，后无偿转让卜通100歌舞厅。队员酷爱运动，羽毛球全套装备超过国家队。90年代狂打保龄球，一日，赴京参加演唱会，演出前才发现忘带了乐器，而球具却一件不少。

【乐坛旧事21】90年代初，我在中国唱片公司广州分公司成立了第一个企划部，开始"造星工程"，1993年调任太平洋影音公司总编辑。此后，广东掀起歌手签约热潮，影响最大的是四大公司［中国唱片公司广州分公司（简称"中唱"）、太平洋影音公司（简称"太平洋"）、广州新时代影音公司（简称"新时代"）、广州珠影白天鹅光盘有限公司（简称"白天鹅"）］。因彼此都是酒肉朋友，便互取绰号取乐：中唱叫中央军，新时代称新四军，白天鹅为白军，太平洋也很不幸，沦落为太平军（成草寇了？！）。

【乐坛旧事22】1983年，余完成了第一首填词歌曲《我的吉他》（旋律为原西班牙民谣《爱的罗曼史》），出版后即成为吉他弹唱热门曲目。数年后被中央电视台音乐纪录片《她把歌声留在中国》选为主题歌。某日，一朋友告知所有刊物均有转载，余大喜，即多方搜集。最后发现，歌谱上均写着"填词：佚名"。遂怒睡三日！

【乐坛旧事23】1993年年初，余先后与甘苹、陈明、李春波及张萌萌等签约。张萌萌与李春波一样同为创作歌手。此君既玩摇滚，又唱情歌，演出时激情十足，长发飘飘，上蹿下跳，大有不把水煮沸不罢休之势。一曲唱罢，必大口喘气不止，意为哥们如此卖力，台下还不给掌声啊？此招一出，果天下无有与其争锋者矣！

【乐坛旧事24】1990年，余之第三首词曲作品《涛声依旧》问世，20年来，常有媒体追问创作缘起，余均老实答曰：于洗手间之马桶上偶得之。孰料无人相信，余之所言均被视为笑谈，大约以为此等不洁之地断不能产生如此雅品，须得焚香沐浴净手方能证得。然虽有违记者之期待，吾仍不改其口，且不笑也。

【乐坛旧事25】1993年，余携甘苹赴汕头某书店签名售带。因属首创之故，该书店人满为患。约10分钟后，玻璃门及柜台均告爆裂。为安全起见，即躲至侧门一铁栅后继续狂签。当天下午共签售《大哥你好吗》专辑近千盒。专辑售罄之时，汗流浃背推门而出，颇有逃出动物园、飞越疯人院之感。此后数日，犹觉手足发抖。

【乐坛旧事26】光头李进以李广平的《你在他乡还好吗》一曲成名。当年在广州刚出道时，他便率先购置了摩托车，羡煞不少人。此君酷爱穿长风衣，一日，天降大雨，光哥驾车回太平洋影音公司，因车矮衣长，且雨天视线模糊，惹得旁边一观者大为惊讶：哇！这哥们怎么走路也能走得这么快啊？

【乐坛旧事27】80年代中期，中国唱片公司广州分公司在广州承办了两场南方日报社社庆晚会。刚出道不久的郁钧剑也参加了，排练时效果一般，乃嘱其改唱一首粤语歌《大地恩情》。他怕唱不准，余谓：就算唱得准也不得唱准，如此方有效果！甫一开口，全场笑翻，虽只唱对5%，却以其雷人程度让全场沸腾、掌声雷动、快乐无比。

【乐坛旧事28】 1993年，余调任太平洋影音公司副总经理，不久即率太平洋艺术团赴江苏演出，当晚与李广平同居一室。广平一上床即鼾声大作，初为单声道，继为双声道，后发展为5.0环绕立体声。余以枕堵耳数尽千羊仍无法入睡，只得逃至室外走廊打坐。天亮，众歌手见状均对吾深表同情，唯广平仍于床上打鼾不止。

【乐坛旧事29】 90年代后期开始，音乐人为求生存，不得不大量接收自费歌手，其中不乏玩票性质的，水准自是不敢恭维。某日，北京一音乐人录音时实在无法忍受，遂关掉对讲器，躲至调音台下狂扇自己嘴巴，痛骂："谁让你赚这种钱！"稍后起身调整心情，复笑容可掬地对演唱者说："唱得不错！再来一遍！"

【乐坛旧事30】 1993年3月25日，广州电台率先向词曲作者发放了中国历史上第一笔播出版税：每首歌支付一块钱！本人代表当年的广东省通俗音乐研究会接过了一张硕大的年度支票。当晚，人均获数十元的音乐人分头聚会狂醉了一顿，喜极而吐者人数不详。可怜此盛举第二年即告流产，只剩些酒菜仍令人久久回味！

【乐坛旧事31】 几天前高翔在微博上谈及春茗一事，颇生感慨。自2005年春茗后，广东乐坛的开春晚宴便成了协会的一大品牌，至今已吃了五六次了罢？每次均云集数百人，把盏谈心，歌声嘹亮，其乐融融。殊不知大家都吃成习惯了，一到年底便催问何时吃饭啊？倒像是俺欠了什么债似的。冤啊！

【乐坛旧事32】 1998年，余出任电视连续剧《姐妹》制片人，原定捞仔任歌曲编配及全剧作曲，知其一贯"流嘢"（不靠谱）且时间紧张，故寻得一晚，与导演袁军径赴其家中督战。开工未几，捞仔即接一电话，信誓旦旦曰出去几分钟即回。余与袁军无奈苦候至天亮，其间酣睡数次醒来仍杳无音讯，只得咬牙切齿，悻悻而归。

【乐坛旧事33】 《九月九的酒》作曲者朱德荣当年也曾是个不靠谱的主。一日，来电曰有事相商，须到家一晤。余在家苦等一个多小时未至，去电询之，答曰即到。又一小时，复去电，答曰已快到吾楼下矣。余疑之，遂直接致电其住家座机，电话那头传来一沙哑男声："喂……"此仁兄竟然尚未出门！

【乐坛旧事34】 当年广东乐坛的词曲作者在录音时都需做监制，于是好事者都称之为"某监"。如毕晓世叫"毕监"，李海鹰叫"海监"，王文光叫"文监",张全复叫"全监",朱德荣叫"朱监",李汉颖叫"汉监",而许建强和解承强最不堪,因都有个"强"字,故都被称为"强……"(不好意思说了)

【乐坛旧事35】广东乐坛原有四匹"马":本人加解承强、李海鹰、朱德荣,均为同龄人,号称"驷马难追"。一日,与《真的好想你》及《牵挂你的人是我》的词作者杨湘粤谈起,此君大呼:"我也是同龄啊!"初甚喜,引以为傲。后仔细一想,不对了!四马变五马,"驷马难追"成"五马分尸"了,郁闷!

【乐坛旧事36】大约是1994年吧,李广平和林静结婚,本人作证婚人致辞,说了一句:"两位是第一次结婚……"宾客们笑哄:"还有第二次啊?"2010年,高翔结婚,本人又作证婚人致辞,敦请全场所有来宾共同见证两位新人白头偕老,宾客们又起哄:"想断了高翔后路啊?"结论:喜酒不能喝上瘾,后果很严重!

【乐坛旧事37】80年代中后期,广东某音乐人引领潮流买了摩托车,一日,误闯红灯,被交警拦住。此公急中生智,忙谓:"某某歌是我写的。"恰此交警是歌迷,遂放其一马,此后几次均以此法安然脱身。数月后又违章,再次祭出此法宝,孰料此交警横眉叱曰:"切!我都不听歌的!"……此公只得认罚了事。

【乐坛旧事38】某作曲家用餐时听到一歌,即大赞。朋友提醒是他的作品,作曲家恍然大悟:"怪不得这么好听!"此事成为笑谈。旋想起数年前与李广平赴九寨沟,回程时在茂县一小店用餐,服务员为我们唱羌族民歌,听着总觉得耳熟,后广平说竟是我为彝族"山鹰组合"写的《七月火把节》!好险!幸未赞此歌好听!

【乐坛旧事39】80年代初,广东省音乐家协会为煤矿题材征歌,每首词3元,写了就有。当时我还在大学读书,被在广东省音乐家协会工作的陈洁明一忽悠,即连写25首,获平生第一笔歌词稿费75元。后此君调往《现代人报》,90年代初,我为山歌皇后徐秋菊作一客家话流行歌曲专辑,遂反约其填词,每首5000元,是为投桃报李也!

【乐坛旧事40】光头李进成名后即将歌名作为问候语,见谁都一鞠躬一伸手:"你在他乡还好吗?"音乐人见之亦互相打趣:毕晓世的问候语为:"轻轻地告诉你"(神秘地);杨湘粤为"牵挂你的人是我"(作深情状);李汉颖为"真的好想你"(嗲嗲地);陈洁明最难堪,他的问候语是:"我的爱对你说"……

【乐坛旧事41】1994年在南京举办的"光荣与梦想"大型演唱会，集中了广东与北京的新生代签约歌手，遂无形中成了南北对抗，其激烈程度无与伦比。广东媒体人钮海津见状大发灵感，竟起了当一把裁判之心。回来后写了洋洋万言的全版文章，逐一分类打分，结论是广东以0.1分险胜！故"光荣"归广东，"梦想"归北京。北京大哗，愤怒无比。

【乐坛旧事42】80年代初期，广东某著名男歌手最拿手的曲目是日本歌曲《娜拉》，为强化演出效果，每次演出都敞胸露怀，并用眉笔在胸口画上一堆胸毛，此招一出，果然威猛不可方物。一日，天气大热，汗流浃背之中，所画"胸毛"彻底沦陷，胸口黑漆漆一片，"日本歌手"惨变"黑人歌手"，万幸的是，台下气氛更为狂热。

【乐坛旧事43】某录音师事业有成，买了一辆座驾，因其个头不够高大，故每次都须把驾驶座位往前挪半个身位。卜通100乐队的李小林见状大异："你什么时候买了三排座的车了？"

【乐坛旧事44】某著名编曲平时有些口吃，一日，另一音乐人开车需倒车泊位，此君义不容辞出任倒车指挥，遂大声喊叫："倒、倒……"只听得一声轰响，汽车屁股已结结实实地撞到围墙上，此君的"停"字方才出口。

【乐坛旧事45】旗下某女歌手刚刚出道，因是舞蹈演员出身，故为其度身定制了一串舞蹈动作用于前奏时表演之用。音乐起，一段舞蹈令人赏心悦目，等到开口演唱时突然手足无措，静场3秒后才发现，光顾着记舞蹈动作，忘拿话筒了！

【乐坛旧事46】因规定签约歌手上台演唱必唱原创歌曲，且都是新歌，故常常会唱错歌词，偏偏像我这类写歌词出身的制作人最不能容忍的就是唱错词。一日，甘苹上台演唱时又唱错了词，下来后惴惴不安地看着脸色铁青的我懦嗫地小声说："不好意思，陈老师我又唱错了。"我冷冷一笑："算你命好，要不是我这皮鞋是新买的，我早把它扔上去了！"

【乐坛旧事47】1991年年底，中国唱片公司广州分公司副总孟春明说在一个比赛中发现了一个新人，叫甘苹，建议我们签下她。最初约定了一个时间见面，孰知我和马小南空等了两个钟头竟然踪影全无！我们两人大怒拂袖而去。后虽然最终签了约，但此事始终让我们无法释怀。过了近30年，才由林萍解了密：原来她觉得天下哪有这等好事，以为我们肯定是骗子！她居然跑到省军区领导那里足足咨询了两个钟头！这件事告诉我们，好事太好了都是值得怀疑的！

【乐坛旧事48】某著名编曲最著名的是不守时。一次，到了录音时间不见人影，急去电，答曰："太忙，过两天吧！"两天后复不见人影，再去电，答曰："歌谱看不清楚，速再传一份！"虽明知是借口，也只能继续苦候。又过两天，从约好的早上8点一直等到晚上8点，大神终于现身，态度奇好、笑容可掬地说："你看，我多准时，说8点就8点。"众人面面相觑，皆哭笑不得。

【乐坛旧事49】80年代后期，余仅30出头，因发表了众多歌词，且喜用些古典意象，加上常合作的作曲家马小南笔名叫"兰斋"，故不少年轻歌迷都以为余乃台湾老作者。当时通信手段落后，交流基本靠通信，喜欢歌词的中小学生近乎每人一本笔记本用来抄写，且常以信件表达对歌星及词曲作家的崇敬之心。一日，又收到十几封学生来信，拆开一看，抬头均写着"陈小奇爷爷"，余瞬间沧桑感暴涨！

【乐坛旧事50】歌手都喜用艺名，一来视觉、听觉更佳，二来亦可改运加分。林依轮原名林方，火风原名霍烽，改名后均星途灿烂。甘苹原名甘平，余觉得太土，遂根据其八字及公司的形象定位，改为"青苹果"的"苹"，效果也不错，只是后来仍被一些媒体写成"萍"，又俗了！张咪以一曲《灞桥柳》成名，大红大紫之时，突改为张弥，问之，曰查过邓丽君的名字笔画很好，故改了。只可惜不到两三年，笔画很好的邓丽君突然英年早逝了。

【乐坛旧事51】1990年，广东通俗音乐研究会成立，本人被推举为会长。李海鹰原自告奋勇担任秘书长，成立之前不干了，遂改为朱德荣担任。一年不到，朱德荣也觉得干不了，复改为由词作者许军军担纲。两年后，学会在中山大学搞第八次新歌演唱会，演出后所有人都庆功去了，只剩下我和许军军两人压车把从中唱艺术团借的灯光音响搬回去。时恰逢冷雨漫天，又累又乏，故自掏腰包去大排档压惊。孰料半瓶白酒竟把这七尺汉子喝得梨花带雨，大呼道："这秘书长真不是人干的！"不久，此君移民加拿大，从此再无音讯。

【乐坛旧事52】旗下俩女歌手，一稍瘦，一稍胖。一日，身穿新演出服问余感觉如何？余轻声调侃曰：很好，一个是该有的都有，该没有的也都有；一个是该没有的都没有，该有的也都没有。二女大怒，余仓皇逃窜。又一次，与一男一女俩歌手出门，左女右男。路上问余又在想什么歌词了？笑答曰：想起了朱明瑛那首《回娘家》的歌词，"左手一只鸡，右手一只鸭"。乱拳之下，复落荒而逃。

【乐坛旧事53】1992年中国唱片公司广州分公司成立了国内唱片业第一个企划部，吾与马小南皆为烟民，开会时喜吞云吐雾，李广平偶尔也抽几口助兴。一日，小南怼其曰：你这小子怎么从来都不带烟的？广平大惭。数日后，突出示香烟一包飨客（自己买的抑或别人送的不详），小南大喜，夸得广平天上有地下没有的。惜此后又回复如初，问何故，答曰：钱都交太太了，身无余粮哦！

【乐坛旧事54】90年代的录音歌手有不少都是不识谱的。一日，为陈少华录我的《九九女儿红》，歌谱已提前给了半个月，进棚时才尴尬地说他不会看谱，众人皆"仆街"。无奈只能死马当活马医，遂开机，教一句录一句，全部录下来后，嘱其自己在棚里听，吾等出外抽烟三支以观后效。孰料此子确有天分，回来后竟一次过，令众人出乎意料。

【乐坛旧事55】1990年开始，汕头海洋音像公司推出潮语流行歌曲。余在录《一壶好茶一壶月》时，觉得当时的本地歌手唱潮语歌曲总有些潮剧腔，想找个流行味更足的歌手来演唱，有人推荐了黎田康子，听了觉得演唱风格不错就定了。进棚时才发现此妞是湖北歌手，完全不会说潮汕话！无奈之下只能一字一字地教，一句一句地录。好在"天不灭曹"，录完后众人皆喜大普奔，此歌也就此成了黎田康子的代表作。

【乐坛旧事56】北京"四大闲人"（金兆钧、宋小明、张树荣、秦杰）与广东乐坛素来交情不错。一日，张树荣"潜入"广州，因参加一个政府活动，故未声张。有好事者偷偷报料，余乃在微博上发出"通缉令"，音乐人竞相转发，一时满城风雨。张树荣无奈，只得于当晚"投案自首"，第二天应邀赴宴，此事翻篇。

【乐坛旧事57】《大哥你好吗》一歌问世后，有一段时间成了东北夜总会的压轴曲目。女歌手演唱时必走下舞台，一桌一桌深情款款地用"大哥你好吗"问候着老板们，由此收获老板们捐赠的花篮无数。鄙人惊诧而得意之余，不禁叩问自己：难不成我写的是乞讨歌？

【乐坛旧事58】写歌之人都不免有些难言之隐。一日，为某政府机构写歌，初稿写完，信心满满，却不料对方不甚满意，交来两页纸的"关键词"，告诉我这些内容都很重要。纳闷了数天，终于灵台澄明，脑洞大开。遂将所有"关键词"分行排列并押韵成歌，交货后竟获称赞无数，后据说还送北京参赛并勇夺金奖。

【乐坛旧事59】1993年6月初，余率李广平及旗下歌手甘苹、李春波、陈明、张萌萌等赴北京举办中国唱片公司广州分公司歌手推介会。是日，天气炎热，现场来了100多家媒体，反响之热烈令吾等始料不及。当晚，金兆钧携笔记本及啤酒数箱与我盘坐地上促膝长谈至天亮，从此知道此兄喝啤酒一瓶即显微醺之态，然数箱之后却依然神色如初，可谓奇人也！

【乐坛旧事60】 余1983年开始填词，第一首《我的吉他》填了3天才告完成。此后摸清规律，越写越顺，每年均可填词百首以上。记忆中最多一次竟日填9首——楼下录音棚在等着，填好一首即有人上7楼余住处索取，拿到后即下楼交由歌手当场录唱。幸好余当时年轻，虽火急火燎一身臭汗仍不失从容之态，只是写完后几乎虚脱，靠着一壶人参水方得以续命。

大事记 陈小奇

- **1954年** 农历四月十一日（阳历5月13日）出生于普宁县流沙镇人民医院（祖籍为普宁县赤岗镇陈厝寨村）
- **1961年** 移居揭西县棉湖镇外婆家，就读棉湖解放路小学
- **1965年** 随父母工作调动移居梅县，并转学梅县人民小学
- **1966年** "文化大革命"期间，开始自学并自制笛子、二胡等乐器

  自学美术、书法
- **1967年** 入读梅县东山中学

  开始格律诗词创作

  自学小提琴

  担任班级墙报委员
- **1969年** 担任学校宣传队乐队主要乐手并自学唢呐、三弦、月琴、东风管等乐器
- **1971年** 以小提琴手身份代表学校参加梅县地区中学生汇演
- **1972年** 高中毕业并分配到位于平远县的梅县地区第二汽车配件厂当翻砂工及混合铸工

  担任厂宣传队队长兼乐队队长，开始歌曲创作
- **1975年** 调任厂政保股资料员，负责公文及汇报资料的撰写，并担任工厂团总支副书记

  借调梅县地区机械局宣传队，任小提琴手，创作舞蹈音乐《红色机

修工》

在工厂参与绘制大幅毛主席像（油画）及工厂围墙大幅美术字标语

1978年　考入中山大学中文系

在入学军训晚会以自制啤酒瓶乐器演奏"青瓶乐"

格律诗词《满江红》在《梅州日报》发表

开始现代诗创作，担任中山大学学生文学刊物《红豆》诗歌组编辑

参加中山大学民乐队，分别任高胡、大提琴、扬琴乐手

1979年　创作独幕话剧《恭喜发财》（由中文系78级学生演出）

1980年　参与创建中山大学紫荆诗社，任副社长

书法作品被中山大学选送参加首届全国大学生书法大赛

开始话剧、电视剧、舞剧、小说、散文等创作尝试

在《羊城晚报》及《作品》等报刊发表现代诗

1981年　暑假首次赴北京，拜访了北岛、江河等朦胧诗派代表诗人

创作歌曲《我爱这金色的校园》获中山大学文艺汇演三等奖

1982年　在《岭南音乐》发表第一首歌曲《我爱这金色的校园》（陈小奇词曲）

从中山大学中文系本科毕业，任职中国唱片公司广州分公司戏曲编辑，此后录制了多个潮剧、山歌剧及《梁素珍广东汉剧独唱专辑》《陈育明琼剧独唱专辑》等

在《花城》《星星》《作品》《特区文学》《青年诗坛》等刊物发表多首现代诗歌，成为广东主要青年诗人

1983年　创作流行歌曲填词处女作《我的吉他》（原曲为西班牙民谣《爱的罗曼史》），以词作家身份进入流行乐坛

1984年　工作之余为中国唱片公司广州分公司、太平洋影音公司及多家音像公司填词100多首，同时开始《敦煌梦》（陈小奇词、兰斋曲）、《东方魂》（陈小奇词、兰斋曲）、《小溪》（陈小奇词、兰斋曲）等原创歌曲的填词创作

1985年　《黄昏的海滩》（陈小奇词、李海鹰曲）、《敦煌梦》（陈小奇词、

兰斋曲）获国内第一个流行音乐创作演唱大赛——"红棉杯85羊城新歌新风新人大奖赛"十大新歌奖

1986年　《梦江南》（陈小奇词、李海鹰曲）、《父亲》（陈小奇词、毕晓世曲）入选第一个全国流行音乐大赛——由中国音乐家协会主办的全国青年首届民歌通俗歌曲孔雀杯大选赛八大金曲，《父亲》获作词牡丹奖

现代人报社举办内地流行乐坛第一次个人作品研讨会——"陈小奇个人作品研讨会"

编辑、制作全国第一张校园歌曲专辑——中山大学学生作品《向大海》盒式磁带

1987年　《秋千》（陈小奇词、张全复曲）获广东电台"兔年金曲擂台赛"冠军

《满天烛火》（陈小奇词、兰斋曲）获首届广东十大广播歌曲"健牌"大奖赛十大金曲奖

《九龙壁》（陈小奇词、兰斋曲）获'87五省（一市）校园歌曲创作、演唱电视大赛总决赛作词三等奖

《我不再等待》（陈小奇词、兰斋曲）获'87五省（一市）校园歌曲创作、演唱电视大赛总决赛优秀作词奖

《我不再等待》（陈小奇词、兰斋曲）、《九龙壁》（陈小奇词、兰斋曲）、《龙的命运》（陈小奇词、毕晓世曲）获'87五省（一市）校园歌曲创作、演唱电视大赛广东赛区优秀作词奖

《我的吉他》被中央电视台音乐纪录片《她把歌声留在中国》选用为主题歌

出席在武汉举办的全国流行歌曲研讨会

应邀参加中山大学承办的全国高校古典诗词研讨会并作歌词创作发言

1988年　《船夫》获文化部、中国音乐家协会、中国音乐文学学会主办的首届虹雨杯歌词大奖赛三等奖

《龙的命运》（陈小奇词、毕晓世曲）、《船夫》（陈小奇词、梁军

曲）分别获上海"华声曲"歌曲创作大赛一等奖、二等奖，《黑色的眼睛》（陈小奇词、兰斋曲）、《七夕》（陈小奇词、李海鹰曲）获纪念奖

《湘灵》（陈小奇词、兰斋曲）获首届京沪粤"健牌"广播歌曲总决赛银奖及第二届广东十大广播歌曲"健牌"大奖赛最佳创作奖

《船夫》（陈小奇词、梁军曲）、《问夕阳》（陈小奇词、兰斋曲）、《湘灵》（陈小奇词、兰斋曲）获第二届广东十大广播歌曲"健牌"大奖赛十大金曲奖

《山沟沟》（陈小奇词、毕晓世曲，那英演唱）入选"世界环境保护年百名歌星演唱会"

报告文学《在风险的漩涡中》获南方日报社、广东省作家协会联合举办的"保险征文"一等奖

出版《陈小奇作词歌曲专辑》盒带

在"新空气乐队华师演唱会"上首次客串主持人

1989年 《黎母山恋歌》（陈小奇词、兰斋曲）获第二届京沪粤"健牌"广播歌曲总决赛金奖及第三届广东十大广播歌曲"健牌"大奖赛最受欢迎大奖

《黎母山恋歌》（陈小奇词、兰斋曲）、《古战场情思》（原名《天苍苍地茫茫》，陈小奇词、梁军曲）获第三届广东十大广播歌曲"健牌"大奖赛十大金曲奖

《兰花伞》（陈小奇词、兰斋曲）获首届中国校园歌曲创作大奖赛三等奖

《黑色的眼睛》（陈小奇词、兰斋曲）、《魔方世界》（陈小奇词、兰斋曲）获首届中国校园歌曲创作大奖赛优秀奖

《山沟沟》（陈小奇词、毕晓世曲）、《苗山摇滚》（陈小奇词、罗鲁斌曲）获'88山水金曲大赛十大金曲奖

《山沟沟》（陈小奇词、毕晓世曲）获广东电台"蛇年金曲擂台赛"冠军

出版国内第一本流行音乐词作家专辑《草地摇滚——陈小奇作词歌曲100首》歌曲集（广东旅游出版社）

创作中国第一首企业形象歌曲——太阳神企业《当太阳升起的时候》（陈小奇词、解承强曲）

1990年 《牧野情歌》（陈小奇词、李海鹰曲、李玲玉演唱）入选中央电视台春节联欢晚会

成立广东通俗音乐研究会，被推选为首届会长

担任"特美思杯"深圳十大电视歌星大赛总决赛评委

担任第一届全国影视十佳歌手大赛总评委

《灞桥柳》（陈小奇词、颂今曲）、《风还在刮》（陈小奇词、兰斋曲）获第四届广东创作歌曲"健牌"大奖赛十大金曲奖

《不夜城》（陈小奇词）获浙江省"东港杯"广播新歌征评二等奖

创作潮语歌曲《苦恋》（陈小奇词、宋书华曲）、《彩云飞》（陈小奇词、兰斋曲）等，开创国内第一个本土方言流行歌曲品种——潮语流行歌曲时代

创作汕头国际大酒店形象歌曲《月下金凤花》（陈小奇词、兰斋曲），并担任该歌曲的全市演唱大赛总决赛评委

开始作曲，以《涛声依旧》（陈小奇词曲）完成由填词人向词曲作家的身份转变

1991年 歌曲《跨越巅峰》（陈小奇词、兰斋曲）被评选为首届世界女子足球锦标赛会歌，成为中国内地第一首大型体育赛事会歌的流行歌曲

《涛声依旧》（陈小奇词曲）、《把温柔留在握别的手》（陈小奇词、李海鹰曲）获第五届广东创作歌曲"健牌"大奖赛十大金曲奖

担任"省港杯歌唱大赛"总决赛评委

兼任中国唱片公司广州分公司艺术团团长并创建中国唱片公司广州分公司艺术团乐队（后改为"卜通100乐队"）

创作潮语歌曲《一壶好茶一壶月》（陈小奇词曲），成为潮语歌曲经典

1992年	创作、制作中国内地第一张客家方言流行歌曲专辑《徐秋菊独唱专辑》，创作《乡情是酒爱是金》（陈小奇词、杨戈阳曲）等多首歌曲

创立中国唱片业第一个企划部（中国唱片公司广州分公司企划部）并担任主任，开始"造星工程"，陆续与甘苹、李春波、陈明、张萌萌等签约，推出第一张签约歌手专辑——甘苹的《大哥你好吗》

在广州友谊剧院举办两场中国流行音乐界第一次个人作品演唱会——"风雅颂——陈小奇个人作品演唱会"

担任第二届全国影视十佳歌手大赛评委

担任首届广东省歌舞厅歌手大赛总决赛评委

担任海南国际椰子节歌唱大赛总决赛评委

担任广州与台北合作的海峡两岸第一个流行音乐大赛——穗台杯歌唱大赛总决赛评委

《我不想说》（陈小奇、李海鹰词，李海鹰曲）、《拥抱明天》（陈小奇词、毕晓世曲）获中央电视台第五届全国青年歌手"五洲杯"电视大奖赛歌曲评选一等奖

《我不想说》（陈小奇、李海鹰词，李海鹰曲）、《等你在老地方》（陈小奇词、张全复曲）分获中国首届电视剧优秀歌曲评选（1958—1991）金奖和铜奖

《空谷》（陈小奇词、颂今曲）、《写你》（陈小奇词、解承强曲）获"华声杯"全国磁带歌曲新作新人金奖赛银奖，《外婆桥》（陈小奇词、颂今曲）获优秀奖

《九亿个心愿》（陈小奇词、兰斋曲）入选中华人民共和国第二届农民运动会歌曲

《我不想说》（陈小奇、李海鹰词，李海鹰曲）获第六届广东创作歌曲"健牌"大奖赛最佳创作奖

《我不想说》（陈小奇、李海鹰词，李海鹰曲）、《为我们的今天喝采》（陈小奇、解承强词，解承强曲）、《红月亮》（陈小奇词、刘克曲）获第六届广东创作歌曲"健牌"大奖赛十大金曲奖

《大哥你好吗》（陈小奇词曲）获"岭南新歌榜"十大金曲及最佳作词奖，《为我们的今天喝彩》（陈小奇、解承强词，解承强曲）获"岭南新歌榜"十大金曲及最佳音乐奖和监制奖

1993年 歌曲《涛声依旧》（陈小奇词曲、毛宁演唱）、《为我们的今天喝彩》（陈小奇、解承强词，解承强曲，林萍演唱）入选中央电视台春节联欢晚会，《涛声依旧》迅速风靡全国

《大哥你好吗》（陈小奇词曲、甘苹演唱）入选中央电视台"三八"妇女节晚会

在中国唱片公司广州分公司推出李春波《小芳》专辑，引发民谣热

在中国唱片公司广州分公司制作陈明《相信你总会被我感动》专辑

率甘苹、李春波、陈明、张萌萌等在北京举办中国唱片公司广州分公司签约歌手发布会，在全国掀起签约歌手热潮

获音乐副编审职称

调任太平洋影音公司总编辑、副总经理，先后与甘苹、张萌萌、"光头"李进、陈少华、伊洋、廖百威、火风等签约

在太平洋影音公司推出甘苹《疼你的人》及"光头"李进《你在他乡还好吗》个人专辑

担任首届沪粤港歌唱大赛总决赛评委

《相信你总会被我感动》（陈小奇词、梁军曲）、《把不肯装饰的心给你》（陈小奇词、兰斋曲）获第七届广东创作歌曲大奖赛十大金曲奖

《疼你的人》（陈小奇词曲）获"岭南新歌榜"九三年度十大金曲最佳作词奖

《疼你的人》（陈小奇词曲）、《相信你总会被我感动》（陈小奇词、梁军曲）获"岭南新歌榜"九三年度十大金曲奖

《相信你总会被我感动》（陈小奇词、梁军曲）获"爱人杯"广州1993年度原创十大金曲最佳作词金奖

《大哥你好吗》（陈小奇词曲）、《相信你总会被我感动》（陈小奇

词、梁军曲）获"爱人杯"广州1993年度原创十大金曲奖

出版《涛声依旧——陈小奇个人作品专辑》CD唱片

1994年 《涛声依旧》（陈小奇词曲）获中央人民广播电台评选的"中国十大金曲"第二名

《我不想说》（陈小奇、李海鹰词，李海鹰曲）获北京音乐台1993—1994年度金曲奖

签约并推出第一个彝族流行歌手组合"山鹰组合"，创作《走出大凉山》《七月火把节》等歌曲，首次把彝族流行歌曲推向全国

在太平洋影音公司推出甘苹的《亲亲美人鱼》、"光头"李进的《巴山夜雨》、廖百威的个人专辑《问心无愧》和山鹰组合的原创演唱专辑《走出大凉山》以及第一个广东摇滚乐队合辑《南方大摇滚》

参加中共广州市委宣传部主办的首届全国流行音乐研讨会并作主题发言

在深圳体育馆举办"涛声依旧——陈小奇个人作品演唱会"

《大哥你好吗》（陈小奇词曲）获中央电视台第六届全国青年歌手"五洲杯"电视大奖赛作品一等奖、"群星耀东方"第一届十大金曲奖

《涛声依旧》（陈小奇词曲）获"群星耀东方"第一届最佳作词奖及十大金曲奖

《三个和尚》（陈小奇词曲）获全国少年儿童歌曲新作创作奖

《三个和尚》（陈小奇词曲）获上海东方电视台MTV展评最佳作词奖

《三个和尚》（陈小奇词曲）、《大哥你好吗》（陈小奇词曲）获中央电视台MTV大赛铜奖

《白云深处》（陈小奇词曲）获第八届广东创作歌曲大奖赛年度十大金曲奖

《假日我在路上等着你》（陈小奇词、兰斋曲）入选中华人民共和国第六届中学生运动会歌曲

《涛声依旧》歌词入选上海高考试卷，此后多次入选各地中学语文

教案

1995年　获1994—1995年度原创音乐榜最杰出音乐人奖

获中国流行音乐新势力巡礼音乐人成就奖

受邀担任哈萨克斯坦第六届亚洲之声国际流行音乐大奖赛唯一中国评委

担任京沪粤歌唱大赛总决赛评委

担任上海东方新人歌唱大赛总决赛评委

《九九女儿红》（陈小奇词曲）获"岭南新歌榜"十大金曲及年度最佳作曲奖

《巴山夜雨》（陈小奇词曲）获"岭南新歌榜"年度最佳作词奖

推出陈少华的《九九女儿红》、火风的个人专辑《大花轿》

主办并主持中国流行音乐杭州研讨会，发布规范签约歌手制度的《杭州宣言》

1996年　在"中国当代歌坛经典回顾活动展"中获"1986—1996年度中国十大词曲作家奖"

在"中国流行歌坛十年回顾活动"中获"中国流行歌坛十年成就奖"

担任海南国际椰子节歌唱大赛总决赛评委

《朝云暮雨》（陈小奇词曲）获中央电视台MTV大赛银奖

1997年　《拥抱明天》（陈小奇词，毕晓世曲，林萍、毛宁、江涛演唱）入选中央电视台春节联欢晚会

在广东画院举办"陈小奇自书歌词书法展"

出版《陈小奇自书歌词选》书法作品集（岭南美术出版社）

广东电视台拍摄播出专题纪录片《词坛墨客——陈小奇》

调任广州电视台音乐总监、文艺部副主任

创立广州陈小奇音乐有限公司

担任上海东方新人歌唱大赛总决赛评委

获"广东广播新歌榜"1997年度乐坛贡献奖

《我不想说》（陈小奇、李海鹰词，李海鹰曲）、《拥抱明天》（陈

小奇词、毕晓世曲）获东方电视台"90年代观众最喜爱的电视歌曲作词奖"

《朝云暮雨》（陈小奇词曲）获罗马尼亚国际MTV大赛金奖

参加广州首届名城名人运动会，获围棋比赛第三名

被推选为广东棋文化促进会副会长

1998年 当选为中国音乐文学学会第五届主席团成员

当选为广州市文学艺术界联合会第五届副主席

创办广州陈小奇流行音乐研习院，培养了金池、乌兰托娅等著名歌手

担任制片人，拍摄制作20集电视连续剧《姐妹》（《外来妹》续集）

担任上海东方新人歌唱大赛总决赛评委

在汕头林百欣国际会展中心举办流行乐坛第三次个人作品交响合唱音乐会——"涛声依旧——陈小奇歌曲作品·98汕头交响演唱会"

1999年 策划、承办"首届全国旅游歌曲大赛"（国家旅游局主办），首次提出"旅游歌曲"概念

《烟花三月》（陈小奇词曲）、《月下金凤花》（陈小奇词、兰斋曲）、《绿水青山我的爱》（陈小奇词、刘克曲）等获首届全国旅游歌曲大赛金奖

《烟花三月》（陈小奇词曲）获"广东广播新歌榜"1999年度最佳作词奖

《马背天涯》（陈小奇词、王赴戎曲）获1999年上海亚洲音乐节"世纪风"中国原创歌曲大赛金曲奖

《春天的绿叶》（陈小奇词、兰斋曲）、《健康美容歌》（段春花词、陈小奇曲）获文化部全国首届企业歌曲大赛铜奖

作为制片人制作的电视连续剧《姐妹》（《外来妹》续集）获第十七届中国电视金鹰奖优秀长篇电视剧奖，主题歌《我的好姐妹》（陈小奇词曲）获第十七届中国电视金鹰奖优秀电视剧歌曲奖

电视连续剧《姐妹》（《外来妹》续集）获第六届"广东省鲁迅文学艺术奖（艺术类）"

《烟花三月》（陈小奇词曲）获中央人民广播电台华夏原创金曲榜1999年度十大金曲奖

2000年　担任第九届"步步高杯"中央电视台全国青年歌手电视大奖赛总决赛评委

担任上海亚洲音乐节亚洲新人歌手大赛总决赛国际评委

担任上海亚洲音乐节歌唱组合大赛总决赛国际评委

担任全球华人新秀歌唱大赛广东赛区总决赛评委

《涛声依旧》（陈小奇词曲）获中央电视台"中国二十世纪经典歌曲评选20首金曲""中国原创歌坛20年金曲评选30首金曲"

获"广东广播新歌榜"改革开放20年"广东原创乐坛成就奖"

在第二届"您最喜爱的影视歌曲评选活动"中被评为"最喜爱的词作家"

《烟花三月》（陈小奇词曲）被定为扬州市形象歌曲及每年一届的"烟花三月旅游节"主题歌

2001年　签约并推出第一个"藏族流行歌王"——容中尔甲及其个人专辑《高原红》

担任全球华人新秀歌唱大赛总决赛国际评委

《又见彩虹》（陈小奇词、李小兵曲）被评定为中华人民共和国第九届运动会会歌

《又见彩虹》（陈小奇词、李小兵曲）获"广东新歌榜"2001年度歌曲创作大奖

《永远的眷恋》（陈小奇词曲）在中央电视台全国城市歌曲评选中获金奖

《母亲》（陈小奇词、颂今曲）在中国妇女联合会、中国音乐家协会"全国首届母亲之歌"征集活动中获优秀歌曲奖

《我的好姐妹》（陈小奇词曲）获第三届"广州文艺奖"宣传文化精品奖

2002年　正式注册成立广东省流行音乐学会并被推选为该学会主席

由中国音乐文学学会主编的《中国当代歌词史》以千字篇幅介绍"陈小奇专题"

担任2002年春节外国人中华才艺大赛总决赛评委（北京电视台等全国十家电视台主办）

担任第五届上海亚洲音乐节中国新人歌手选拔赛总决赛评委会主任

担任首届南方新丝路模特大赛广东赛区总决赛评委

担任阳江旅游使者形象大赛总决赛评委

担任湛江"南珠小姐"大赛总决赛评委

《高原红》（陈小奇词曲）、《又见彩虹》（陈小奇词、李小兵曲）获第二届中国音乐金钟奖

《人民的儿子》（陈小奇词、程大兆曲，电影《邓小平》主题歌）获中共广东省委宣传部"颂歌献给党——迎接十六大新歌征集"征歌活动歌曲奖

应邀创作江苏泰州市形象歌曲《故乡最吉祥》（陈小奇词曲）

出版《涛声依旧——陈小奇歌词精选200首》歌词集（广东教育出版社）

2003年 被评为文学创作一级作家

当选为中国音乐文学学会第六届副主席，成为第一个担任该学会副主席的流行音乐词作家

广东卫视录制并播出"陈小奇创作20周年个人作品演唱会"

担任第四届中国金唱片奖总评委

担任中国轻音乐学会第一届"学会奖"评委

《高原红》（陈小奇词曲）获广东省第七届宣传文化精品奖

策划承办"唱响家乡"城市组歌采风、创作系列活动，完成《梅开盛世——梅州组歌》的创作

策划首届全球客家妹形象使者大赛并担任总决赛评委会主席

长诗《天职》在《人民日报》发表并获中共广东省委宣传部抗"非典"文学创作二等奖及广东省作家协会抗"非典"文学创作一等奖

参加广州第二届中外友人运动会围棋比赛，获第二名

2004年　担任第十一届"新盖中盖杯"中央电视台全国青年歌手电视大奖赛总决赛职业组通俗唱法评委

出任"E声有你"新浪——UC杯首届中国网络通俗歌手大赛总决赛评委

策划、承办"唱响家乡"城市组歌采风、创作系列活动，完成《追春——阳春组歌》《天风海韵——虎门组歌》《鹏程万里——深圳组歌》的创作及制作，并分别在阳春、虎门、深圳三地举办组歌大型演唱会

《老兵》（陈小奇词曲）在公安部、中国音乐家协会主办的2004年警察歌曲创作暨演唱大赛中获创作二等奖

《永远的眷恋》（陈小奇词曲）获广东省"五个一工程"奖

《高原红》（陈小奇词曲）获第四届"广州文艺奖"宣传文化精品奖

《又见彩虹》（陈小奇、李小兵曲）获第四届"广州文艺奖"宣传文化精品奖

《珠江月》《光阴》获首届广东省流行音乐"学会奖"广东原创十大金曲奖、《风中的无脚鸟》（陈小奇词曲）获首届广东省流行音乐"学会奖"原创最佳作词奖、《珠江月》（陈小奇词曲）获首届广东省流行音乐"学会奖"原创最佳作曲奖、《寸寸河山寸寸金》（黄遵宪词、陈小奇曲）获首届广东省流行音乐"学会奖"原创最佳美声唱法歌曲银奖、《最美的牵挂》（陈小奇词曲）获首届广东省流行音乐"学会奖"原创最佳民族唱法歌曲银奖

《山高水长》（陈小奇词曲）被选定为中山大学校友之歌

创建广东文艺职业学院流行音乐系并兼任系主任

2005年　策划、承办中国音乐家协会流行音乐学会第一次全国代表大会，当选为中国音乐家协会流行音乐学会第一届副主席

担任第五届中国金唱片奖总评委

被聘为"中国2010上海世博会会歌征集"评审委员会委员

担任云南省青年歌手电视大奖赛评委

出席中国音乐家协会第六次全国代表大会

在东莞演艺中心举办"涛声依旧——陈小奇个人作品东莞演唱会"

制作的容中尔甲专辑《阿咪罗罗》获第五届中国金唱片奖"专辑奖"

《马兰谣》（陈小奇词曲）在中央电视台、中国音乐家协会、团中央联合举办的首届全国少儿歌曲作品大赛中获优秀奖，并入选百首优秀少儿推荐歌曲的第一批十首歌曲

《欢乐深圳》（陈洁明词、陈小奇曲）获"鹏城歌飞扬"深圳十佳金曲奖

《亲爱的党啊，谢谢你》（陈小奇词、连向先曲）获"争创三有一好，争当时代先锋"文学艺术作品征集评选金奖

《风正帆扬》（陈小奇词曲）获广东省纪律检查委员会、文化厅主办的全省反腐倡廉歌曲创作铜奖

获第五届华语音乐传媒大奖"华语乐坛特别贡献奖"

连任广东棋文化促进会副会长

2006年 《飞雪迎春》（陈小奇词，捞仔曲，彭丽媛演唱）入选中央电视台春节联欢晚会

当选为广东省音乐家协会第七届副主席，成为全国第一个担任省级音乐家协会副主席的流行音乐人

出席中国文学艺术界联合会第八次全国代表大会

被聘为第九届（2006）亚洲音乐节新人歌手大赛中国内地选拔赛评委主席

当选为中国音乐著作权协会第三届理事

担任2006年第12届"隆力奇杯"中央电视台青年歌手电视大奖赛决赛评委

《矫健大中华》（陈小奇词、李小兵曲）被选定为第八届全国少数民族运动会会歌

《又见彩虹》（陈小奇词、李小兵曲）获第七届"广东省鲁迅文学艺术奖（艺术类）"

《追春》（陈小奇词曲）获中央电视台中国形象歌曲展播最佳作曲奖

书法作品《涛声依旧》获广东作家书画摄影展书法类二等奖

2007年 连任中国音乐文学学会第七届副主席

"广东省流行音乐学会"更名为"广东省流行音乐协会"，继续担任该协会主席

在羊城晚报社、广东省文学艺术界联合会、广东省作家协会联合主办的活动中，被推选为"读者喜爱的当代岭南文化名人50家"

担任中国音乐金钟奖首届流行音乐大赛总决赛评委

担任第六届中国金唱片奖总评委

被广东省环境保护局聘为"广东环保大使"

在梅州平远中学体育场举办"涛声依旧——陈小奇个人作品平远演唱会"

策划、主办"广东流行音乐30周年大型颁奖典礼"，在广州市天河体育馆举办大型流行音乐演唱会

获广东流行音乐30周年"音乐界最杰出成就奖"及"音乐人30年特别荣誉奖"

《清风竹影》（陈小奇词曲）、《风正帆扬》（陈小奇词曲）获由广东省纪律检查委员会、中共广东省委组织部、中共广东省委宣传部、广东省文化厅、广东电视台联合举办的广东省农村基层反腐倡廉文艺汇演一等奖

《听涛》（陈小奇词曲）在庆祝党的十七大隆重召开《和谐颂》征歌活动中，荣获优秀作品奖

书法作品《涛声依旧》获中国作家协会主办的"当代中国作家书画展"优秀奖

书法作品《又见彩虹》在"东方之珠更璀璨"京粤港书法家庆香港回归十周年书画展展出

提出"流行童声"概念，并由广东省流行音乐协会与城市之声电台合作推出持续多年的"流行童声大赛"

推出《潮起珠江——广东移动组歌》及《喜传天下——广东烟草双喜组歌》两个大型企业组歌

2008年　当选为广东省作家协会第七届副主席，成为全国第一个担任省级作家协会副主席的流行音乐词作家

获中共广东省委统一战线工作部颁发的"广东省第二届优秀中国特色社会主义建设者"称号，为音乐界第一人

获第六届中国金唱片奖唯一的"音乐人奖"

担任第十三届中央电视台全国青年歌手电视大奖赛流行唱法总决赛评委

出席中央电视台"歌声飘过30年——百首金曲系列演唱会"

《涛声依旧》（陈小奇词曲）荣获中国音乐家协会"改革开放30周年流行金曲"勋章

《敦煌梦》（陈小奇词、兰斋曲）、《梦江南》（陈小奇词、李海鹰曲）、《秋千》（陈小奇词、张全复曲）、《我不想说》（陈小奇、李海鹰词，李海鹰曲）、《等你在老地方》（陈小奇词、张全复曲）、《跨越巅峰》（陈小奇词、兰斋曲）、《为我们的今天喝彩》（陈小奇、解承强词，解承强曲）、《涛声依旧》（陈小奇词曲）、《大哥你好吗》（陈小奇词曲）、《又见彩虹》（陈小奇词、李小兵曲）、《高原红》（陈小奇词曲）等11首歌曲入选由广东省音乐家协会及广东各媒体记者共同推选的"纪念中国改革开放30周年"30首广东原创歌曲

《我不想说》（陈小奇、李海鹰词，李海鹰曲）、《所有的往事》（陈小奇词，程大兆曲）入选中国文学艺术界联合会主办的"改革开放30年优秀电视剧歌曲"

《师恩如海》（陈小奇词曲）获中共广东省委宣传部"心系祖国——感动广东"纪念改革开放30周年征歌活动金奖、《家乡》（陈小奇词曲）获铜奖

《为母亲唱首歌》（蒋乐仪词、陈小奇曲）获第六届广东家庭文化节

"母亲之歌"征歌活动一等奖

《我有一个强大的祖国》（叶浪词、陈小奇曲）获2008中国-成都（邛崃）国际南丝路文化旅游节"爱在人间：大型原创歌词、歌曲、诗歌征集"二等奖

应邀创作湖南岳阳市形象歌曲《这里情最多》（陈小奇词曲）

出版与陈志红合著的流行音乐理论著述《中国流行音乐与公民文化——草堂对话》（新世纪出版社）

策划、主编的"涛声依旧——广东流行音乐风云30年"丛书5本（含《广东流行音乐史》等）首发（新世纪出版社）

被聘为第16届亚洲运动会歌曲征集组织委员会副主任

策划并承办大型民系风情歌舞《客家意象》，担任总编剧、总导演及词曲创作

应邀参加第三届深圳客家文化节"客家山歌和流行音乐"高峰论坛并作主题发言

《听涛》（陈小奇词曲）获第六届"广州文艺奖"一等奖

为汶川地震创作长诗《生命的尊严》，由广东卫视以朗诵版播出并在《南方日报》及《作品》等报刊全文刊登

书法作品《拥抱明天》在"同一个世界，同一个梦想——粤港澳书画家迎奥运书画展"上展出，并由广东人民广播电台收藏

2009年　当选为中国音乐家协会第七届理事

担任中国音乐金钟奖第二届流行音乐大赛总决赛评委

担任第七届中国金唱片奖总评委

应邀出席"中国棋文化广州峰会"学术研讨会并作发言（中国棋院、广东棋文化促进会和《广州日报》共同主办）

在中共广东省委党校作题为《流行音乐与文化产业》的讲演，成为第一个在党校讲授流行音乐的音乐人

被推举为广东音乐文学学会首任主席

策划国内第一个客家方言流行歌曲排行榜"客家流行金曲榜"

论著《中国流行音乐与公民文化——草堂对话》（与陈志红合著）获第八届"广东省鲁迅文学艺术奖（艺术类）"

《一起走》（陈小奇词曲）、《春暖花开》（陈小奇词、姚晓强曲）获广东省第七届精神文明建设"五个一工程"优秀歌曲作品奖

《思故乡》（古伟中词、陈小奇曲）获中宣部"全国优秀流行歌曲创作大赛"华南赛区第一名

《最美的风采》（陈小奇词、金培达曲）入选亚运会会歌征选（为最后3首作品之一）

书法作品《听涛》入选庆祝中华人民共和国成立60周年广东作家书画展

参加全球旅游峰会并作演讲

被聘为华南理工大学音乐学院兼职教授及华南理工大学流行音乐研究所名誉所长

2010年 策划、承办了在广东中山市小榄镇召开的中国音乐家协会流行音乐学会第二次全国代表大会，当选第二届常务副主席

在中共广东省委党校开设大型民系风情歌舞《客家意象》的专题演讲

举办大型民系风情歌舞《客家意象》广东五市巡演，此后数年该剧又分别赴我国台湾地区及马来西亚等地演出

为百集电视系列剧《妹仔大过主人婆》创作粤语主题歌《民以食为天》（陈小奇词曲）

任广东潮人海外联谊会青年委员会第六届荣誉主任

散文《岁月如歌》获《作品》杂志"如歌岁月——纪念新中国成立60周年叙事体散文全国征文"二等奖

2011年 连任广东省音乐家协会第八届副主席

担任中国音乐金钟奖第三届流行音乐大赛（深圳、香港、台湾）赛区监审及全国总决赛评委

担任第八届中国金唱片奖总评委

参加中国文学艺术界联合会第九次全国代表大会

策划了广东民族乐团"涛声依旧——流行国乐音乐会"

制作并出版陈小奇中国风经典作品精选CD专辑《意·韵》(和声版)

担任羊城新八景评选活动的专家评委

接受美国洛杉矶中文电台AM1430粤语广播电台频道采访

《客家意象》专辑音乐(陈小奇、梁军)获第八届中国金唱片奖"创作特别奖"

粤语歌曲《民以食为天》(陈小奇词曲)获音乐先锋榜内地十大金曲奖

2012年　连任中国音乐文学学会第八届副主席

参加中国音乐家协会第七届理事会第二次会议

主持广东省流行音乐协会第三次会员大会并连任主席职务

赴福建武夷山参加"《为——爱我中华》海峡两岸三地流行音乐高峰论坛"

参加关爱艾滋病儿童歌曲《爱你的人》(陈小奇词,捞仔曲,彭丽媛演唱)的大型首发式(卫生部主办)

中央电视台中文国际频道录制"中华情·隽永歌声——陈小奇作品演唱会"

在中山大学举办"山高水长·缘聚中大——陈小奇校友作品新年演唱会2012"

策划、承办首届广东流行音乐节——广东流行音乐三十五周年大型颁奖典礼及"岁月经典""动力先锋"大型演唱会(中共广东省委宣传部主办)

《敦煌梦》(陈小奇词、兰斋曲)、《梦江南》(陈小奇词、李海鹰曲)、《灞桥柳》(陈小奇词、颂今曲)、《我不想说》(陈小奇、李海鹰词,李海鹰曲)、《跨越巅峰》(陈小奇词、兰斋曲)、《为我们的今天喝彩》(陈小奇、解承强词,解承强曲)、《又见彩虹》(陈小奇词、李小兵曲)、《涛声依旧》(陈小奇词曲)、《大哥你好吗》(陈小奇词曲)、《高原红》(陈小奇词曲)10首歌曲入选中

共广东省委宣传部主办的"广东流行音乐三十五周年"庆典35首金曲

获"广东乐坛最具影响力音乐人"大奖

获广东省音乐家协会唯一的"2012年度广东省优秀音乐家突出贡献奖"

策划并与华南理工大学音乐学院合作举办"广东流行歌曲交响合唱音乐会"

推出《唱响家乡》系列的《走向幸福——东莞东城组歌》

担任广东省粤港澳合作促进会第二届理事会副会长

担任香港音乐人协会主办的创作歌唱大赛总决赛评委

推出"流行钢琴"概念

2013年 连任广东省作家协会第八届副主席

当选为广州市音乐家协会第六届主席

担任第十五届中央电视台全国青年歌手电视大奖赛总决赛评委

担任第九届中国音乐金唱片奖评委

担任中国音乐金钟奖第四届流行音乐大赛全国总决赛监审

参加华语音乐推广与著作权管理交流座谈会（中国台湾地区）

赴澳大利亚、新西兰举办"山高水长中大缘——陈小奇经典作品全球巡演"（中山大学校友总会主办），中国驻澳大利亚、新西兰两国总领事分别出席演唱会

担任"2013多彩贵州歌唱大赛"导师，并分别在贵州兴义、铜仁举办两场不同曲目的"陈小奇个人作品演唱会"

作为特邀嘉宾参加湖北卫视《我爱我的祖国》栏目《中国古代诗词与流行音乐》节目的拍摄

主办并担任首届中国歌词创作大师班导师

出版《广东作家书画院书画作品集——陈小奇书法作品》（岭南美术出版社）

被聘为华南师范大学客座教授

2014年 获广东省音乐家协会"突出贡献奖"

在阳江文化大讲坛及华南师范大学举办《中国古典诗词与流行音乐》讲座

《客家阿妈》（陈小奇词曲）获广东省第九届精神文明建设"五个一工程"优秀作品奖、第二届客家流行音乐金曲榜"最佳金曲大奖"

《紫砂》（陈小奇词曲）获2014年度音乐先锋榜年度最佳作词奖

《围棋天地》推出陈小奇专访《围棋旋律》

2015年　获中国原创音乐致敬盛典"杰出贡献词曲作家奖"

担任"星海音乐学院流行唱法硕士生毕业音乐会"评审

出席中国音乐家协会第八次全国代表大会，连任第八届理事

出席中国音乐家协会流行音乐学会第三次全国代表大会，连任常务副主席，并举办《流行音乐与社会生活》讲座

作为大赛艺术顾问及总评委在北京中国政协礼堂出席"唱响慈爱，共筑民族梦"爱心歌手乐手大赛系列公益活动新闻发布会

出席深圳市文学艺术界联合会主办的"客家文化艺术高峰论坛"

出席流行音乐高峰论坛（华南师范大学音乐学院、流行音乐文化研究院及广东省流行音乐协会理论研究委员会联合主办）

应邀为扬州2500年城庆创作《月下故人来》（陈小奇词曲）

《紫砂》（陈小奇词曲）获"2014华语金曲奖"优秀国语歌曲奖、"2014广州新音乐"最佳人文金曲奖

2016年　出席中共广东省委宣传部召开的广东省推进音乐创作生产座谈会

担任2016香港国际声乐公开赛评委

创办中国第一个流行合唱大赛——"红棉杯2016广州流行合唱大赛"，并担任评委会主席

应邀访问拉美地区孔子学院

出席第十一届全球城市形象大使暨全球城市小姐（先生）选拔大赛大中华总决赛担任评委

担任在中国政协礼堂举办的"唱响慈爱，共筑民族梦"首届爱心歌手颁奖盛典总决赛评委

策划、制作了整合广府、潮汕、客家三大民系民间音乐的"首届南国音乐花会""新粤乐——跨界流行音乐会"及"南国流行风演唱会"

担任深圳全民K歌大赛总决赛评委会主任

作为校友代表参加中山大学2016届毕业典礼并作演讲

2017年　主持广东省流行音乐协会第四次会员大会并连任主席职务

应邀访问欧洲地区孔子学院

担任第十届中国金唱片奖评委

音乐剧剧本《一爱千年》（陈小奇编剧，原名《法海》）由中国歌剧舞剧院申报入选国家文化部艺术基金项目

《我相信》（陈小奇词曲）在"中国梦"主题歌曲创作征集活动中荣获优秀作品（最佳入围歌曲）

《领跑》（陈小奇词曲）获中共广东省委宣传部创新广东征歌优秀歌曲

《领跑》（陈小奇曲、梁天山粤语版填词）获中共广东省委宣传部创新广东征歌优秀歌曲

出席湖南卫视《歌手》节目，担任嘉宾评委

出席2017年首届全国高等艺术院校流行音乐演唱与教学论坛并致辞（广州大学举办）

出席北京2017年流行音乐产业大会并担任主讲嘉宾

参加"城围联围棋嘉年华·广西南宁暨城市围棋联赛2017赛季揭幕战"仪式，并在《围棋与大健康论坛》发表演讲

参加在香港会展中心举行的"2017华语金曲奖"并担任颁奖嘉宾，为香港著名词作家黎小田、郑国江颁奖

在第四届天下潮商经济年会（北京）被颁予"2017全球潮籍卓越艺术成就奖"

担任深圳2017年全民K歌大赛总决赛评委会主任

担任第二届广州红棉杯流行合唱大赛总决赛评委

担任首届广东省流行钢琴大赛总决赛总评委

被聘为星海音乐学院大学生艺术团艺术总顾问

2018年 《涛声依旧》（陈小奇词曲）入选《人民日报》发布的"改革开放40年40首金曲"

《涛声依旧》（陈小奇词曲）获上海人民广播电台《最爱金曲榜》"至尊金曲创作大奖"

在北京保利剧院举办由中共广东省委宣传部立项的"陈小奇经典作品北京演唱会"，该演唱会被确定为庆祝改革开放40周年广东音乐界唯一上京献礼项目

在北京港澳中心酒店会议厅举办"陈小奇词曲作品学术研讨会"

在美国旧金山举办"涛声依旧——陈小奇经典作品美国硅谷演唱会"

在美国接受凤凰卫视美洲台的专访

《百年乐府——中国近现代歌词编年选》出版发行（国务院参事室、中央文史研究馆主办，上海音乐出版社出版），收录陈小奇歌词11首：《我的吉他》《敦煌梦》《灞桥柳》《山沟沟》《我不想说》《涛声依旧》《大哥你好吗》《巴山夜雨》《白云深处》《大浪淘沙》《高原红》，为内地流行乐坛入选最多者

作为首席嘉宾在北京参加中央电视台《回声嘹亮——广东流行音乐40年》专题节目录制

作为中山大学校友代表参加中央电视台《百家论坛——我们的大学》作《千百个梦里，总把校园当家园》的专题演讲

在中央电视台录制中央电视台中文国际频道的《向经典致敬——陈小奇》专题节目

参加中央电视台中文国际频道《向经典致敬——春节联欢晚会回顾特别节目》并担任唯一的音乐界访谈嘉宾

《我不想说》（陈小奇、李海鹰词，李海鹰曲）、《大哥你好吗》（陈小奇词曲）入选"中央电视台庆祝改革开放40周年大型演唱会（广州）"

《我不想说》（陈小奇、李海鹰词，李海鹰曲）入选"中央电视台庆

祝改革开放40周年大型演唱会（深圳）"

被聘为广州市音乐家协会第七届名誉主席

创办广州陈小奇音乐有限公司流行童声品牌"麒道音乐"

2019年　受聘为广东省人民政府文史研究馆馆员，成为第一位以音乐人身份受聘的文史馆馆员

被广东省政协聘为湾区音乐博物馆艺术指导委员会委员

担任拙见文化探索官随团出访伊朗，为期8天，与伊朗文化部部长、旅游部副部长及伊朗音乐家、学者作交流

策划国内第一个国际流行童声大赛，赴维也纳爵士与流行音乐大学与格莱美奖得主卢库斯等一起担任首届维也纳国际流行童声演唱大赛评委

在扬州为中国文学艺术界联合会全国理论工作会议作流行音乐讲座

担任公安部第四届全国公安系统文艺汇演总评委

中央电视台中文国际频道于五四青年节向全球播出《向经典致敬——陈小奇》专题节目

担任第十三届《百歌颂中华》总决赛评委

在广东省文史馆为参事和馆员作流行音乐讲座

在著名的扬州论坛为市民作流行音乐讲座

出席潮语歌曲30周年颁奖盛典，获"终身成就大奖"，《苦恋》（陈小奇词、宋书华曲）、《彩云飞》（陈小奇词、兰斋曲）、《一壶好茶一壶月》（陈小奇词曲）、《韩江花月夜》（陈小奇词、兰斋曲）、《英歌锣鼓》（陈小奇词、兰斋曲）5首歌曲入选潮语歌曲30周年10首经典作品

2020年　抗疫歌曲《从此以后》（陈小奇词、高翔曲）获华语金曲榜歌曲奖

应邀在中共广东省委党校开办流行音乐讲座

音乐剧《一爱千年》（陈小奇编剧、作词，李小兵作曲）由中国歌剧舞剧院通过网络直播，成为全球第一部网络首演音乐剧

《改革开放与广东文艺40年》出版，陈小奇担任"第三编　改革开放

与广东音乐"的主编

广东广播电视台《岭南文化大家》栏目播出《陈小奇：中国流行音乐"一代宗师"》专题

广东广播电视台播出《艺脉相承——陈小奇》专题

在广东省工商联合会举办流行音乐讲座

在中山大学新华学院（今广州新华学院）作流行音乐讲座

担任第六届深圳全民K歌大赛总决赛评委

参加2020年首届大湾区现代音乐产业论坛并担任访谈嘉宾

参加粤港澳温州人大会并指挥合唱由陈小奇作词作曲的温州商会会歌《温州之恋》

创作并提出"少儿流行合唱"概念，推出少儿流行合唱教案

开始"陈小奇歌词意象画"创作

2021年　担任"百歌颂中华"总决赛评委

《百年乐府——中国近现代歌曲编年选》出版发行（国务院参事室、中央文史研究馆主办，上海音乐出版社出版），收录陈小奇歌曲9首：《敦煌梦》（陈小奇词、兰斋曲）、《灞桥柳》（陈小奇词、颂今曲）、《山沟沟》（陈小奇词、毕晓世曲）、《我不想说》（陈小奇、李海鹰词，李海鹰曲）、《涛声依旧》（陈小奇词曲）、《大哥你好吗》（陈小奇词曲）、《白云深处》（陈小奇词曲）、《高原红》（陈小奇词曲）、《马兰谣》（陈小奇词曲）

应邀继续在中共广东省委党校开办流行音乐讲座

担任第七届深圳全民K歌大赛总决赛评委

在广州图书馆作《小奇爷爷带你进入儿歌大世界》的讲演

与"南方+"合作策划并推出旗下少儿音乐素质养成机构"麒道音乐少儿原创歌曲专场"

被推选为广东棋文化促进会名誉副会长

2022年　陈小奇艺术馆由普宁市人民政府立项并动工建造

被推选为广东省流行音乐协会终身荣誉主席

应广州市文化广电旅游局邀请创作广州文旅形象歌曲《广州天天在等你》（陈小奇词曲）

为广东省文学艺术界联合会中青年文艺评论骨干研修班作《中华传统文化与流行音乐》讲座

歌曲《百里青山 千年赤岗》（陈小奇词曲），获振兴乡村征歌大赛二等奖

歌曲《杨门女将》（陈小奇词曲），获岭南原创童谣优秀作品三等奖

编辑《陈小奇文集》（含《歌词卷》《歌曲卷》《诗文卷》《述评卷》《书画卷》，共五卷），该文集将作为中山大学百年庆典项目，由中山大学出版社出版

到了这个年龄,我觉得该对自己几十年的所习、所思及各类创作做个回顾和总结了,于是,就有了这套自选本《陈小奇文集》。

文集分为五卷:《陈小奇文集·歌词卷》《陈小奇文集·歌曲卷》《陈小奇文集·诗文卷》《陈小奇文集·述评卷》《陈小奇文集·书画卷》。

《陈小奇文集·歌词卷》收入自己创作的歌词共计300首。1999年也曾出版过《陈小奇歌词200首》,这次增加了100首,这些歌词基本上是按照我自己的审美趣味从约2000首词作中挑选的,是否真实代表了自己的风格与水准?不知道。

《陈小奇文集·歌曲卷》同样收入了300首,其中自己作曲的歌曲242首(含自己包办词曲的作品187首),这一卷基本体现了自己在音乐上的追求与成果,内容上也包括了流行歌曲、艺术歌曲、旅游歌曲、企业歌曲、少儿歌曲、方言歌曲(含潮语歌曲、客家话歌曲、粤语歌曲)等;同时,鉴于自己是填词出身,故也收入了部分在不同时期与其他作曲家合作的较有代表性的填词歌曲58首。

《陈小奇文集·诗文卷》收入了我这几十年陆续创作的现代诗歌46首、剧本3部、散文及随笔25篇、创作札记11篇、为他人撰写的序文15篇、乐坛旧事(微博文摘)60篇,此卷以文学作品为主。

《陈小奇文集·述评卷》收入了演讲录15篇、访谈对话录23篇,这些均为根据口述整理的文稿。访谈对话录只收入部分以第一人称与访谈者对话的内容,其他由记者采写的文章因数量太多均不收录。此外,另收入了名家序文7篇、研讨会发言文稿17篇、各界评论6篇(含评论4篇、致敬辞2篇)。

后记

《陈小奇文集·书画卷》收入了自己创作的歌词意象书画作品208幅，这些作品都是根据自己歌词生发的艺术衍生品，也算是一种别出心裁的探索吧！

与陈志红合著并曾获第八届"广东省鲁迅文学艺术奖（艺术类）"的《中国流行音乐与公民文化——草堂对话》一书因篇幅较大且已单独出版，故未收入文集之中。

早期的一些作品因年代久远已经佚失，多方搜寻未果，颇有些遗憾。

自1982年从中山大学中文系毕业之后，我主要从事的是歌词、歌曲的创作及音乐制作，多年的创作实践使我对流行音乐的理论建设和发展也有了更多的思考和探索，其间亦陆陆续续创作了一些文学作品。同时，由于兴趣爱好使然，我又介入对自己歌词的书法与绘画创作活动的尝试。此次结集，算是对自己几十年"不务正业"的一次回顾吧，虽是拉拉杂杂，却也让岁月多了些色彩与韵味。

看看走过的路，摸摸脚下的鞋，亦一乐也！

陈小奇
2022年9月9日